电影密码

一位作家的电影课

马原 著

MOVIE CODE

作家出版社

马原：汉人。著名作家。现任教于同济大学，中文系主任。

1953年生于锦州。1982年毕业于辽宁大学，前往西藏，1989年在西藏电视台任记者，后回到辽宁作家协会任专业作家，2000年调入同济大学。

中国当代"先锋派"小说的代表作家之一，在当代文学史中占有重要地位。其著名的"叙述圈套"开创了中国小说界"以形式为内容"的风气，影响了一大批年轻作者。

主要作品包括：短篇小说《拉萨河女神》《叠纸鹞的三种方法》《拉萨生活的三种时间》《喜马拉雅古歌》《涂满古怪图案的墙壁》等；中篇小说《冈底斯的诱惑》《虚构》《游神》《旧死》等；长篇小说《上下都很平坦》以及剧本《过了一百年》等。

目 录

卷一：

剧本的秘密

第一章　绪论：剧本首先是一个故事

　　首先说说什么叫剧本，因为我们这门课叫剧本写作。我不大知道传统意义上的剧本是怎么定义的。在我看来，剧本首先是一个故事，就像我们说苹果首先是一枚水果一样。当我们买水果或者吃水果的时候，苹果对于我们而言，它不意味着一个植物的科属，重要的是它是一枚水果。就剧本而言，它的终端受益人群是观众。观众看一出舞台剧，看一部电视剧，看一部电影，观众成为剧本的终端受益者。对于观众而言，剧本首先是一个故事，观看的时候接收到的是一个故事，这个故事是我们这门课的一个基点，一个重要的出发点，离开故事，我们的课讲起来就会很困难，所以我更愿意从"故事"开始我们的剧本写作。

一　什么是故事？

　　大家可能没有特别清楚地想过什么是故事，有没有同学能告诉我什么是故事？我希望同学们上我这门课的时候从"表"出发，不要从"里"出发。故事就是故去之事。

就像春天来了，我们发现树枝不再是干枯的，春天的气息注入植物，植物变得有弹性了、柔软了。这也有点像女孩十来岁以前性别特征不是很明显，到青春期身体开始发育。春天来了，枝条开始有弹性了。虽然还没有发芽，可是人们开始感觉到春天来了。春天给干枯的枝条注入活力，接下来我们会看见植物发芽，生出蓓蕾，看到开花，看到叶子的生长，绿色的叶子，到秋天又看见叶子由绿变黄，最终我们看到叶子一片一片落下去。从冬天到春天是悄悄的变化，实际上已经有故事了，已经有了故去之事。

我们能体会到的自然变化，都是"故事"。故事缘于时间的外化，这个世界不一样了。我们面对故事的时候，我们真正面对的是时间，如果时间是静止的，就没有任何故事。

比如马老师站在这里，心跳你们看不到，眉毛眼睛你们看得到，表情看得到，因为在时间里你们看到了我表情变化。如果时间凝结了，这一刻我是一张照片，我是一个人偶或蜡像站在这里；假如你们的视线里只有我，就没有故事，你面对这个蜡像的时候就没有故事。当你们面对一个活生生的人的时候，他的表情、他说的话、他的姿态种种，使你们感觉到了他在讲课，他是一个活生生的人。在你们面对我的时间里，时间动了，不再凝结了，所以故事就发生了。故事就发生在时间的外化之中，而这个外化从根本上说它是什么呢？它是位移。任何能看出时间的东西，一定看到位移了。

你看到了早上的太阳、中午的太阳、晚上的太阳，是因为太阳相对于你，发生了位移。你们看到我在这里说话、讲课，你们看到的是我在位移：嘴唇的位移，声带的位移，我的手在动，我的表情在变化，我的肌肉在位移。位移是必然发生的，因为时间不能停下来。这个世界的每一瞬间都在发生位移：心脏的跳动，血液的流淌……我们可以设想这个世界在某一个瞬间丧失动作，天体不再运行，所有生物的生命迹象都停止。这就是时间停下来了，但是这种情况不存在。因此，故事可以是一个无所不包的宽泛概念。

二 故事和讲故事

故事和讲故事是大不一样的，是完全不同的概念。一个人每天可以目击众多事情的发生，小到同寝室的人起床穿衣服、刷牙这样的日常琐事，大到今天可能突然撞到历史。

讲故事和故事属于完全不同的两个层面。我一直很怀疑历史。最嘲弄的一个例子，法国有一部电影叫《奥斯特里茨战役》，是关于拿破仑的。拿破仑说过："历史是一个任人打扮的小姑娘。"拿破仑认为没有历史，从来就不存在真实的历史。电影里拿破仑有一场特别有趣的戏：拿破仑有一个习惯是喜欢每天量身高。一天，侍从帮他整理衣服时，顺便看了一下说一米六八，而拿破仑却对旁边的史官说写一米七三。看上去是个玩笑，但是在这个玩笑里你们能看到历史的真相。历史是由那些创造历史的人随意改变的，拿破仑的身高可以随便升高五厘米。拿破仑的史官记录他的身高，结论是一米七三。

一旦到讲故事的层面时，故事真相已经不是特别重要。现在有大量根据历史题材改编的作品，从香港传过来的一个方法叫"戏说"。我们传统还有一个说法，我们写小说的人的前辈很多年以前就发明了一个词叫"演义"。"演义"是对于自己讲故事立场的一个非常好的解释。

讲故事都是在演义，有那么一个东西，我们设法把它拿过来。比如说，我正在做一个晚唐时期的连续剧，那么我就是在演义。晚唐时期大概有二三十个皇帝，很多皇帝在位时间都特别短，都是三五年。我们翻一翻那个年代的历史年表，再找一找那时宫廷里有哪些机构设置，官位之间是什么关系。这些在历史中是有所记载的，它们本身确切与否已经不是非常重要了。我们今天去想象的时候要借助历史的记载，我去写这个故事的时候就得去寻找。

在当时的宫廷里，最主要的管事机构叫内事省，就是我们现在的中央国家机关工作委员会。内事省下属很多局，负责皇上睡觉叫上寝局，负责皇上吃饭叫上膳局，负责皇上看病吃药叫上药局，负责皇上妃嫔穿衣服叫上服局，等等。了解到这些上层建构，就利用这些建构去想象。

我要写一个关于唐朝的故事，到底选择初唐、盛唐还是晚唐？在各种因素的制约下，我最终选择了晚唐。晚唐历史上著名人物有哪些呢？我想到唐代三大诗人之一白居易。白居易比李白、杜甫活得久一点，晚唐时白居易还活着。除了白居易，唐代还有哪些著名人物呢，还有小李杜：李商隐和杜牧，及花间派词人温庭筠。

那段历史对我的全部意义也就是为我们描述了那时候的一个大概轮廓。作为一个编剧，我在进行剧本写作的时候，会考虑在这个范围之内历史上发生过什么。有时候我挺得意的，写剧本是个挺有趣的事情，比如我们知道杜牧有一首名诗说："清明时节雨纷纷，路上行人欲断魂。借问酒家何处有，牧童遥指杏花村。"我们知道今天有杏花村酒业集团，就是山西汾酒。我在写那段故事的时候，一下子想到了那首诗，突发奇想，是不是可以杜撰一下汾酒的历史。于是我去杏花村酒业的网站查了一下，看看汾酒的渊源。杏花村出美酒确实盛唐就有了，李白在宫廷里曾经提到过杏花村的美酒，但是令杏花村的美酒名垂青史的还是杜牧的这首诗。这首诗使得杏花村的酒一直飘香至今。

在写那一段故事的时候，我让李商隐、杜牧和温庭筠三个人到杏花村去玩。李商隐曾经长时间客居太原，杏花村近太原府。三位诗人去玩，杏花村酒坊的坊主，旁边听他们三个人聊天时，发现天大的喜事降临了。这坊主肚子里多少还是有点墨水的，他听说过杜牧，于是就问："我乡试不中，但家中是书香人家，眼前的这位是不是杜牧啊？"他开始以为温庭筠是杜牧，温庭筠告知坊主搞错了，你要找的杜牧是他不是我。这个时候，坊主就请杜牧为杏花村美酒取名。

我所杜撰的汾酒的历史就是汾酒是由杜牧命名的，但事实上汾酒的历史渊源并没有这么一说。我就想让杜牧闲来无事到杏花村酒坊来会朋友，即兴写一首小诗，然后我让他无端得到了四十两黄金。这在当时是非常大的一笔数目，在今天也不算少。其中有二十两是杜牧由于他笔飞墨舞的书法得到的。我让酒坊的坊主把杜牧作诗的书法真迹供奉起来。这个灵感来自我前一段时间看的电视节目《故宫》，里面就有杜牧的一幅真迹。我想为什么不在这给杜牧多增加一幅呢，让他这二十八个字先赚二十两黄金。后来他为杏花村的汾酒命名又赚了二十两。

由此可见，正是因为中国历史上有这么一位伟大的诗人叫杜牧，杜牧又有一首小诗，而这首小诗进入了我故事。马原是杜牧一千多年之后的同行晚辈，有了汾酒的杏花村酒业，有了杜牧的这首诗，有了马原要写的一个有杜牧的晚唐的故事，这么多机缘促成了这么一个故事。

因此，"讲故事"和"故事"是不同的。我的祖父辈或者曾祖父辈的人，闲来无事的时候有一种生活娱乐，就是"说史"，就是用历史上的一些事情讲老故事。他们那个时代没有今天这么多的小说，没有写小说的环境和发表小说的环境，那时候的叙述是以口头流传的方式呈现的。而到小说自身完善强大起来之后，我赶上了这个机会。在我有阅读能力的时候，小说已经是一个特别有力的存在了，已经占据了人类精神生活的很大一部分。我从小就读小说，在你们这个年龄的时候赶上了小说发展的繁荣阶段，那个时候我开始成为作家。二三十年之后一切都变了。之前那个时代小说是故事的主要呈现方式，今天小说已经不太重要了。

二十多年前，改革开放以后中国诞生的第一部连续剧叫《敌营十八年》。人们第一次体会到在电视上看故事比阅读小说更便捷，可以百万人、千万人，甚至亿万人同时看一个故事，这是小说无论如何都做不到的。过去的电影则不一样，大家只是偶尔去电影院。在二三十年之前，据统计，中国每年每个人只能在电影院看不到两部电影。在那个年代，对于真正喜欢看故事的人来说，电影并不能取代小说。电影的平均数很低，拍摄和观看都要花钱，也还没有那么多电影院。所以说，真正的电影时代，电影取代不了小说，人们对故事的需求电影取代不了。而电视剧一下子就把小说取代了。

我认为小说已经死掉，虽然我是一个写了三十多年小说的小说家，但是我个人仍然对小说的前景非常悲观。读图时代确实已经来了，过去我们一年两年看一部电影，现在我们愿意、有时间的话，我们每天都可以看电影。有好几个电影频道，电视剧频道和新闻频道都在播电影，电视这个平台促成了电影的普及。我个人以为，可能日后在我们的职业选择里，影视剧剧本写作这个行当，是一个用工量很大范围很广的行业。

三 关于"动作"和"动作性"

在剧本写作里，另外一个重要的概念是"动作"。我说故事是以位移的方式呈现，实际上就是以动作的方式呈现。在我们的视觉、听觉和触觉中，位移事实上就是"动作"。和"动作"相关联的还有一个词叫"动作性"。一位有经验的导演在面对一个剧本的时候，关心的是这个剧本有没有很强的动作性，而不是画面感。

在电视剧里，一场场戏通常是以人物的对话完成的，电视剧里都是人在说话。电视剧就是一些人不停地说话，这些人互相交谈。

电影不一样。电影里对话特别少，一部好的电影主要是由动作，或者说更主要是由视觉完成的。电视剧可能受到制作经费和其他各种各样条件的制约。电视剧不大在动作上花钱，所以相对于电影，电视剧更简陋，它主要是对话。

过去我们大陆的电影和香港的电影有很大差别。香港的电影职业化，类似好莱坞，特别讲究镜头数量，特别要求在镜头里人物说话时要动。法国电影和原来的大陆电影相似，动作性很差，故事主要还是通过对话的方式呈现。

剧本写作，一定要把呈现位移，也就是电影动作，即人物的动作和情节的动作性放到首要位置上来。在做剧本的功课时，我们关心的动作肯定是人的动作。我们不是特别关心风本身的动作，当然关注风本身的动作也可以拍出《龙卷风》之类的灾难片，关注动物的动作也可以拍出纯粹的动物片，但是这样的动作通常不是我们这门课上讨论的，不是完全以剧本的方式呈现的。比如拍一部关于动物的故事片，经常是以纪录片的方式去拍动物，然后以大量的素材为基础去剪辑，根据素材去做剧本，把它剪成一个故事片。这不是我们剧本写作课上要讨论的内容，我们讨论的一定是人物的动作，人物的动作性。

四　在小说和剧本写作中，人物往往是第一位的

写剧本的人关心的是以人物为主角的故事，在小说和剧本写作当中，人物往往是第一位的。有两种写故事（小说和剧本）的方式。一种方式是从人物出发；另一种方式是以故事为核心，是以事件为中心，人物是围绕事件进入的。希区柯克的《后窗》讲述的就是由一个窗口看到的事情，人物都围绕着事件。克里斯蒂的推理小说，其写作方法都是以事件为核心。尽管里边也有人物，但人物都是围绕着事件本身，都变成事件的局部。

前段时间热播的《大长今》典型地以人物为故事核心，所有的情节和事件都围绕这个人物展开。给人物性格先作一个规定，这在传统的文学历史中特别受到推崇。

欧洲现代意义上的小说形成的时间特别久，大概有五六百年了。他们当初的小说和我们今天小说的形态基本上是一样的，而四五百年前中国的小说和现在的小说形态特别不一样，那时候我们也有话本，有章回体，话本和章回体的故事方式，和今天严格意义上的小说的故事方式有着非常大的不同，因为它的需求意义在于说书、演唱，而西方的小说在那时候就是以图书的方式传播。

在文学史上，小说的历史就是讲故事的历史，小说史特别看重的是以人物为中心的故事方式，不是以事件为中心的故事方式。

我们关注动作的时候，人物事实上一直是动作的中心，最关心

的是人物的动作，他（她）的喜怒哀乐，遇到具体事情时他（她）的反应，他（她）的变化。因此，剧本写作要建立一个编剧自己的人物群落。

比如你塑造一个主人公，跟这个主人公有对手戏的可能是第二个主人公。假如你的主人公是一个正面人物，和他（她）演对手戏的很可能是反面人物或者准反面人物。如果你的主人公是一个反面人物，和他（她）演对手戏的很可能是正面人物。通常至少有一对主人公，或者是有三个主人公。

几何学有一个定理，特别有意思，在一个平面内甲、乙、丙（不在同一条直线上）三点，任何两点能发生的关系只有一种。无论甲和乙，乙和丙，还是甲和丙，它们都只能存在一种关系，但是一旦在两个关系之上加一个关系，也就是再增加一个点，那么就增加了四种关系。

因此，一个真正的好故事很少是由一个人完成的，一个人的故事有没有？有。但是写一个人故事的剧本是最难的，因为一个人故事的动作性特别难找支点。但我们了不起的中国导演张艺谋就导过一部电影叫《我的父亲母亲》，这部电影里只有一个人物，就是章子怡饰演的小姑娘。张艺谋沿用了莫言的句式，就是在称谓上把一个小姑娘说成是"我奶奶"。莫言的《红高粱》里写"我奶奶"，实际是一个小女孩的故事，出场的时候只有十几岁。《我的父亲母亲》就是一个人的故事，因为从始至终没有对手戏，这个女孩子"我母亲"和"父亲"没有对手戏，和周围的人没有对手戏，就是一个小姑娘晃着辫子跑来跑去，在屏幕上跑了一百分钟。观众看了很开心，这个一个人的故事，非常非常难写。

两个人的故事也非常难，因为两个人只有一种关系，要么两个人好了，要么两个人不好了，要么不好又好了。两个人的戏特别难作，所以通常写剧本至少写三个人，你写三个人的时候已经有四种关系了。

我想说的是，我们在写剧本的时候，要建立自己的人物。我们要最先建立一个人物，所谓主人公。一个主人公的故事是很难讲的，尤其要讲得精彩，讲得能吸引人就更难。那么聪明的编剧在确定一个主人公之后，他一定再给自己的主人公编制一个人物群落，这个群落通常是三个人以上。我们这堂课还是绪论，大概说说剧本是个什么东西，不必说得太细。建立你故事的人物群落是写作剧本的基础，这样才有可能生发出许多故事。

我在写一部四十集的晚唐的戏时，一开始设定的人物大概有六七个，但是写的时候发现六七个人物怎么能讲一个那么长的故事呢，很难撑得住。所以最近我的人物已经有四五十人了，人物是越来越多，因为只有在一个人物群落大的框架里边，你才能把一个故事讲得丰满，讲得充满可能性，充满弹性。

五　冲突

在有了人物之后，还有一个更重要的东西——冲突。试想一个人每天都是生活在常态里，每天经历二十四小时，从早上睁开眼睛的一刻到晚上进入睡眠，这样的日常事情不会对一个故事有任何帮助，一部摄影机跟着一个人拍摄日常的一天，播出来没有什么意义。

日常化的东西少冲突，但是也许这一天里有几件事是冲突的，比如你拖欠电费被停电，这就有冲突了。你需要用电的时候发现电没有了，你去找物业管理员的时候他告诉你已经被拉闸了，而你说你要用电，他说你要去交电费啊，这就生出冲突了。然后你看看手里有没有钱，卡里有没有钱。如果都没有，你就要去问朋友借。朋友可能说他也没有钱，也许他有钱但是不愿意借给你，再去问别的朋友借，可能这个人又确实没有钱，这时候冲突就产生了。人物只有在冲突下才显出意义，要不然这个人物就没有意义。现在我把剧本写作从这四个方面进行归纳。冲突是什么？有一个术语称冲突为"戏剧性"。没有冲突就没有戏剧性。

小　结

首先，我们在说剧本的时候，我们是从故事意义上去说剧本，那么故事是什么呢？是位移，是动作，是动作性，动作和动作性是推动剧本的动力。在有了动作的时候我们才去关心一个故事。在我们的视线中，无论是写剧的人还是看剧的人，我们要看人物的动作，我们不是看风吹来了叶子响了，我们要的不是这个动作，我们要的是人的动作。人物只有在动作的意义上才进入我们的视线，才被关注。

即使是有了人物，他（她）有了日常的全部故事，仍然不是我们要讲的故事，不是我们的兴奋点，不是我们的目标。我们的目标是在人物遇到冲突的时候凸显人物的意义，在没有冲突的时候他（她）的全部故事都是一种无意义记录。

比如大家对纪录片的关注，一个聪明的导演会就一部纪录片拍很多年，很多年里发现很多东西变化了。但是拍一个人物的昨天和今天的对比，基本上看不到什么东西，也就是说在无冲突的这个价值上，人物的意义就降到最低点。一旦有一个冲突出来，如果有一个好的方法论，你根本不必是一个天才也能拍出一部好的纪录片来。

比如说用十年时间拍一个高中生，在他高考前，你拍他昨天、今天、明天没有多少意义，但是如果你在一个很长的时间里边，你拍他十年，拍他作为一个高中生，然后拍他参加高考，高考之后他的人生道路由模糊变得明确，比如从前他不知道自己要做什么，但是结束高考他突然知道自己做什么，去学汽车工程，他以后会是一个汽车工程师，而在高考之前他是不知道这个变故的。一个汽车工程师可能带来什么，他日后是做一个维修工程师，还是设计工程师，还是生产工程师，也取决于他考的学校是不是一流的学校，有没有大的国际背景，有没有大的国际汽车财团的介入，能不能接近汽车的尖端科技。如果接近，他日后可能是一个新式汽车的设计工程师。如果他是在一个默默无闻的普通工科院校学习，日后他可能去汽车厂做一个修理工程师。而这两者之间，他的人生道路就有所不同。本科毕业后，他是选择继续读还是进厂，继续读了一个什么样的学校，一直到他读博，在这十年里他的价值和意义变化是非常大的，但是在这十年里任何相邻的两天或者三天，意义都不是很大，除了真正充满冲突的一刻，就是他生命中的十字路口，他选择什么学校，硕士和博士的导师是谁，这些都变得至关重要。在他一生中的这些关节点上某个人的出现，都会改变他一生的命运。

在这些时候，我特别关心的就是人物的故事当中的冲突部分，有意义、有生气的部分，就像我刚才讲的。你一天里的意义也许是一次吵架，你根本不知道，不是你每天都去上课和吃饭，又过了二十四小时你又年长了一天，而是这一天产生冲突的一刻。这时候我说最重要的东西回来了，冲突就是戏剧性，在我们有了人物，有了冲突之后，实际上一个充满戏剧性的故事已经出来了，它已经是剧本，它闭合成我们要做的事情。

我很小的时候就开始做作家梦，我特别关心故事，关心讲故事。小时候读民间故事，稍大一点到小学的时候一直沉迷于民间故事，那时候对全世界的民间故事非常熟悉。然后是读小说，一直到现在。我小时候知道，一个故事总有三段，我不说你们都知道，听上去是老套的三段论，开头、中间、结尾，所有的故事都是这样。人一生也是三段论。在自然界，哪怕是一个化学或者物理反应，几乎全部都是三段论。三段论不可小觑，特别厉害，实际我们剧本写作这门课，也是从这个角度展开。任何一个故事都有一个开头，一个中段和结尾。

一个故事先是从一个人物出发，为一个人物定性，比如美国的一本编剧的教科书提倡的就是这样一种授课方式。例如，今天咱们看看一个剧本是如何诞生的，大伙提议今天咱们写一个什么样的人，男人还是女人？大家举手表决，选女人的多就选女人。于是讲一个女人的故事，这个女人是什么人啊？多大岁数？什么职业？他们以这种方式在一堂课上就把一个剧本的架构拉出来了，先设定一个人物，有了人物之后再设定他的人物群落。

中国电视剧史上一个里程碑式的故事叫《渴望》，是王朔他们创作的，他们设计这个故事的过程，媒体也广泛评论过。首先电视剧是不是要好看呢？肯定要好看，那么如果是一个女孩没有结婚就给她一个孩子是不是就好看了呢？也许大家会有兴趣。他们就这么一步一步商量，设定了刘慧芳，是一个未婚的姑娘，给她一个孩子，孩子怎么来的呢？不能是私生女，捡一个孩子好了，也就是一个弃婴。一个女孩没结婚，还有婚姻恋爱一大堆问题的时候，这事怎么办？她很善良，是是非非就生出来了。这个就是刚才我说的三段论的一种开头方式。故事开始的时候，事情可能早就已经发生了。

我们也可以进行这样的尝试，在课堂上我们就做这样的剧本。以好看、大家感兴趣为前提，集思广益，我每提出一个问题都以投票的方式确定答案。很快你们就会发现，其实电影做起来也不难。人物我们确定了，然后从这个人物的哪一段开始，人物会遇到什么，然后再依据他（她）去设定他（她）周围的人物群落，他（她）的对手、他（她）的支持者，他（她）的阻碍如果来自于内部，妈妈可能是一个强有力的支点，或者爸爸、哥哥、姐姐、妹妹。我们又设定了跟他（她）有亲密关系的人。这个人的功能是要对他（她）所做的事情形成阻碍，但是立场也是为他（她）好。外部有敌人，内部有阻碍。然后要犯一个小人。这样就出来五六个人物了。然后再确立职业，他（她）在这个职业之下可能遇到什么问题，要有跟人物职业相匹配的事件，人物面临问题，问题拿过来发现有戏了，这么往前走故事才能出来。

很多人认为写小说和剧本是一个很难的事情，其实写小说是比写剧本更复杂的一件事，因为写小说不完全是讲一个故事，它还需要更复杂的一些东西，比如有哲学的、社会学的，还有历史的等等。剧本不一样，剧本一定是在一个规定的时间里讲一个人的故事或者说是事件，就是讲它的始末，剧本看上去比小说热闹。

小说更像是网球，剧本更像是羽毛球。在两者都没打过的情况下，看的时候会觉得羽毛球闪转腾挪，特别精彩，网球看上去很简单，就是接球发球，但是真正打的话，羽毛球谁都可以拿过来打几下，打网球如果没经验常常连球都接不到。要有特别深的功力才能把一个小说写得让人信服，有良好的张力。

相对于小说，剧本要容易一些，编剧这个职业有特别多的技巧，而小说里面技巧不多，想把握小说的技巧难之又难，很多靠意会，编不出来。剧本特别容易就能讲得清楚，因为它完全是搭一个结构，结构全是可以用线性来描述的，所有剧本的关系都可以用线性描述，小说很难用线性描述，很多特别精彩的小说，看上去人物也不多，很简单，它背后却很复杂，有哲学甚至宗教的深刻含义。

剧本写作的课能讲的主要在技巧意义上，而非写作本身的神韵，这个太难了，这需要把个人全部的修养和底蕴都铺上去。

第二章　怎样看待一个故事：关于电影
《闻香识女人》

一　关于什么的故事？

我上次说到电影实际上就是在讲一个故事，我们看过电影《闻香识女人》之后，能知道这是一个关于什么的故事吗？

说这个故事的主题吧。每个人在生活里遇到同一件事的感想是不一样的。我认为这个故事是一个关于救赎的故事。

两个男人都遇到困境了，各有各的困境。弗兰克遇到的问题是活着还是死去，哈姆雷特的命题，他遇到的困境大一点；查理遇到的问题是说还是不说，这个命题稍微小一点，这个困境对于查理而言，实际上编剧已经给我们设置了一个巨大的圈套，查理的困境是说还是不说，他此生的命运就会因此改变。

我们先看到查理这个小男人救了弗兰克这个大男人，按道理他是没有力量的，他还是个孩子，是个高中生。弗兰克身经百战，按他自己的设计，生命已经走到尽头了。

查理应该救不了弗兰克，但是偏偏他救了弗兰克。这个故事的转折点就是去买基杜山一号雪茄。弗兰克告诉查理卖雪茄的地方有点远，下面的店里不会有，你要去第五大道和第五十大道的交叉路口上。他之所以这么说，我想他是想叫查理走得远一点。

而在这之前，查理遇到他人生最困难的一件事，他要决定怎么办。查理进房间做的第一件事是打电话，电话中对方说这个时候不能谈，他差不多已经要崩溃了。

前面从校长口中我们知道，查理面前有两条路，就像弗兰克面前有两条路一样，活着还是死去。一条就是他上哈佛；另一条就是他不说，那么连本校贝尔也待不下去。根据剧情判断，贝尔是一所私立高中，是一所名校，传统悠久，出了两位美国总统，三个巨擘大亨。

查理的困境和弗兰克的困境差不多是一样大的，因为他的大好前程将会因为他说与不说而发生本质的改变。我想这个故事肯定是有一个很漂亮的结尾，在看到这个故事的结尾之前，我想绝大部分人想不出查理的困境他怎样解决，就是要不要说，要不要出卖。首先是出卖同学，与此同时他也会出卖灵魂，所以我把这个故事称之为一个救赎的故事。这就是我看这个故事的一个主题。

二　怎样的一个故事?

开始我问到的是它是关于什么的故事，刚才我在看的时候我也在想另一个问题，也就是第二个问题：这是怎么样的一个故事？从剧本本质上是讲一个故事，也就是这个故事的形态。我们看这个故事的时候可能会想到，就像刚才有同学说的，这是关于两个男人的故事，只有讲完了这个故事，男人的意义才凸显出来，也就是说怎么做一个男人这个命题。我们在座的女生居多，可能绝大多数女生在人生中不会遇到查理这样的命题，这个命题经常是男人的。

导演实际上是给了我们两个性格，这两个性格都是有缺陷的性格。

这个关于弗兰克的故事，在看到一半的时候，你几乎可以判断这个人是个坏人，因为他做所有的事情几乎都是坏的。按照人类的常规价值观来判断他一定是一个坏人。一个来为他服务的男孩子被他羞辱，说了他家里是开便利店的之类的污辱性的话，然后在飞机上看到空姐就想入非非，说一些色迷迷的话，到自己哥哥家串门的时候，开侄子和嫂子的玩笑。一个成年人对两个年轻人开很下流的性玩笑，哥哥一家平静的生活一下子被他搅得一塌糊涂。弗兰克完全是个坏人。

我们回过头来说查理。在查理坐到听讯会桌子前的时候，谁能确定查理想好了？谁也确定不了。查理是一个优柔寡断的男孩，在一个男孩向一个男人成长的过程中，在他真正遇到问题的时候，你发现查理是一个很可怜的角色。

而在他最终面对这个困境之前，查理在等着弗兰克付给他工钱。告别的时候，弗兰克说我不想把车窗摇下来，但是查理还站在车窗前，弗兰克还是把车窗降下来。查理想要那份工钱又张不开口，弗兰克真的是忘了，而且他已经没有钱了。

查理站在车窗前，想要工钱又张不开口的时候，你看得出查理仍然还是一个男孩，他仍然没成长为一个男人。

第二个命题是它是一个怎样的故事。我认为它是一个命运或者说性格逆转的故事，两个主人公都是。我们发现两个主人公的性格都在发生逆变。他们俩都遇到了命运的问题，都到了人生的十字路口。

上次我在讲故事类型的时候，说过两种故事类型。一种是以人为主的，如《阿甘正传》、《莫扎特》；另一种故事是写事的，人并不重要，发生一桩事，与这个事情相关，核心有一个人两个人或者三个人，外围有一个人物群落。通常我们讲故事脱不了这两个类型，像《堂·吉诃德》就不是一个以事为主的。虽然我们能记住堂·吉诃德大战风车，但是你把战风车这场戏剪掉，一点都不妨碍《堂·吉诃德》这个故事。

把我们看的这部影片最著名的那场戏，就是跳探戈那场戏剪掉，这个故事一点都不受伤害，人物不受伤害，故事不受伤害。我想说的是，在写人为主的故事中，它的故事不真的在它的整体当中。

之后我们的华人导演吴宇森也拍过一场跳舞的戏，拍得同样精彩，也让世界咋舌，就是《纵横四海》里周润发在轮椅上和钟楚红跳舞的那场戏，也是探戈舞曲，可能探戈特别有意味，探戈舞特别有视觉效果。吴宇森在这场戏里使用了轮椅，而不是对经典影片进行原封不动的复制。

《闻香识女人》里面跳探戈这场戏在电影史上非常著名，一提起来大家都知道，就是这么知名的一场戏，实际上它在整个情节里一点都不重要。把它剪掉了是不碍事的。就像《堂·吉诃德》一样，剪掉战风车的戏，对于《堂·吉诃德》这个故事和堂·吉诃德这个人都不妨碍。

这两种类型的故事，各有各的路数。说到写事的故事，比如人类历史上被阅读最多的大师级的小说家——阿加沙·克里斯蒂。我国出版她的全集是八十本，据说也不是全部，只不过是选了八十本。中国观众都看过她的三部作品：《尼罗河上的惨案》、《阳光下的罪恶》和《东方快车谋杀案》，它们被拍成电影，风靡全球。她的全部故事几乎都是写事的。她写事的时候捎带写了两个人，一个是大侦探波洛，还有一个侦探，是个老太婆，叫马普尔小姐，是一位退休、有风湿病、活动很不方便的老太婆。

说老实话，我一开始觉得，我最早看的那个电影版本里扮演波洛的人，是最合适的扮演者。后来我看过其他电影版本里的波洛也还行。一开始我觉得这个波洛是绝对的，独一无二的，你们知道吗，克里斯蒂说过一句特别自负的话：我相信上帝创造了波洛就表示了干预的愿望。一个好的作家和故事讲述人有时候觉得自己像上帝一样，在操纵自己的故事里的人物、让他们有喜怒哀乐、让他们对设置的各种考验做出不同的反应的时候，我确实会有上帝的感觉。

波洛只是一个观察者，波洛在克里斯蒂小说里经常像一个作家大马在马原的小说里，这个角色一直在观察，在看，用眼睛用耳朵，不过如此。人物本身并没有像堂·吉诃德一样，像好兵帅克一样，像阿甘一样活生生兀立出来，从来没有过。马普尔小姐每次总是让波洛遇上奇奇怪怪的凶杀案件。还有大家都知道的福尔摩斯，柯南道尔的名著，也是克里斯蒂的英国同乡和前辈。他们写的这一类的故事都是以写事、说事为故事的主要内容。那么我就有一个问题，《闻香识女人》是写人的还是写事的？

导演特别聪明，他在这个故事里做了两个群落。这个故事恰巧是有一部分偏重写人——弗兰克的故事，另一部分偏重写事——查理的故事。很不幸，弗兰克的故事是查理故事的附庸，这就涉及我们这门课的第一个主要内容，即人物。

第三章 人物（上）

一 主要人物　次要人物　人物链

1. 主要人物

《闻香识女人》这个故事有几个主要人物？法兰即弗兰克、查理、校长和乔治；还有一个人特别重要，就是肇事者夏利。如果夏利不做这件事情就没有这个故事，整个故事就是由他们五个人构成的。

我认为弗兰克不是太重要，核心是查理。从故事的框架上看，查理和查理的两个对立面——肇事者夏利和校长，最重要的是他们三个人，绝不是弗兰克。在结尾之前，弗兰克没有进入这个故事，而是在这个故事之外。

查理是一号人物，因为主要考验的人物是查理。是因为夏利肇事，是因为校长认为查理更好欺负，查理没有背景，是一个穷孩子，没有一个有钱的老爹。

现在看，尽管乔治和弗兰克也分别是五个主要人物之一，但是他们各自的意义不同。乔治是衬查理的，弗兰克实现了对查理的救赎。查理之于弗兰克是偶然进入弗兰克的生活，先救赎弗兰克。

夏利是整个事件的肇事者，他的矛头指向校长。他与乔治是同学、伙伴，也可以说是一丘之貉。

查理和夏利，一个好孩子，一个坏孩子，互为映衬。

弗兰克和校长的关系是敌对关系，弗兰克击溃了强大的校长。在整个故事的人物群落里，弗兰克是一支意外之师，是一支奇兵，这支奇兵击溃了校长。在电影结尾之前的那一瞬间，校长对查理已经形成了泰山压顶之势，校长代表着公理、正义、诚实和贝尔一百年的传统，还有纪律小组，还有全体师生，校长因此无比强大，在校长几乎已经击溃查理的瞬间，谁也不能够预料还有一种力量能翻盘，弗兰克就是翻盘的力量，一支奇兵。

弗兰克在对校长施以毁灭性打击的同时，捎带打击了乔治，因为他说他有一个有权势的父亲，瞬间打击了乔治。这个打击非同小可，为什么呢？老乔治是学校的捐助人，一个很有身份的人。校长一开始为了表现得公平一点，他先问乔治。他发难的重心肯定不在小乔治身上，而是在查理身上，因为查理是个软柿子，他认为他可以把这个软柿子捏碎，但事实上他在对小乔治小小地发难之后，他在总结的时候又拍了老乔治一个马屁。他说这里面唯一值得赞赏的、可以代表贝尔人格的是小乔治。在那么一个背景之下，弗兰克捎带着对乔治的一个打击，导致了乔治的褒奖被取消，这是一。

二是弗兰克说出大家都看到的事实，这个对乔治和他背后的老乔治都是一个重创，然后他顺便对夏利这个群落，包括布德和占美，用一个全球都通用的粗口，顺便打击了他们。

你们看看，在这五个人物里面，每个人物之间都是很复杂地交织在一起。这个故事的全部压力，来自于校长对查理形成的泰山压顶之势，以上这些是故事的主要人物。

2. 次要人物——围绕主要人物形成的人物链

这个故事还有一些次要人物。查理这边有没有次要人物呢？没有。夏利有一个布德，有一个占美。先不说弗兰克，因为他要对应一个大层次。校长这边有个洪太太。除却弗兰克，这些有名有姓的人物构成了核心故事的人物链。（见图1）

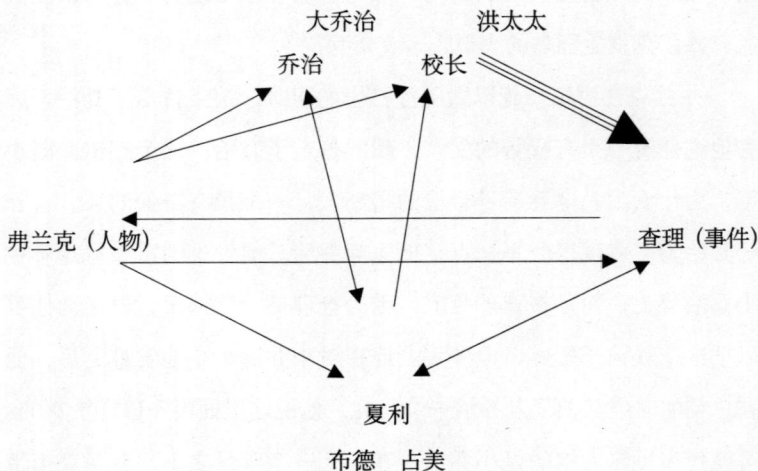

图1

在五个重要人物当中，其他四个主要人物能衍射出来几个人物？大乔治；还有校长这边的洪太太，她有两次出击，一次是目击肇事现场，一次是纪律委员会的代言人；夏利有两个马仔，布德和占美。我说的这些都是有名有姓的，不包括宾馆和餐厅里的侍者等等。跟故事有关，就是跟说事有关的人物，每一个人物都承担他（她）自己的功能，就是在故事里边的功能，在推进故事在情节链当中，每个人都有自己的角色，例如布德和占美是夏利的帮手，他一个人造不了这个恶作剧。

也就是说在整个情节链中的整个人物链，不要求有太多的人，让其他四个人纠缠在一号主人公的周围已经足够了，根本不需要其他的人，而那些人是干吗的？其他的角色跟核心故事一点关系也没有。

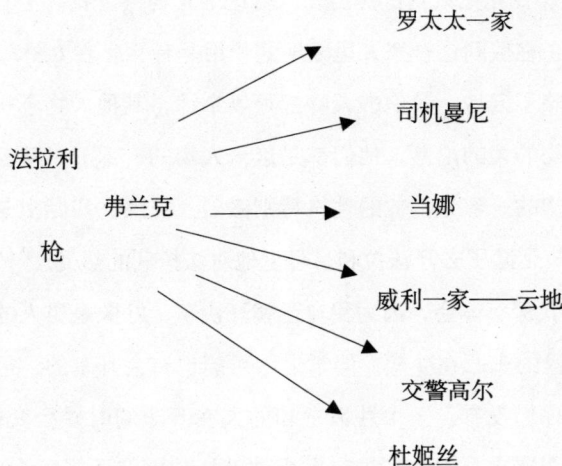

罗太太一家

司机曼尼

法拉利

弗兰克　　　当娜

枪

威利一家——云地

交警高尔

杜姬丝

图2

　　而关于弗兰克，他自身有一个人物链。（见图2）我们看看，他这条人物链有多少人？罗太太一家人；司机曼尼；餐厅里的女孩当娜；他的哥哥威利一家，这里面有个主要人物是他的侄子，叫云地；一个交警高尔；还有一个女教师杜姬丝。

　　此外，弗兰克还有两个人物，一个叫"法拉利"，一个叫"枪"。

　　你看我把人物表列出来之后，你们就知道我为什么要跟你们谈人物。人物是剧本里最复杂的事，就是你怎么设定这个故事。现在这五个人（图1）是这个故事链当中的角色；这个群落（图2）是弗兰克这个人物的人物链，他们根本与核心故事的故事链不发生任何关系。

　　这节课我先把人物链提出来，就这个人物链，我有个有趣的问题问大家：在威利这一家人里云地的作用是什么？在（图2）这个人物链里，除了云地，其他的人物都可以拿掉，其他人物不构成弗兰克这个人物的大的沦落，他们都是这个人物的一部分。法拉利肯定是这个人物的一部分，他的性格特别激烈、狂躁，实际上是特别有灵感的。一个瞎子去开法拉利，可见他对法拉利的热爱。

　　这个我深有体会，因为我自己就开快车，好像是男人的血液里有一种奇怪的东西在冲撞。同学之中可能也有会开车的，但可能有一个感受你们没有。一个性情平和的人在开车的时候会变得很躁，很多司机都骂人，因为各种突发事件都让他们受不了，会吓一跳。我以前没有想过这是什么原因，因为我周围有些朋友性格很温和，

我也搞不清楚为什么他开起车来就会骂人，骂抢道的车啊，骂突然
窜到路上的行人和自行车啊，特别奇怪。后来他们说实际上你一上
了车就有上了马的感觉，两者感觉相似。车比人的日常速度快很多，
这种速度的变化可能突然加剧了你的脉管里血液的循环往复的冲撞，
所以开着车人突然变得都不心平气和了，下来以后你看这个人可能
性格特别温和。我说别人的时候可能更主要说自己，因为我过去可
能是脾气比较急的人，现在日常很温和，但是开上车就可能骂人。

　　我们把电影里开法拉利这一段拿掉，也能看到他性格狂暴的一
面。比如他自己过马路那场戏，不管不顾，直到撞倒垃圾桶的时候
自己也被撞倒了，才停下来。因此，表现他的暴躁，没有法拉利也
能完成，没有枪也能完成，没有罗太太一家也行，没有当娜，没有
交警（当然交警表现的是弗兰克的另外一面），没有杜姬丝，都能
完成。但是没有云地，整个人物就没有历史。

二　每个人物都有一个历史

　　最近我一直在写剧本，拍电视剧之前就有一件有趣的事情。演
员总是来找你说，编剧啊，能不能帮我想一下，我演的这个人以前
是做什么的，我有过什么经历啊。我就说这是什么意思啊？他（她）
说，我得找心理支点，整个行为都要找心理支点。实际上我写多了
以后才知道，在你写的故事里边每个人都有一个历史。

　　在整个情节链当中，是很重要的但又不是绝对重要的弗兰克，

他的篇幅这么多，他的历史在哪里？他的历史就在他和云地之间的一段尖刻对白当中，他的全部历史都出来了，其他的我们知道的是詹森，应该是美国历史上一个大人物，他就说他是詹森的一个幕僚，他又说他是中校，通过云地一下子就把这个人物的历史带出来了。

首先，云地让我们知道了他是怎么瞎的。这个人物他可能很虚荣，可事实上他又是个马屁精。但这是云地的说法，你可以信云地的说法，也可以不信，但至少云地说出了这个人物过往的一个性格史。在他和云地的交谈中，我们知道他不是一个先天的瞎子，他是后天的瞎子，是被炸的；他经常会为一些莫名其妙的小事激动，至少我们了解了这点。

因此，在弗兰克的整个人物链里面，可做出如下分析：

杜姬丝是给关心弗兰克的观众一个故事之外的联想。

高尔让弗兰克在这个故事里面露出了可爱的一面。高尔出现之前，弗兰克一直是个可恨、可恶的角色。高尔准备处罚弗兰克的时候，弗兰克成为了一个可爱的父亲，至少在那场戏里他扮演的是一个可爱的父亲。

威利一家衬托出，弗兰克在面对自己家人的时候，是一个多么混蛋的家伙，所以他混蛋的一面在威利一家面前显露出来。

罗太太一家是无奈。

司机曼尼只有几场戏，但司机曼尼把一个观众和读者，或者说公众的视角表现出来，实际上是他目睹了这么一个男人，并对他表示深深的敬意。曼尼以一个司机的身份说，你再来我给你打折扣。

让司机说这个话可不容易，因为通常我们打车的时候，不是司机说打折扣，而是我们对司机说——

打个折扣吧。

在整个关于弗兰克的这个人物链里面，只有云地的作用跟所有人都不一样。

三 弗兰克最终解脱了吗？

我还有一个问题，我说它是一个关于救赎的故事。那么我想知道，弗兰克最终解脱了吗？查理解脱了我们知道，纪律小组的公布，还有全场长时间的欢呼，告诉我们查理已经解脱了，他被救赎了。那么弗兰克解脱了吗？

弗兰克是解脱了的，在里面有非常明确的指向。故事发生在万圣节前后，所有的人都去度假，都是因为万圣节的缘故。然后查理和弗兰克告别的时候，弗兰克的台词可是说得非常清楚："圣诞节记得来看我。"

他已经不要死了——这个台词多重要啊！就是说圣诞节前不必担心我了，他跟查理说这个，实际上是要告诉观众。你们如果细心，这就是我要你们看到的"表"。

故事里面什么地方告诉我们弗兰克解脱了？还有一个，从细节出发就能看到。细节就是编剧需要做的事情，你要把弗兰克解脱出来靠什么解脱，你只有靠剧情，剧情里能让观众明明白白知道的是什么？是台词。

　　弗兰克跟罗太太的小女儿梵乐西说什么什么可以吗，她说不；他又说什么什么可以吗，梵乐西还说不。他第三次说了什么？你们可能没注意，他说："小家伙你知道吗，这个感恩节，弗兰克叔叔过得好艰苦啊。"这个台词是明确地告诉你们，这个感恩节对他的特殊的意义，但是它过去了，他过了一个好艰苦的感恩节。

第四章　人物（下）

四　角色的生成

（一）以第一主人公为中心

在剧本里面人物永远是居于第一位的。我经常说人物，实际上说的是角色。动物片《狮子王》里的动物也是人物，我们说人物的时候实际说的是角色，我们不讨论关于动物的纪录片，因为那不在我们这个剧本讨论的话题之内，所以我说的人物还是指的角色。

我们还是用《闻香识女人》做例子，通常是这样，一个剧本至少有一个主人公，有时候有两个。《闻香识女人》这部电影，我们知道有两个主人公：一个是查理，一个是弗兰克。虽然在关于查理的这个困境中弗兰克差不多是一个配角，但是我上节课说过，这个故事有它的特殊性，这个故事不完全是一个写事的故事，同时又是个写人的故事。所以在写人的部分里弗兰克是主角，在关于查理困

境的故事中，弗兰克是配角，主要的配角，因为这个故事的第一主
人公还是查理。

假如大家愿意从事这个职业，你们会发现，通常我们做一个剧
本，我们先要有一个人物，首先要有一个人物。但是你写剧本的时
候你会发现，咦，怎么不是一个人物，而是有很多人物了，或者是
有两个主要人物了，甚至三个主要人物了，这是怎么回事？实际上
所有的这些围绕着第一主人公的人们，差不多都是在主要人物诞生
之后衍生出来的，也就是说没有第一个主要人物，其他的人物出不
来。

比如说我现在写的电视剧大概有四十多集，大约有近一百个人
物，这近一百个人物几乎服从于一个人物的需要。那么我设置了一
个人物，这个也是我和投资方、中央电视台一块讨论的。根据他们
的要求来进行，比如他们说拍一个宫廷戏好卖，我们就前提设置为
作一个宫廷戏，然后呢，还是女人的戏好看，那么我们就设定宫廷
里边的女人。之前他们说清宫戏太多，我想一想说，清宫戏以外我
们作什么戏啊，我们就作唐宫戏。

（二）历史与虚构

唐朝历来故事很多，我个人也很感兴趣。唐朝是中国历史上文
学最辉煌的年代，也是经济史上、城市化历史上的鼎盛时期。大唐
盛世嘛，不是有一个比较流行的说法叫"你最愿意生活在中国的哪
个朝代"，绝大多数人的回答都是唐朝。那时候不用太动脑子，也不
用有太复杂的想法。唐以前有隋，唐以后有宋，我们就设定了唐朝。

唐朝故事里，武则天写过了，比较有名的上官婉儿也写过了。后来想，我们编一个人物行吗，编一个人物也行。

我们在创作这个过程中出品人就跟我说，现在韩国有一个《大长今》你看一看，挺好的。那时候你们还没看《大长今》，我们说这个话都一年多了，那时候《大长今》还没播呢。他想办法找了一套碟叫我看一看，我也没工夫，七十多集怎么看啊，然后我就找我的助手帮我迅速地看了一下。他后来才跟我说有一个缩编本，七十集居然可以编到一集里边去，他看了后大概给我讲了一下，蛮有意思的。我大概瞄了几眼他们戏里的皇宫，中国现在不是有两个皇宫吗，除了北京故宫，还有沈阳故宫。沈阳人眼里的这个故宫就像土地庙似的，但是比起《大长今》里的皇宫还是漂亮一点，比他们的大一点。

虚构一个人挺好的。经过查验一下资料，长今是一个基本虚构的人物，在历史里面关于长今有二百六十个字的记录。我想，他们是用了一个历史上有名有姓的人，历史上写了两百多个字的人做他们的一个故事，一个七十多集的故事，索性我连这二百六十个字也不要了，把它拿过来发现它可以衍生很多人物，这些人物可能跟历史一点关系也没有。

我为什么不让我的这个人物与历史人物发生一点关系呢？我就想，我们对李商隐多少知道一点。他有个神秘情人，他给她写了许多特别好的情诗，但是李商隐的传记里边看不到情人的记载。我想我的这个女主角也许就是李商隐的神秘情人，我就让我虚构的这个女孩子衍生出一个李商隐来。当时李商隐有几个哥们儿，比如说杜牧，比如说温庭筠，在晚唐历史中他们几个人关系蛮好的。

（三）人物的衍生

首先衍生出一个李商隐来，然后李商隐又衍生出杜牧和温庭筠，以及在他们那个时代里有趣的人。比如他们的长辈白居易。他们在二三十岁的时候，白居易已经六七十岁了，完全是他们的父辈，那么白居易又衍生出来了。然后从白居易这里我又得到点灵感，他的《琵琶行》特别有名，里边写了一个琵琶女。我就在想，我为什么不用琵琶女做点文章呢，我的女主人公在故事开始的时候只有十一二岁，她妈妈大约三十多岁，她妈妈为什么不可以是那个琵琶女呢？

于是，剧本就这么出来了。我先设立一个女孩，为这个女孩取了一个我以为很好听的名字叫"玉央"，她是李商隐的情人，李商隐和她有恋情。李商隐的发妻是他母亲给他定下的，他是个大孝子。从李商隐找到杜牧，杜牧是他的兄长级的人物了，然后再找到他的兄弟级的人物如温庭筠，然后再找他的父辈如白居易，然后把琵琶女又拿过来了，这个诗又拿过来了。

我翻阅这段历史，发现原来唐代有那么多皇帝，那时候两三年、三五年就换一个皇帝，不停地换皇帝。我选取的那段历史全是兄弟接兄弟的皇位，唐敬宗他有几个儿子，其中有个继承皇位的叫唐穆宗，唐穆宗在位期间很短，然后唐穆宗的弟弟继位，历史上叫唐文宗，我写的故事就发生在唐文宗在位期间。

我翻阅历史时发现唐文宗只有一个儿子，这个儿子是意外死亡，我觉得这里面可以做文章，于是我就把他儿子引进剧中来。他儿子是太子，太子和我的电视剧主人公刚好年龄相仿，又是很微妙的好朋友。历史上没说唐文宗的儿子叫李永，历史上没说他是什么，因为他少年的时候太子被废，后来死掉，历史记述很简单，也不重要，但是在我这个故事里倒是蛮重要，因为我发现这个李永是可以和玉央做朋友的。那么这时候又衍生出来新的人物系列了，和李永相关的人物系列。

所有的人物都围绕玉央，就像《闻香识女人》里，所有的人物在这部电影里面都围绕查理一样。

一个电影，一个剧本，有的人物群落很单纯，就一个人或者两个人，比如《我的父亲母亲》实际上是一个人，自始至终就是章子怡一个人在跑来跑去，跳来跳去。这种电影剧本很难写，没有冲突，整个故事没有对手戏，演员个人魅力是决定这个剧本的核心因素。一般来说剧本需要一大堆纠葛围绕一件事或者围绕一个人，这也是我们惯常写作的人的一个习惯。

（四）主角的异己力量

我少年的时候就开始写作。一开始我就发现，虚构写作是怎么回事呢？是你先设定一个主人公，主人公可能是"我"，第一人称。因为年龄小的时候可能阅历不够丰富，写作很容易陷到第一人称中去。那么都从"我"出发，然后这个"我"遇到了什么事情，遇上了什么人，给"我"一个考量。这是很多人在写作的时候，尤其是在虚构写作的时候，一个基本的初衷，一个动力，写作的一个方向，一种向性，通常都是这样。所以我说，通常有一个主要人物，然后呢？

比如我在写《玉央》的时候，玉央一个女孩子你能写出什么戏来。她是个小女孩，是没有性别概念的。没有性别概念是指她不在性或者感情当中产生纠葛，她应当是在人和人之间产生纠葛。这个时候最有趣的纠葛经常还不是由性别决定的，经常是发生在同性当中的。在有强烈的性别意识之前，通常同性之间的问题与矛盾会是主要矛盾。

因此，我为玉央找了个配角——清蔷，现在这个戏已经写到四十集了，写到这时候我突然发现，日后这个清蔷会是个比玉央还大的明星。假如我们在全国海选找两个演技和相貌都特别出众的女孩子来演，日后清蔷的名气和影响可能要超过玉央，清蔷是个坏女孩，清蔷是玉央的异己力量，在宫廷里她们之间冲突之剧烈，起伏跌宕，一句话讲不完，一天是肯定讲不完的。

小　结

首先，在写剧本之前要确立一个主要人物。我告诉你们玉央是怎么被确定的，玉央是在一种被讨论的状态下确定的。

美国某著名编剧写了一本《编剧技巧》，那本书告诉大家剧本是怎么产生的。咱们现在课堂上就解决人物，咱们大伙写个剧本。

大伙提议吧，咱们写个什么什么人，同学在下边就有好多种建议。某个同学说，我觉得可以啊，咱们就用这个人物吧；他（她）什么身份，大伙商量给他（她）一个职业；然后他（她）多大年纪，大伙给他（她）确定个年纪；他（她）什么性格，大伙想来想去又给他（她）确定一种性格。剧本真的是这么写出来的。

就像早年《渴望》的出炉一样，几个才子在那想想，要老百姓爱看，没结婚的姑娘给她一个孩子看看她怎么办，他们从这生出了《渴望》里的刘慧芳，张凯丽扮演的刘慧芳就那么生出来的。

五　对电影《闻香识女人》的人物群落的分析与破解

（一）梳理纷繁复杂的人物关系

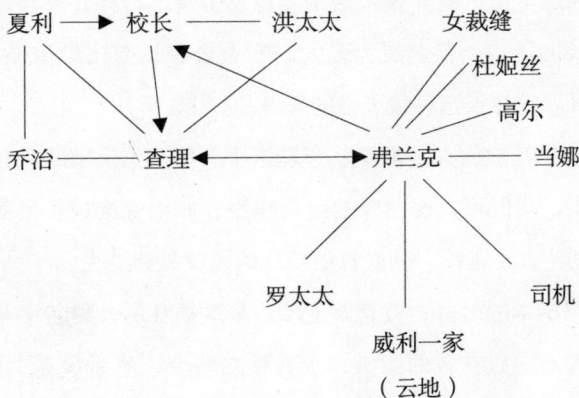

图3

现在我们看一下图3，由主要人物查理生出了一个次主要人物弗兰克，然后在查理的故事里给查理找一个对应即乔治。他们俩遇到的事情一模一样，但是乔治的背景与性格和他的应对方式，都与查理不同，乔治很明显是个次要人物，相对于弗兰克他不重要。

真正作用于查理的实际是校长，查理的困境完全是这个人物决定的，别看这个人物戏份不多，如果拿掉他故事就会莫名其妙，查理就没有他的困境。和校长相联系的还有洪太太。

查理、乔治、夏利是同学，他们三个人相对于彼此都没有那么重要，完全是一个等边三角形的关系。

有趣的是夏利的创意。校长对查理和乔治如同上帝一样，生杀予夺，能够决定他们的命运。相对于查理和乔治完全处于平行关系的夏利，他可以给那个执掌他们生杀大权的人狠狠的打击和羞辱，所以夏利这个角色就像校长这个角色之于查理一样，夏利这个角色对于校长的压迫，甚至更为强大。看上去校长要比学生强大得多，但夏利可以给校长这种毁灭性的羞辱和打击。

图中的其他的人物都是从查理这个人物衍生出来的。在故事结尾的时候，我们可以明白弗兰克的作用。如果说给校长狠狠打击的人是夏利，真正击溃、彻底打败校长的人就是弗兰克。

我写剧本的时候，就喜欢上墙，喜欢把我的人物名字写到一张大点的纸上，放在我的案头，或者粘在墙上，然后我在上面作图。我知道有很多作家或者编剧，他们喜欢卡片。他们觉得卡片的方式更好，因为卡片可以倒来倒去的，卡片又可以把一个名字在他们面前任意挪动，卡片更灵活。还有的人喜欢用另外的方式，比如磁石，吸在金属板上，跟卡片的方式或者上墙的方式都有点像。

写作的时候具体用什么方法，在你们看来可能不太重要，但是假如你们日后做编剧的话，这个非常重要。因为这是方法论，能让你捋清纷繁的关系。一部好作品，有潜流，每一个角色的价值、意义在悄悄地发生作用，他（她）以濡染的方式发挥作用，这不是绝对直观的，除了两个对手之间的关系是对立的、对抗的，其余必然是潜流式的关系。只有将他们特别明晰地摆到面前的时候，你才能特别清晰地看到每一种力量对剧本中矛盾的走向、人物的走向、性格的走向发生什么样的作用。

围绕弗兰克还有一个完整的人物链。在这个人物链里弗兰克是主要人物，比如说，罗太太一家是他的亲戚，威利一家，司机曼尼，餐厅的美女当娜，交警高尔，还有什么女裁缝等，这些人物又都是由弗兰克这个主要人物衍生出来的。全部人物的生成，都是由主要人物衍生出次要人物，永远是这个法则。

在把这些人物都上墙了，把它明晰化了，把次要人物和他们对应的主要人物的归属关系明确了以后，我们再来看关于人物的下一个问题。

（二）戏剧化人物与非戏剧化人物

有些人物形成的故事单元在整个电影里面起的是锦上添花的作用，会增加一点光彩，但是决不会因为拿掉这些人物就对电影有损伤，不会对弗兰克这个人物有损害。我通常就把罗太太一家，威利一家除了云地，司机曼尼，美女当娜，交警高尔，女裁缝，这整个人的群落，称之为非戏剧化的人物。

在故事当中也存在可有可无的人物，有他们，会更圆润，更有光彩，更有血肉，有更好的质感；但是如果没有他们，整个故事仍然成立，人物仍然能够确立起来。因此，我把这一类围绕弗兰克的人物同围绕查理的人物严格地区分开。

为什么要严格区分开呢？因为围绕查理的这一部分人物在查理的这个人物群落当中，这部分人物就是戏剧化人物。这是有大不同的。你们体会一下戏剧化人物和非戏剧化人物。在任何一个剧本里边，都有这两种人物。编剧在写人物的时候，自己也许不是特别清晰哪个是戏剧化人物，哪个是非戏剧化人物。戏剧化人物更多是印象式的，跟心情有关。而非戏剧化人物跟剧情有关。

我还是回到弗兰克这个群落里边来，我为什么说云地跟其他人不一样呢？比如说高尔，弗兰克开法拉利兜风结束之后出现的人物。我们假想没有高尔这个人物，这场戏收于卖法拉利的老先生，而不是高尔。如果这个戏回到老先生那里去，我们不会觉得有任何突兀，而且我们会觉得特别自然。当然没回到老先生那里去。法拉利那场戏从卖车的老先生起，然后用高尔收了这场戏。如果我们不用高尔去收，我们用老先生本人去收也是没有问题的，悄悄删去一个人谁也不会觉得有什么不对。

如果云地这个角色要是拿掉了，弗兰克上他哥哥家那一整场戏意义都不是特别大。弗兰克不讨人喜欢，不单是跟他哥哥这场戏里。

从查理去应聘见他的那一刻，他就是个极不讨人喜欢的人。比如他对查理说的极度侮辱的话，像什么你不就是一辈子在杂货店里卖货这一类污辱性的话。

假如没有云地，威利一家这场戏的价值就会减损。云地是戏剧化人物，威利一家，云地的爸爸、哥哥、嫂子和老婆，这一家人实际上都是非戏剧化人物。云地在这个剧情里起了洞穿弗兰克历史的作用，只有他直接面对了弗兰克的过去。

弗兰克是个瞎子，弗兰克为什么是这个样子，剧情设计得很巧妙，不是通过弗兰克告诉我们，而是云地在受了弗兰克很过分的侮辱之后反唇相讥，在这个状态下才让我们了解。把云地作为一个戏剧化人物去透彻洞穿弗兰克的历史的时候，用的也是特别巧妙的方式。云地是被迫才说出他的过去，因为他要向弗兰克的侮辱反击，才露出弗兰克个人历史的些许端倪。知道他好像是什么将军的幕僚，他很以这个将军为傲，但是事实上他是个刚愎自用的人，又虚荣，但是他同时又是那种英国式的虚荣，耿直的虚荣。

总之，在关于弗兰克的这个人物链中，别人不在戏剧冲突当中，没有构成这种戏剧人物，但是云地构成了。跟弗兰克的关系中，唯一构成戏剧冲突的实际上是查理，因为他们俩的戏不是一场而是多场。每一次他们俩在一块，虽然看上去是同伴，但事实上他们是对手，一直在较量。我把这个故事看成是一个救赎，而且是双重救赎，你救我，我救你，要不然这两个人都死定了。结果这两个人，用中国式的话说叫"浴火重生"。尤其锦上添花的是影片结尾出现的那个不是很漂亮、脸上有点雀斑但非常可爱的女教师。

六　戏剧人物的三种情状

一般专家们认为戏剧人物通常有三种情状：

第一种，要有一个主戏剧冲突。

查理的主戏剧冲突是他的困境，这个大家看得很明确，他要么告密，要么被打发回去。弗兰克的主戏剧冲突是他的厌世，他是个退伍军人，我们可以肯定他没有多少钱。你们可能没注意到一个细节，我是特别注意细节的，第一次讲课的时候我也特别提了一下，弗兰克打发查理走的时候，他多给了查理一百块，因为说定的是三百块，他给了查理四百块，但是弗兰克把查理送回来的时候付了查理三百块，而那三百块是一直等到查理很不好意思地站在车窗前才给的，查理没有说出来的话是"钱还没付给我呢"。

查理一开始问过他，吃一顿饭要很多钱，吃一个汉堡要二十四美元，这是令查理咋舌的数字，非常贵，而且住的是那种超豪华、皇族贵胄们才住的经典的大饭店，那么就是他没有多少钱，但是他那么奢侈地去花钱。事实上从一开始，我们感觉到了，这个行程是他人生的最后一次，估计是不想以后，估计是把他所有的积蓄都拿出来了，还给自己做了一套制服，给查理也定做了一套，不是那么明确，但是至少我们看到他在跟裁缝对话的时候说到给查理也定一套。度身定制的衣服都是非常贵的。

两个主人公各有各的主戏剧冲突。主戏剧冲突是戏剧人物的情状的最主要的方面，这是第一种。

第二种，一般这个主戏剧冲突一定同时具有一个对立面。

这个对立面有时候很具体，就像我刚才说，玉央的对立面就是清蔷，就是一块进宫的另外一个女孩子。许多年里她们俩的命运纠结在一块，特别复杂。

那么我们看查理的时候，查理的主要对立面实际是校长。校长受夏利的羞辱之后，对肇事人无可奈何。因为他们是个法治国家，一定要讲证据，即使他知道是夏利做的，如果没有证据也没办法。如果他要收拾夏利必定要有人指证夏利，形成证据链。查理是他最有可能抓在手里的证人，所以校长也就是这个冲突的对立面。这个就是通常说来戏剧人物的第二种情状。一个是主冲突，一个是他的对立面。

那么我们看弗兰克有没有对立面？他的主冲突是厌世，想自杀。查理的阻挠是他自杀的对立面，我们能看到的对立面首先是查理，查理对他自杀多次阻挠，不屈不挠地阻挠。实际上他还有一个对立面，就是生活。与辞世、与他要自杀相反的，就是生活的吸引力和魅力。

首先是女人，然后还有速度，就是刺激，开法拉利，实际上也就是生活之美。生活之美是一个自杀者无形的对立面，但电影不是用无形的方式说的，是用有形的方式说的。弗兰克和查理聊天的时候就说男人就要开法拉利，法拉利是汽车工业的极品，是男人能达到的速度的极限。他在说法拉利的时候，似乎法拉利很遥远，他们真的是去法拉利店了，他为了开法拉利付了两千美金，是奢侈的。

生活那种吸引力，比如，罗太太的小女儿在窗户边弄出响声，他顺手就抓起个什么东西摔到窗户上，那小女孩一下子就跑掉了。结尾的时候他跟小女孩说，咱们和好吧，小女孩说不，不理他，但是这个小女孩也构成了生活之美。这就是生活本身的吸引力，实际上是一个厌世者最大的敌人。自杀者最大的敌人是生活本身的魅力，是女人，是速度，诸如此类。

此外，还有一点就是弗兰克有用，他于别人是有用的。你想想他对查理的救赎是多了不起，首先他是道德意义上的救赎。他把正义（不出卖同学、不出卖同事、不出卖同仁）的理念，在大庭广众之下肯定了，他战胜了这么糟糕的和令人生厌的一个人物，在大庭广众之下靠舌战使校长一败涂地，救查理于水火。

这些东西的组合，我把它称为生活之美。生活是美好的，活着本身那么美好，你却要死，要用枪结束自己的生命，要把手里的积蓄花尽，要伤害周围每一个关心你的人？以上我说到的是戏剧情状的第二个方面。

第三种，内在冲突。

还有第三个方面，是我们每个人在写作的时候都会遇到的，很日常，似乎不值一提，但是它恰好就是我们在写剧本的时候最需要关心的内在冲突。

每个人都有内在冲突，查理的内在冲突极为简单，就是要不要举报同学，要不要出卖同学，就这么一个简单的问题。但就是这么简单的问题他解决不了，他是在拿自己整个人生、命运做赌注。他不说。他说我看见了，但是我不能说，他不回避，我是看见了但我不能说。乔治说我看不见，我没戴隐形眼镜。

弗兰克呢？我刚才说到的生活之美，查理的阻挠，这是弗兰克冲突的对立面。对女人的向往、议论、猜测，包括跳舞，实际上这些对于一个盲人来说真是莫大的苦恼。我可以这么说，在一个成年人的世界里最美好的时光是在有爱和有性的时候。弗洛伊德认为人类的绝大部分意志事实上都会受性意识支配，受性的驱使。我作为你们的父辈和过来人，就特别理解弗兰克的这种苦恼，他是个瞎子，失明了。

我们还知道一些例子，在其他的电影和其他的小说里也有。比如一个男人突然在性方面出现了问题，以后再没有性能力，就光这一件事情足以让他有厌世之想。海明威第一本著名的小说叫《太阳照常升起》，里边的男主人公就是因为受伤丧失了性能力。他有个女友，他们俩经常在一起，一方面他觉得对不起女友，另一方面又觉得舍不得。有时候很无奈地说，该走你还是走，该找别人你还是找别人。但是他的女伴就给了他一句在整个文学史上都特别著名的话："想一想，不是也很好吗？"

弗兰克对女人、对性只剩下想象。也许不一定是他没有性能力，而是强烈的自尊心使得他很难认真地面对女人。他面对一个正常的女人，哪怕这个女人是不年轻的，是丑陋的，瞎子还是弱势群体，完全是弱势一方。在他内心的冲突内在的冲突中，女人肯定是一个大结。因为这个人物从一开始就被当成个色鬼，好色之徒。对女人无所不知，人家用什么香水他都知道，闻香识女人嘛。他内心里还有很多冲突，比如说他曾经显赫过，他曾经是个中校，是军官。尤其在战争年代，军官还是显贵阶层。奢华生活也是他的内在冲突，比如他爱炫耀，在一个豪华酒店里有他留的酒，都是有钱人的排场。奢华生活带来的欲望、尊严和虚荣都构成了弗兰克的内在冲突。

弗兰克有他的内在冲突，然后查理也有他的内在冲突。当这些冲突完全爆发，冲突本身一旦完成，人物就要作出反应了，需要动作了。说到底，我们要看一部电影，要看一个故事，最关心的还是人物如何动作。这些人物都有了，人物各自的背景、状态、困境都摆明了，这时候人物如何动作就特别重要了。

七　给人物定位

我特别喜欢英国推理小说女王阿加沙·克里斯蒂，她就曾经借她的人物大侦探波洛之口说过这样的话："当我们看到一桩谋杀的时候，实际上谋杀早就在进行了。"她的意思是说，在我们知道这个故事结尾的时候，这个故事实际上早就开始了。故事是怎么开始的呢？

当一桩谋杀完成的时候，实际上谋杀早就开始了。谋杀者和被谋杀者之间有复杂的前因后果的联系。波洛要去找在什么时候开始的，由谁开始的，他要理着脉络一直追寻到源头去。

在电影里通过云地隐隐约约看到了弗兰克的脉络，通过弗兰克考查查理的一番追问，通过乔治约查理休假，夏利约查理，我们大概知道了查理的历史、前史或者说背景。

弗兰克这么暴戾，他的前史曾经是一个军人，一个刚愎自用的军人，但实际上弗兰克又那么脆弱。在这个世界上看上去最坚强的人，可能就是军人了，在古代他们戴着盔甲，在现代他们穿着防弹衣、军装，戴着钢盔，手里还有枪。但事实上他们的脆弱和常人的脆弱是一样的。

就像一个甲虫，依靠这层甲抵御其他动物的捕猎和打击，知道它们的软肋在哪吗？你把它翻过来，它的肚皮是软软的，一点强韧也没有，就像希腊神话里的阿卡琉斯之踵。在设定人物的身份和职务的时候，你就得充分考虑到他的甲在哪里，他的软弱在哪里。

比如说查理，他就是一个未成年人，一个高中生，没有走进社会，没有独立能力，读私立高中，家里非常困难，他需要打工。感恩节是除了圣诞节以外的西方第二大节日，他在别人过感恩节出去玩的时候却只能出去打工，别人花钱的时候他只能去赚钱。他的身份的定位是一个学生，一个在名校里读书的穷学生，贵族学校里的穷学生。

弗兰克的定位是一个退伍军人，一个瞎子。作这种定位的时候，实际上作的是职业定位，那么职业定位服从于什么啊？服从于性格定位。写一个人物首先关心的是人物的性格，这个人物是一个怎么样的人，然后由于他是怎么样一个人，所以你要找一个与之相匹配的身份。弗兰克是一个退伍军人，查理是一个学生，他们都有各自不同的前史。这些前史最终变成一种力量，驱使人物给自己的动作寻找一个方向，寻找一个动作方向。

就像给乔治的动作方向一样，乔治作为查理的陪衬和对应，我们就知道乔治是一个没有勇气面对却有办法逃脱的角色。他跟查理一定是相反的，要不乔治这个人物就没有意义了。在确定了这一性格之后，往回倒，我们给他一个什么身份呢？他虽然是查理的同学，但他是一个富家子。他爸爸可以到现场来，甚至对这个学校有所贡献，也许还是董事会的成员。他爸爸到现场的结果让校长不能够直面、追究乔治。在确定人物性格的时候，他的身份、职业、前史一定要符合他的性格。当然，穷人家的孩子也可能有乔治这个性格，但没有一个富家子乔治这么一个性格更让人信服，更让人觉得自然，更让人觉得入情入理。

在决定人物动作的时候，先要确定他的性格；在确定他性格的时候，先要确定他的身份、他的前史、他的职业。

有身份、前史和职业（A）的前提之下，性格（B）凸显出来了。有了A和B，我们就能推出人物在剧中的需求（C）。

八　剧中需求是动作方向

在具体的一幕戏剧当中，剧中的需求是我们动作的目标或者说方向。

比如，剧中对弗兰克这个人物的需求是他要救赎查理，他要救查理于危难之中。查理确实遇到人生最大的困境。如果没有弗兰克的救赎，查理一生就毁掉了，就被弗兰克言中了，就回家里开便利店吧，也许开连锁店，成为连锁经营的先驱也说不定，但是他也只能回家。

西方社会是一个信用社会，有完整的信用制度，查理如果成为一个被名校除名的学生，他可能自学成才，个案的可能性我不排除，但是从常规意义上，人生从此就毁掉了。所以我说弗兰克在剧中的需求是什么呢？校长设了这么大一个局，全校都摆在那里。一切都冠冕堂皇。只有弗兰克能救查理，弗兰克不救他他死定了。观众看见弗兰克内心就会有一种期待，你不会觉得查理是没有希望了，因为弗兰克来了。你不知道为什么就对弗兰克有期待，甚至有信心。

剧中的需求，是每一个角色动作的最终指向，是动作的目的。所有的力量，每一个人物的动作方向，它们都向剧中的需求迈进的时候，这个剧就完成了，这个剧就成功了，这个剧本就胜利了。

现在我们稍微捋一下。第一个故事查理的窘境，源于查理的同学夏利对一个讨厌的校长的戏弄。一开始校长出来的时候趾高气扬，我想每一个观众都讨厌那位校长，校长的扮演者本人如果坐到观众席的时候，他也会讨厌自己扮演的角色。设计这个角色就是要你讨厌的。夏利戏弄他、教训他，应运而生。导演和编剧很坏，这个时候故意让我们的主人公作为目击者出现。

　　而你们还应该知道另外一个事实，就是在英国说谎欺骗是大罪。也许因为英国是世界上唯一的纯粹的天主教国家，天主教作为国教的国家有一些特别刻板的信条是不能破的，比如说谎和欺骗就是重罪。

　　夏利的出场一点不讨厌，所有人都很开心，侮辱校长的行为大家无不拍手称快，没有人认为夏利搞校长一下就是坏学生。编剧很坏，如果不坏也没有这个故事了，他让查理做一个目击者，查理恰好是一个英国男孩，不能说谎，挺难过的事情，如果能说谎事情就变得简单。查理惨了。而且乔治有那么一个老爹，查理惨了。原来是把难题放到两个孩子身上，现在就剩下查理一个人了，查理可没那样的老爹，但是大家也不担心，查理有弗兰克。

　　夏利的动作作用于校长，校长的动作作用于查理。然后在第二个故事里，就是关于弗兰克的故事里，查理作用于弗兰克。弗兰克要自杀，查理数次阻挠他自杀，阻挠他自杀的过程将他自己的困境也点点滴滴地泄漏给弗兰克。他阻止弗兰克成功了，然后这时候由于他作用于弗兰克，弗兰克又作用于校长。

　　这个关系，特别有意思，非常漂亮的一个关系。你们记住，如果以后你们做剧本，这种三点关系都不是单向的，这三角关系是最漂亮的关系。我刚才说我们的剧本也是这样，玉央有一个追求者，后来做了国舅，他妹妹嫁给了唐武宗。他对玉央好，玉央对李商隐好，李商隐要遵循父母之命。单向的追逐过程里，这种关系是最有力量的，给的不要，要的不给，每个人都在给予，每个人都得不到。

刚才我说了一下查理这个人物链的动作方向，然后你们再看看弗兰克这个人物的动作方向。他的动作方向是相反的，因为弗兰克这个人物链上的人物都是非戏剧性人物，都不是构成直接冲突的，所以在每一个回合里弗兰克都错了。

弗兰克对罗太太、罗太太的小女儿不好。我们看到了，罗太太给弗兰克的只有关心。弗兰克要离开家、要自杀不告诉她，罗太太的小女儿本来是要跟他玩，他一个长辈跟小孩一般见识，比小孩还无赖，拿东西摔给小孩。他对威利一家的恶行就不用说了。对司机倒是没有太大的问题，因为这司机不构成矛盾的一方，是服务方，不去分析他。他对当娜肯定是这个电影里最令人难忘的一场戏，这场戏一点作用也没有，但是它偏偏是所有看过电影的人一定不会忘的一场戏，没有冲突，只有美好。他骗了高尔，说自己是查理的父亲，以他军人的威严把高尔镇住了，高尔懵懵懂懂。弗兰克和他整个的人物链的动作的方向，或者具有进攻性，比如对罗太太的女儿，对威利一家人；或者又融化一样的，比如对当娜，对女教师。你能从这个人物的动作方向上看到，比起查理和他的人物链，二者是完全不同的样式。

我再三跟同学讲，这讲故事的两种方式是特别不一样，写人的和写事的特别不同。你别看各个都是人物，但是两条人物链上的人物完全不同。

小　结

　　最后再用几分钟，咱们把《闻香识女人》这个剧本梳理一下。这个剧本是怎么做出来的，我把我对这个剧本的想象描述了一下。我们通常把好莱坞电影看成是明星制的，一部电影常常是为一个明星度身制造。这里边一个超级明星就是阿尔·帕西诺，电影史上最伟大的演技派巨星之一，已被历史证明了的，去说他好或者不好，已经没有意义了。

　　这部电影可能就是为阿尔·帕西诺度身定做的。

　　很多大演员都愿意给自己的表演增加表演障碍，找一个难度，比如说演技派巨星霍夫曼就曾经演过电影《雨人》，在《雨人》里他是一个弱智，像汤姆·汉克斯演阿甘。给阿尔·帕西诺找个障碍，让他失明。他扮失明的表演的自信程度一定是特别强的，面对他这种超级巨星，导演在剧本里肯定不能完全支配角色的具体定位。跳舞那场戏，开车，他演得实在是出神入化。

　　查理刚好来找工作，查理变成弗兰克的救世主，然后查理做了另外一个故事，编剧为查理整个编了一个故事，让查理对他有同样的需要。弗兰克要自杀，这个人需要有一个人救赎，编剧为查理也找了一个救赎他的角色。查理的故事不难，是一个老套路，但这种老套路屡屡奏效。等到后来，查理完成了对弗兰克的救赎，只有他完成了对弗兰克的救赎，弗兰克才有可能反过来对查理进行反救赎，形成双重救赎。我一直觉得能设计出这个双重救赎实在是一个好的点子，了不起的创意。

通常写作者在写作的时候都有一种潜动力，把他的人物放到一种困境当中去考量他，然后让他浴火重生。写作有时候就是这么一件事，写作不能沉沦，写作最终是要有一个升华，一个双重救赎可能是我们能找到的一个最好的方法。这堂课结束了，下堂课我们还讲这个电影，但是我们是讲故事本身。

第五章 故 事

　　人物的课，前边差不多就讲到这个程度，我们进入剧本写作的下一个回合——故事。应该说人物和故事息息相关，不可分离，就像在讲人物的时候我也一直在给大家理故事，因为我们通常说故事一定是人物的故事，但是换一个角度说故事和人物又不能同一，为什么这么说呢？

　　专门讲电影故事的大师在电影历史上是希区柯克，因为希区柯克的故事实在精彩，所以在他那个时代，他的电影票房最有保障，最受世界观众喜欢。电影是分类的，美国有西部片。电影历史上曾经有一种片叫希区柯克片，所以我说希区柯克作为一个专门讲电影故事的大师，有他特殊的价值和意义。在我们这个剧本写作课上，说到故事的时候，还是愿意把希区柯克最有名的电影《后窗》，也是最能代表希区柯克风格的作品，拿过来作为一个范本来讨论电影故事。

　　严格地说，希区柯克的电影主要是悬念。一个好故事如果要你的观众、你的听众、你的读者把它看完、听完、读完，我想最好的办法是你要吸引住你的读者、你的听众、你的观众，这种办法一定是把悬念讲足。在悬念之上还有一个更高的境界，我把它称之为玄机。一个好的故事讲得充满玄机，一定会使你立于不败之地。

讲希区柯克的电影故事，首先我们脑子里要有一个概念，就是"悬念"。在悬念之上，如果你的电影故事讲得充满智慧、高级，不单是有个悬念，听的时候有滋有味，听过之后还是觉得有趣，通常这个故事一定是充满"玄机"。别人讲故事绘声绘色、关子卖足，最后你发现没什么大意思，如果是这个情形他就缺了点什么。

那么我们可以通过希区柯克的代表电影《后窗》，来看一看一个经典的悬念电影是如何完成的，是怎么构造出来的。在此之上，我们来看一看他是怎么在故事当中制造玄机的。

一 剧本的故事类型

故事有很多讲法，很多模式，很多类型，故事本身可以说是无穷无尽的，但我们一般还是愿意把故事类型化，这样能便于我们在日后个人的阅读和写作之中把脉络理得清晰一点。

（一）滥情片

我们最常见的可能就是滥情片，比如两女一男、两男一女的感情纠葛。一旦设计出三角或者四角关系，这种滥清片就很容易做，比如说甲和乙，发生在他们俩身上的故事。这故事一般都会很闷，但是你如果加上一个丙呢，无论对甲还是对乙，都形成一个外力，我一般把这类故事叫滥情片。如果再加上一个也有意思，这样彼此的关系就会特别复杂，在四角关系甚至是五角关系的基础上，你要是再往上加就会特别热闹。

（二）困境与救赎

《闻香识女人》实际上是另外一种故事类型，就是设计一个困境，然后把人物从困境当中解救出来，上次我也简单说过了。我认为这种也是比较经典的故事类型方式，即设计一个困境，然后用外力去救赎，去解救他，把他从困境当中拔出来。我前面也说过《闻香识女人》是双重救赎，就是被救的一方同时也成了救人的一方。

（三）追捕片

追捕片也是电影类型的一种。早年一部日本片子就叫《追捕》，特别火，高仓健和中野良子演的。黑帮和警方，双重力量都存在。比如说前些年哈里森·福特的大片《亡命天涯》，特别典型。还有很经典的《目击者》，这类片子都是追捕故事类型的。《生死时速》特别有视觉感，有人在逃，有人在追。现在有那么丰富的交通工具，汽车、飞机，浪漫一点可以骑马，视觉上很好看。

（四）借用道具

还有另外一种类型，也是我们大家习见的——借用道具。最常见的是武侠片里的秘笈，武侠片里经常说有一本秘笈，大家都想得到它，就是借助一个道具。

外国片里经常用一个芯片，弄一个核心机密，跟秘笈有点像。

一个核心道具，可以是任何东西，只要是有价值的，就被不同的人群去寻找，这很容易演绎成一个电影故事。

（五）传记片

另外还有一类是传记片。这个我就不用举例子了，太多了，中国有《鲁迅传》，外国有《甘地传》、《莫扎特》，不计其数。

传记片里有两种。一种是虚构的，还有一种是真实人物，就是历史人物，刚才说的《甘地传》、《莫扎特》，这一类电影都是真实的；也有以真实为蓝本，非常著名的《公民凯恩》，以一个报业大王的真实故事虚构成一部电影，是电影史上的一部巨片，六十多年以前拍摄的，今天仍然被认为是电影史上最伟大的电影之一。

（六）谋杀片

电影里还有一个大的类型，就是我们看的《后窗》这种类型——谋杀。克里斯蒂大部分小说都被改编成电影了。全世界有很多专门写谋杀、"杀人如麻"的作家，他们的作品最被电影投资人看好，比如日本的森村诚一，英国的克里斯蒂，还有柯南道尔。

谋杀片一般也分几个类型。比较常见的是先杀人，杀了人以后调查。这种方式比较直接，观众坐在电影院里，看到一个比较好的开头，就愿意一直往下看。克里斯蒂的小说大部分是这个类型，不是在最后杀人，而都是在最初杀人，然后把所有和案件相关的人物聚到一起，去破解这个案。这种故事方式一般都是侦探去找很多人去谈去聊，给每一个人身上都布下一个疑点让观众不明就里，让观众云山雾罩，然后观众就不停地猜。最后大伙都被编剧弄得晕头转向的时候，出来一个大侦探波洛，指点迷津，让观众恍然大悟。这是特别经典的一个谋杀类故事的套路。

我们知道还有另外一种，就是我们在《后窗》里看到的套路，这种套路我把它称之为"剥笋"式的。我之所以把希区柯克这个经典故事拿出来作为范本，是因为它和我的基本故事方式特别像，我大概就是这么一个小说家，我喜欢写的故事和《后窗》这个故事的方法论很相似。

《放大》也是类似的故事，这种故事有什么特征呢？它一开始就造出玄机来，造出玄机是高明的编剧具备的超凡能力，能造出玄机来，不单单是悬念。悬念是到底发生什么了，到底怎么回事。玄机是让你隐隐约约感觉到背后有什么东西，有什么危机，有什么压迫，有什么恐惧。玄机通常是以成功地制造某种氛围为主要手段，而这种方式刚好是我个人特别喜欢的一种方式。它的情节不是顺着往前走的，它是让人猜的。我讲到自己的写作的时候，会提到这个理论，我称之为"星座说"。

二　星座说

如果我们对天象没有一点了解的话，我们在晴朗的夜空看到的是满天繁星，分不清星座。稍微有一点星座常识，就会知道星座的方式。在天空的某一个局部挑出一组星出，这一组是构成了一个图形，最典型的是北斗七星，民间也有把它叫成匙星的。这七颗星中间没有连线，略知北斗七星的人们如农民很需要北斗七星。因为它指季节又指方向，最后两颗星延长出来就是正北的北极星。北半球的人夜晚找不到方向的时候，最容易找北斗七星。其他星我不知道，只知道北斗星，但是足够举例来给你们讲我的星座说。

在广袤的天幕上七颗星不算什么，但在电影里给出的七颗星是什么呢？这七个点等于是被杀掉的女人（结尾的时候可以确定她是被杀掉了）。这个女人在床上躺着，坐起来了，跟杀她的那个男人说话。开始我们还觉得没有什么，然后他们突然就吵起来了，这是第一颗星。

这颗星之后，我们知道的关于这个谋杀案的第二颗星在哪里呢？还是通过这扇窗，我们看到那个男人端了个小方桌放到那个女人面前，女人躺在床上。男人把饭菜端到她前面了，然后听到电话响去接电话。女人不吃饭了，从床上跳起来看他接电话。她刚看他接电话，他就慌慌张张把电话压下了，这是给我们的第二颗星。

这两颗星之间没有关系，只不过是两个独立的单元。然后接着我们看到什么了？接下来男主人公带着我们的视线看到第三颗星：在一个夜里，杀人的人，德先生，主人公看了两次表，第一次是夜里差五分左右两点，第二次看表是两点三十五分，就是过了四十分钟。那个男人出去，然后四十分钟之后回来，过了一会儿，那个男人又出去，又回来。如此往复，在后来的台词里我们知道，那个夜里男人出去了三个回合，出去三次，回来三次。这是给我们的第三颗星。

在此之前我们知道那扇窗子是一直开着的，在这之后我们突然发现那扇窗不再开了。编剧非常聪明，他仅仅抛出前面这三颗星，我们不会把它看成一个星座，因为写这些的时候还写那个跳舞的女孩子，还写那个孤独的女人，还写一个很落寞的音乐家，还写一对专门喜欢在阳台上展览自己睡眠的夫妇，写了若干人。因为不是一扇窗，是许多扇窗。跟克里斯蒂的电影故事也有点像，每个人都有自己的故事，他窗外那么多扇窗，每个人也都有自己的故事。

每个人他都要抛出两三个点来，每个人的故事都不是星座，但它就是星座，为什么呢？因为男主人公杰夫关心他抛出的这三颗星，就是关于这个德先生，他特别关心这件事。他在他的女朋友丽莎来看他的时候，跟她讨论一个男人有什么必要在夜里三点的时候连续出去，有什么必要呢？为什么以后两天妻子的窗户不再打开了，也不见这个人了，他也不过去了呢？

我们看到他不再去妻子最初的大房间，杰夫把这个问题抛出来，表面上是让丽莎帮他分析一下。他用的方法使人借丽莎这个角度来推理。丽莎是谁？就是我们，就是受众。他利用这个方法，让观众特别关心关于德的这几个断片。这几个断片之间没有太多的必然联系，因为窗帘一拉下来或者镜头一拉过去，我们真的不知道德的窗户里发生了什么。

说实话，德的房间里是剧组人员在做道具布置和换景，或者休息，里边什么都没发生，但是他误导你，利用几个单元戏。因为杰夫对德格外关注，他继续观察德在房间里做什么。杰夫是摄影师，他就把他的长焦镜头推上去，让我们观众看。

借杰夫的长焦，让我们看他在干什么，他在包锯子、刀子，要把尸体肢解，让我们想象。

他害怕我们拿不准，他还不停地要跟丽莎、跟女佣、跟他的探长朋友去讨论。他说我又看到什么，看到首饰了，丽莎就帮他分析，女佣也帮他分析。他问她你的婚戒会放哪，会放在包里吗？女佣告诉杰夫和丽莎，除非把我手指锯下来，我的戒指当然在我的手上了，怎么会放在包里呢？实际上他们都知道，因为他们都是演员，都看完剧本了。我们都是傻瓜，我们不知道。

他们让观众关心这个戒指，总之他是用了一个单元一个单元的设计，设计了若干个单元，真的发生了什么吗？他多省力啊，他杀人不用枪，他不用刀，他用什么呢？他用观众的经验，借用观众的经验，要你们去猜测他杀了人，这样杀人，演员很省力，要不至少得掐脖子吧，拿刀捅还得弄点颜料吧，还得有假的伤口吧，还得打斗吧。他什么都不用，编剧就只运用你们的经验。

观众在这里想，大概是杀人了，大概是被肢解了，总之观众在不停地猜。他逐个单元地把包袱往外抖，生怕你们没明白他的意思。因为他还要顾左右而言他，他还要把孤独的女人啊，舞蹈的女孩啊，还有情侣啊，还有喜欢当众展览睡眠的夫妻啊，还有下边的女雕塑家啊，总之，他把这些人兼顾着，都留有枝枝蔓蔓，让你去发生兴趣。让你一开始有点晕，有点云里雾里。但事实上，编剧没有一刻把你们放下，编剧在编织每一个关于德的蛛丝马迹的网的时候，每一个蛛丝马迹都让你有错觉。

三　故事的漏洞与圈套

我是一个写故事的人，知道这个故事有很多缺陷，有很多破绽，一点不严密。我举例来说，他为了吊你们的胃口，他让你们看园子，昨天的花和今天的花是不一样的，暗示花的下面埋了东西，因为重新埋起来的时候，花的位置有所不同了。

后来在解套的时候，他幽了一默，结果一不小心露出破绽，问德为什么杀死那只小狗。因为那只小狗吊足了大伙的胃口，大家一定想知道那下边有什么，但是后来他用警方人员的台词一下子把卖的关子消解掉。德说小狗太好奇了。但是他这么说的时候，忘了前面说花已经换了，他自己都忘了。他想告诉你花下边埋了东西，然后故事讲完的时候他又不耐烦花下面埋东西了。因为下边没埋东西嘛，女佣已经把花下边挖出来了，但是观众没忘了这茬。他就欺骗观众一下，到底他为什么杀了那只狗，德不是当面对观众说的，是对警方说的，警方告诉我们那只狗太好奇了。德杀掉狗的动机是它太好奇了。

前边卖了那么大一个关子，后来忘了去把这个窟窿补起来，变成一个显而易见的破绽。

在编造巧妙故事的同时也出现很多漏洞，但是我们这里不是做这个电影的批判，很多电影都有漏洞。

在出事的那天晚上，他给我们一个很短的镜头：杰夫在打盹的时候德出去了，和一个穿女装的人出去的。

台词里有大量的破绽，守门人说他和他太太是几点钟出去的，形成了大量的悬念，但是他解套子的时候那些悬念都合不上，那个女人究竟存在还是不存在？在镜头里面告诉我们是存在的，但事实上整个情节是连不上的，因为那个女人和他一块儿出去。这部电影我看了很多遍。希区柯克的电影好看就好看在他做了很多套子，让观众去钻，大套子小套子很多，观众每钻一次都有一点上当的感觉，但是最后他尽量去自圆其说。

四　窥视很电影

这部电影的一个重要的地方是窥视。窥视这种行为特别电影，特别视觉，又省力，甚至不用台词。

这部电影的两个主人公，一个是德，一个是杰夫，其他人都是配角。一个是作案的人，一个是窥视他的人，两人的关系是窥视和被窥视的关系，所以几乎不用台词。大概在第一百零七分钟的时候，他们才第一次面对面。故事里的两个主人公，你看到我我看到你，面对面，是在第一百零七分钟的时候。

我之所以说窥视很电影，是因为它特别视觉。一个人看另一个人，观众就借这个窥视人的视角去看整个故事。窥视维系了一百多分钟，就是维系了电影的长度，居然让我们都不感到闷。

这部电影结尾特别没劲，我都不让你们看了，各个窗口的人还是做谋杀案发生以前做的事情。那对夫妻可能又把他们的床垫子放到铁艺阳台上来了，舞蹈女孩去迎接另外一个小个子男人，孤独的女人在做什么……这个故事他最后消解得特别厉害，一点回味都没有。

但在看的过程中你绝对不会感到乏味，借着杰夫的视角，你知道的全部事情和杰夫知道的事情是一样的。而杰夫呢，就是一个穿着石膏裤子的人，他一动不能动，就这么看，用各种各样的器械。

观众在跟着杰夫窥视。杰夫跟他身边的人分析，杰夫身边的几个人就是他的拐杖。比如说救他命的人是探长，把这个故事撕开的人是丽莎。丽莎进入德的房间，被德抓住，她找到结婚戒指的时候用手势向观众泄露了，也是向德泄露了杰夫的视角，然后德找上来，这是丽莎的功能。

女仆的功能实际上就是成为他的一个延伸，他让女仆去看看这个看看那个。当然其他人也是他的延伸，因为他受制于他的石膏裤，他穿着石膏裤一动也不能动。你基本上说不出来其他的角度你知道了什么，事实上你仅仅是借了杰夫这么一双眼睛，甚至几乎是一个无法移动的视角，是非常非常死的一个视角。

五　剥笋与真相

刚才我说了一个"剥笋"、一个"星座"的方式，它是用星座的方式加上推理的方式。比如说推理，一开始他跟女仆推理，跟丽莎推理，然后跟侦探长推理，然后他们都以各自的方式跟他辩论反驳。以星座的方式加上推理的方式推进，这种方式特别有趣。单独的第一、第二、第三、第四没有什么特殊的意义，但是这几颗星加上一个推理过程，逐渐地观众把自己的想象力和经验都堆上去。你在看的时候你的心里事实上是在猜测，肯定是怎么回事，这个方式特别像是剥笋的方式。每一个回合，第一颗星出来你就开始推理，第二颗星出来你又开始推理，就这么一层层，真的就是剥，剥到最后，看看真相是什么。真相就是我们吃到的笋心，外面有那么多层，剥到最后我们看到了内核。

假如说我们剥的这个笋是冬笋，那么就是我们要吃的这个东西，而外面的东西都是我们不要的。在这个过程里我们接近了一个东西，我把它称之为"真相"。而这个真相事实上它是一个目标，它就是利用了人们在经验当中永远不舍不弃的东西，就是我一定要知道结果。我一定要知道真相，这么一种愿望，让你一直推进。

而这个真相是什么？我想希区柯克可能考虑得并不多，这也是希区柯克电影过分娱乐化的一个特征。早年人家批判希区柯克的电影，批判像大仲马的小说，就是说他的影片过分娱乐化。在文学史上，像希区柯克这样的作家很吃亏，他们的地位并不高。希区柯克写了很多电影，还出了很多本希区柯克电影故事。他的电影故事很单薄，但过程很有趣。

我算好时间先看《天下无贼》，后看《功夫》，两部影片同时上映。我看完《天下无贼》觉得冯小刚还是很中国，看冯小刚电影的时候，心里带一点惋惜，带一点感慨，你看完以后愿意坐一会儿，等所有人都退场了你最后退场，愿意看字幕滚上去，还愿意听听结尾的音乐。但是看《功夫》就什么都没有。《天下无贼》也是一个挺庸俗的电影，但还是有回味，最后看刘若英的嘴在那里咀嚼，眼睛里那种哀伤，还是会被那种廉价的煽情感动。但看完《功夫》，哎呀，可能没看完你就站起来把椅子往后一摔，就出去了，嘻嘻哈哈，真是那个感觉。

我喜欢《后窗》，就是喜欢《后窗》的故事方式，他这个故事方式不是以简单的悬念，不是要你马上知道结果，而是让你一直不能够确认结果，到最后谋杀才出现。谋杀出现是在哪一刻啊？真正的谋杀出现，是在丽莎被德堵在房间里的时候。这时候你才能确认谋杀出现了。在这之前你能确认谋杀出现吗？他把丽莎堵在房间里，把灯关了，又要杀人的时候，所有的观众觉得，啊，他老婆肯定是他杀的。如果丽莎进去的时候，他说你干嘛，家里突然间来一个美女，何乐而不为，挺高兴开心的事啊。

六　局限的视角

（一）有趣的视角创造好的故事

前两次编剧利用多乐，两次摧毁了关于德杀死自己老婆的假想。第一个回合是明信片。既有时间也有地点，他老婆把明信片寄回来了。这是在他信箱里发现的，肯定是他老婆还活着。第二次是什么？第二次是用木箱，木箱里是他老婆的衣服，而且被他老婆收到了。这是多乐先后两次推翻了他们几个人的假想。

他摧毁的主要不是杰夫，主要是观众。通过这个方式让我们去质疑，到底是不是谋杀，或许是杰夫无聊呢。一开始丽莎就说杰夫一天到晚盯着外面看，也不能动弹，脑子里生出许多幻想。

这一类故事总是把视角做得特别局限。这个你们日后写东西的话一定要记住。

我一直说编剧和小说家是模仿上帝的职业，在每个故事里我们都创造几个生命，在大故事里可能创造上百个生命，在小故事里可能只创造一个生命。

我们从来不知道，德在后窗的窗外、在后窗的视角之外做什么。刚才我告诉你们了，德是个演员，在这个视角之外他要化妆、要休息，然后他和剧组其他人聊天。实际上在我们这个后窗的电影的故事视角之外，他做的就是这些，他根本没有杀人，然后导演在跟他说戏。在没有他镜头的时候，在旁边找一个躺椅眯一会儿，什么也没做。

但是因为编剧和导演给我们死死地限定了视角，日后我们会告诉你们写故事这个视角是决定性的，没有什么比视角更重要的。你有了一个有趣的视角的时候，你已经有了一个特别好的故事。

我举个例子，就是我曾经这么讲一部名著叫《好兵帅克》，捷克作家哈谢克的名著。《好兵帅克》的方式就是把所有视角都放到脚底下，把主视角从眼眶里解脱出来，把这双眼睛取出来放到脚下。这个角度看上去特别奇特，这样看任何东西都高大无比，一只公鸡过来，你看它像金贸大厦一样高，这就是《好兵帅克》的视角。

看故事的时候我们通常不太在意里面的上帝视角，上帝视角就是把谁也看不到的东西演出来。你比如说我出门，出门要带充电器。我在我的房子里收拾东西的时候，收拾东西这个事情我看不到，我能看到的是自己的手，但是我看不到马原，马原不在马原的视角里，但是马原在上帝的视角里边。那么如果有一个镜头交代出门之前我在做什么，这个视角就是上帝视角，因为这个不是张三的视角，不是李四的视角，不是故事里人物的视角。

有时候作者的视角经常是上帝视角，但是更聪明的作家和编剧，会取一个像杰夫这样的视角。他借杰夫这个视角把全部故事讲给你听了，而且你看他多省力啊。我不是跟你们说了吗，德先生杀这个德太太，兵不血刃。他是怎么杀的呢，就是用杰夫的嘴去杀，杰夫不停地推理，杰夫说他可能这样或那样，跟丽莎说，跟女仆说，跟多乐说，说着说着就把德太太杀掉了。

我们在《后窗》这个电影里看到的是非常经典的、极其狭窄的、不可移动的视角，整个故事是不可移动的。这个视角没办法移动，最多就是从右边扫过来到正面，再到左面。他唯一可能运用的非杰夫的视角，就是把镜头对着杰夫的时候，才把杰夫的视角消解掉了。镜头对着杰夫的时候，或者借上帝视角，或者借丽莎视角，或者借女仆的视角。

（二）狭窄的视角需要道具帮忙

一个狭窄的视角讲故事会有困难，他就需要许多道具，这个跟我前面讲的道具类型的故事是不同的。他借助很多道具，杰夫不能动，那借助配角，女仆为他做什么，丽莎为他做什么，多乐探长为他做什么，利用配角，使之变成自己肢体的延伸。探长可以跑到火车站去，女仆可以跑到街头去，丽莎可以跑到德的房间里或者走廊里去。

然后他再借助道具。比如说这两幢房子之间的距离也许是二十米左右，眼睛不能穷其究竟，不能穿透二十米。他给杰夫设定的身份是摄影师，那么摄影师有长焦，他肯定是把照相机里最长的镜头拿过来了，他用这个办法把事实上我们不可能看清对面的东西看清，比如丽莎戴的那个戒指，用长焦他就看到了。

然后他用电话，他用电话跟外界联络。比如说救丽莎于危难之中，他用电话去求助多乐探长。用电话调虎离山，把德从房子里调出来，让德给丽莎腾出空间来，让丽莎得把这个故事走完，得把这个故事捅破。丽莎又不能当德在房间里的时候去捅，用电话调德这只虎离山。然后他本来是不知道德的电话的，所以又利用电话簿。前面你们可能没注意，多乐探长说，找我你可以拿黄页嘛。他用黄页电话簿又知道了德的电话。

他用这些道具去弥补这些卡得死死的、狭窄的视角，因为这个视角之外的事情他是无能为力的，因为他不能动啊。

在前面也多少透露了一点，小狗被杀的事件，小狗怎么死的？

小狗也是道具，它肯定没死，可能剧组给它注射了一点麻醉剂，然后小狗扮死状。用狗的主人的尖叫来提示小狗的死。所以你看电影这个东西特别有趣就是所有的事情都可以没发生，但是就像发生了一样。主人的尖叫让我们以为小狗被弄死了，然后有人看到把它放在篮子里升上去，主人看到了，捂住嘴痛不欲生，小狗就死了。实际上狗还是那条狗。

但是在这点上已经多少泄露了德就是凶手，因为尖叫引来周围所有住客的围观，只有一个人没围观，那就是德。因为杰夫发现了德没开灯，坐在暗处抽烟，因为他的窗户是黑的，但是烟头的火光在亮，而且他一点不想出来看。德这个演员肯定没碰那条狗，但是他是用这个方式告诉你所有人都很关心的时候，德不关心，又是利用我们的经验，让观众以为德杀死了这条狗。在那个瞬间，可能观众已经稍稍认定，可能德太太是被德杀的。德多冷酷啊，小狗被杀死了，只有他一个人置身事外。

小　结

所有这类故事，我说的剥笋式的故事，你们永远要记住，只有那个主视角能接近真相，其他的人都是编剧设的障碍，包括侦探，我们这里探长就是最典型的例子。你们也发现当事人九死一生的时候，可能是快被打死了、快被从飞机上推下去的时候，估计掉在地上连碎片都找不着。最后当事人解决了所有问题之后，警察和警车都来了。这次也差不多嘛，等于是抓住了罪犯，他抓住了罪犯，但是罪犯把他给推下去了，然后警察的主要作用就是在他坠窗的一瞬间及时赶到把他接住。

　　这是电影故事里一个永远的真理：真正接近真相、目标物的只有主人公，一定不是警察、侦探和律师，在这一类故事里他们永远都是配角。

第六章　结　局

　　我们期中考试的题目涉及今天的话题，就是"结局"。大家的结局我都看了一下，可能性很多，我们先从期中考试的答题上讨论这个结局。当时的命题是"如果弗兰克被逐出听证会"，请你们给这个故事一个结局。

- 点评同学A

　　这是个完整的结尾，你交待了主要人物查理和弗兰克。但是以我写一辈子故事的经验来看，你对弗兰克故事的交待有问题，弗兰克怎么会自杀呢？因为没帮到朋友就要自杀？这个心理依据是不充分的。然后查理也自杀，你倒是挺狠的，因为海明威早就说过："一个故事讲到最后总要以死亡做结束。"你倒是很好地遵循了这么一个法则，以死亡作为一个故事的结束，把两个主人公都杀掉了，只不过是缺乏心理依据。查理去凭吊弗兰克，去陪葬他，也缺乏心理依据。

　　你提供了一个很好的范本，把两个人物都拿出来交待，对于这两个人物的处理，你都使用了海明威老爸的方法论，这是一个很好的方法论，但是你要是给这两个人物的死找到充分的心理依据，那么你就是大赢家了。你的结尾，我认为在同学的答卷之中是一个想法很好的结尾，现在你还缺乏写作的经验，一个人物做一件事一定要有心理依据。我们不能去凭空杜撰弗兰克的心理，弗兰克没能帮助朋友就要死掉，这个无论如何不可能，因为当年他也是某个人的幕僚，大风大浪都经历过了，怎么这个回合没帮上查理他就得自杀呢？这肯定是错的，但是你的构思是对的。

- 点评同学B

你是第二个运用了海明威老爸故事结尾法则的同学，在故事结尾的时候，想到以死亡做结束。而且我觉得你这个文本更有一点意思，比如弗兰克的死是一个很漂亮的死，这个没有任何心理依据不足的问题，因为造成弗兰克死亡是意外，而且同学B还有一个漂亮的构想。弗兰克那么喜欢法拉利，你让法拉利把他撞死，让法拉利给这个人物一个结尾。

然后呢，你这个文本尽管写得很短，但是你的结尾是很精彩的。因为你让查理像接力一样，在弗兰克被逐出之后，把弗兰克的话、思想和方法论，让查理接上了，你没对我形成救赎，我继承你的衣钵，我把这场听证会进行到底。

关键的关键就是你想到了弗兰克，有的同学的结尾把弗兰克是放下的，这是绝对不可以的。弗兰克一个人的故事在整个故事里就占了整整一半，然后你对这个人物一点不给交待就放下，这肯定不行。而且我认为你关于这个故事的结尾，尤其是对弗兰克的结尾是一个很漂亮的结尾。

- 点评同学C

你不是忘了写弗兰克，连查理也给忘了。但是你的想法倒是挺好的，你出奇兵，使用了前边很木讷的、没什么要紧的一个角色（洪太太）。最后她把两个主人公都抛到一边，让一个在整个故事里几乎是毫不相干的人出来做这个结局，这真的是出奇兵。当时看的时候我就想，这个倒挺厉害，两个主人公咱们把他们忽略掉，用另外一个人结这个故事的尾，用洪太太结这个尾，你给查理的一个评价，还是洪太太评价他，或者说洪太太的评价影响了其他人，查理本身还是不存在。

我看的时候，觉得你出奇兵的想法特别好，因为别人都没有你的方式，只有你自己用这个方式，我特别鼓励这种做法。但是，刚才同学B的结尾里写到了让查理自己完成对自己的救赎，因为弗兰克失败了嘛。同学C的这个结尾是让洪太太作为接力手，就是弗兰克的接力手，完成对查理命运的拯救。这就不是救赎了，而主要是对命运的拯救。

一看同学C的结尾，就知道她没写过剧本，因为写过剧本的人，一定要关心你的人物怎么结尾、怎么交待，在结尾怎么交待你的主人公。不但交待主人公，次要人物也要交待，现在你把他们都甩掉了，另辟蹊径。

但是换一个角度说，我特别赞赏同学C的这种思维方式，因为说到结尾，我想起了张欣欣很久以前的一部小说，里面有一篇很精彩的作文《记一场足球赛》，一共四个字，用了一个逗号，一个句号："下雨，没踢。"同学C的结尾就有一点这个效果。你不是让我说结尾吗？那么我可以用一个与"下雨，没踢。"相类似的东西结尾，就是你自己去想一个别人都没想到的结尾。本来每个人都要纠缠到当事人当中来，同学C不管当事人，拿一个旁观者去结尾。

- 点评同学D

一个可以鼓掌的结尾，一个非常漂亮的结尾。第一，符合大家的期待，查理还是被保下来了。查理马上把保下来这个结局否定掉了，他被留下来了，但是他自己否定了继续留在贝尔中学这个结局，他选择自己走出贝尔中学。然后，我说应该鼓掌的是马上想到了弗兰克，因为这个故事如果离开弗兰克就什么都不是，这个大家千万记住，所以她让查理去当兵，当兵是什么呀？就是步弗兰克的后尘，因为弗兰克是个军人，这个时候他要去当兵。

她这个结尾很蒙太奇，会场是一场戏，当兵是一场戏，然后某一个假日是最后一场戏。他去看弗兰克，弗兰克想的是如果你当了中校，像我一样的时候，要请客。这个很漂亮，我觉得在众多结尾里，这几乎是一个无懈可击的结尾。

- 点评同学E

这次不给你表扬，给你泼一点冷水吧。这个结尾有一个挺大的问题，弗兰克怎么会去找电视台呢？这个又缺乏心理依据了。你想的是找电视台，这可以是故事的结尾，但却不可以是弗兰克这个人物的结尾。这个人物已经沦落到去找电视台，或者不找电视台，去找他的老同事，那些有权势的人，这就不符合这个人物的性格，这是最大的问题。

因为同学们在目前这个阶段还缺乏经验，你设想了一个可以结尾的结尾，它在一般意义上可以把这个故事化掉，而且化这个故事的时候你一点都没忽略弗兰克，紧紧地抓住这个人物，让弗兰克去找电视台，最后的结果是通过弗兰克去找电视台把查理救下来了。你考虑得都对，但是最关键的是你自己说的，这是个相对俗气的结尾，很一般；第二个这是弗兰克不能选择的结尾，你可以把这个作为故事的结尾，但绝不能作为弗兰克这个人物的结尾，这是一个局限。

- 点评同学F

实际上同学F这个也是个特别聪明的结尾，你不让我在屋里说，咱们就上外边，几乎是一模一样的结尾。我知道你刚才不好意思读弗兰克的台词，他放的那些粗口。我们假设后来弗兰克被逐出去，事实上在影片里他没被逐出去，弗兰克在后面说的那些台词，同学F让他到外面去说，不让在屋里说，效果一样，然后你让查理成为贝尔中学的传奇，是个非常聪明的结尾，我觉得她都不用写这么多，我们让你写二百字，你完全可以用一两句话概括出来。

- 点评同学G

这是比较悲观的结尾，是我们以往常见到的结尾，是一种很诗意但是很压抑的结尾，就是由情绪往后贯穿。这个结尾最大的毛病也在于弗兰克那么强悍的人物，你给他的结尾收不了这个人物，你让他走的时候说一句对不起。这个人物有那么多大开大合的举动和故事，你却选择了一个相对诗意的结尾。你的"遥远的地方一声枪响"让人们以为有可能是弗兰克在做什么事情，把自己打死了还是把校长打死了。我知道你努力要赋予这个故事一种很悲怆的诗意，但是你结不了弗兰克这个人物，这是我反复要说的一点。

还有一个，你这个结尾太冗赘了，怎么往下看，观众怎么跟着你往下走。很明显，听证会那场戏就是高潮，高潮之后马上就得结尾。你的这个结尾是一个不太好的电影结尾，因为你一下子把时间拉开了，你没在高潮之后给他一个漂亮的结尾。

尽管你内心有诗意的情愫在组织这个结尾，但事实上这个结尾拿给你自己看你也得受不了。你想象一下你把你刚才读给同学的这段结尾拍成片子，放到弗兰克被逐出那一刻，你要是能接受才怪呢。要是看这整部电影，你肯定不能接受自己给它的另外一个结尾。

- 点评同学H

唯一一个给了两个结尾的同学。你刚才把自己的第一个结尾否定掉了，但是你知道吗？尽管你第一个结尾说不上精彩，但至少你还在关照我们这个故事的第一主人公弗兰克，跟故事的结局差不多，这是个很好的选择。就像刚才我对同学F是没有任何不满意的，她复原了原来的结尾，你把我撵出去我还能把这个结尾结上，这一定是不错的。假如我们想不出其他更好的结尾，那我宁愿取同学F的这个选择。让弗兰克出去骂，你们有点英雄所见略同。

但是你在说你第二个结尾的时候，我觉得你犯了跟同学C相似的错误。你把两个主人公都勇敢地拿掉了，他是用洪太太，你是用夏利。结尾结在夏利上，你能结这个故事，但是你没了结查理这个人物，又放弃了弗兰克这个人物。按照你第二个结尾，弗兰克这个人物的作用就被打断了。你认为是由于弗兰克批评，结果夏利知道了自己的错误，但是这样仍然是以夏利来结尾，不是弗兰克这个人物的结尾。

那么在你的两个结尾里面，我更倾向于第一个结尾。我发现你在我们讲评了后仍然把你自己第一个结尾否掉了，而取第二个结尾，说老实话不算精彩。出去骂一通这个不太精彩，我倒是对你这个在答卷上做两个答案给予最高的评价。

实际上我这个题是一个没有答案的题，我们探讨的是可能性。你是大胆地探讨了两种可能性、任何可能性。如果你只提出了一个就没有可能性，但是你提出了两个以上，那么事实上你做的事情刚好就对了，因为你在寻找可能性。你们每个同学都给一个答案，只有同学H给了两个答案。她在给我两个答案的时候我就知道她在做一件很有趣的事情。她知道老师出这个题，老师要的答案是什么呢，要的是可能性，因为任何只给出一个答案的做法就没有可能性而言了。我在出这个题目的时候我是把可能性作为第一要义提出来。

那么我假设弗兰克被逐出，事实上我这个假设是有依据的。你想在我们这个课堂上突然来一个人，不管他是谁，也许他是校领导，也许是个疯子，也许是我的仇人。他到课堂上来，像弗兰克一样胡搅蛮缠，把他逐出去于情于理都是通的。弗兰克是没有道理的，他对着数百学生放粗口，这本身是可以把他逐出去的，而且逐出去才对。但是导演没有把他逐出去，你看这个导演智商就不一定比你高，他就没有其他可能性，他的结果是唯一性的。

而在你们交给我的二十几份卷子里结尾几乎都是唯一性的，所以我说只有同学H给了我另外一个答案，这个答案叫可能性。她同时在答卷上选择了两种结尾。在这个意义上呢，尽管同学H的两个结尾都有明显的缺陷，但是她仍然是我们这个期中考试的赢家，就在于她的答案是去寻找可能性，不是唯一性。

点评就到这里。

综　述

刚才有同学一下就说到了这个文本最大的一个特征是：我们在看电影的时候，她是把电影回到小说了。因为我们知道今天的电影已经很大程度上脱离了小说，它是独立存在的。但是早期电影离小说很近，当然最早电影就像法国的《卢米埃尔》，它们更像纪录片。摄影机发明以后，导演把机器往那一放，放在工厂大门记录进出大门的人，或者就是跟着一个人，记录这个人的一天，然后再剪辑，就是早期电影。但是电影在向前进的过程中开始依赖小说、依赖故事，就是一定在讲什么，在很多年里电影都很依赖小说。

但是我发现五六十年代电影逐渐开始大范围地脱离小说，有些电影完全是视觉的。小说不敢用纯视觉去呈现。我个人是特别喜欢美术的，我早期的写作特别受视觉艺术的影响。我写什么东西我都希望是能够在视觉里呈现的，可能也是这个缘故我个人特别偏爱电影。我觉得一个好故事如果在视觉上能解决，就像我前边提到过的安东尼奥尼的《放大》。基本上这个故事如果要是按故事去讲很虚妄，你找不到这个故事的起承转合，找不到结尾，因为你甚至不知道有没有一具尸体，它是一个杀人的故事，或者说是一个想象杀人的故事。有一种解读方法可以把它读成是一个杀人的故事，但是另外一种解读方法，你可以把它读解成一个狂想的故事。

就是因为它纯粹脱离了小说，用纯粹的电影的方式、纯视觉的方式去讲故事，所以它的结尾就飘忽了，因为它未明确去说里面那个人被杀死了。因为它是实实在在地通过那个男主人公的眼睛看到了那具尸体，但同样也是通过男主人公的眼睛再去那里看那尸体的时候，那个尸体不见了。

就像我跟你们说的，《后窗》里德到底杀人了没有啊，事实上德没杀人，但是导演要让我们相信是德杀人了，要不然德就不必过来杀杰夫，不必要杀丽莎。如果他要杀丽莎，之后马上去杀杰夫，导演通过这个方式让我们确信德杀了他太太。但事实上我们知道肯定没杀，因为在电影里面我们没看到杀人，没看到尸体，没看到行凶。

所以我说电影有时候能够走到跟故事真正地脱离，就是跟小说的故事方法真正脱离，以自己的方式形成自己的一整套内部构造的时候，电影才真正长大了，它不再需要小说做拐棍了，不再需要故事做拐棍，它以一个全新的方式呈现出来。我这不是跟你们扯远，而是我们这个课上的一个很重要的东西。

我们有些同学的结尾带有很强的分析性，可以说绝大多数同学的结尾我是不满意的，就是你们没有给我一个真正意义上出人意料的结尾。几乎你们大多数人给的结尾都是寻常的，又都合理，大部分的答卷都是在常规的意义上寻找结局，但是这个肯定不行。

比如同学E我拿你举例子，你自己就知道自己给的那个结尾很俗。尤其最后问题解决不了就找符号，因为电视台就是一种符号，你找消费者协会也行，总之就是找一个有公信力的机构来帮助你解决问题。这是个典型的中国式思维。这个错了吗？没错，但是它就是不够独特。一个好故事的结尾一定就该是不一样的。

回到这个女同学的文本，她的结尾倒是最出乎我意料的，为什么呢？因为今天已经真正到读图时代了，但是到了读图时代以后，我们还能有同学想把它回到读字时代，就是把一个电影的结尾回到读字时代，这个结尾完全是一个大范围的心理独白。就是刚才她在读的时候，我想你们也听得挺清楚，是校长的心理独白。她想让校长去结这个故事，但是她的这种方式又没有结这个故事。这和同学C的结尾是不一样的，同学C是用洪太太把这个故事结掉了，她（同学C）没结人物，而是把查理和弗兰克放开了，但是同学C结了这个故事，给了观众对于查理命运担忧的一个解放，大家能够接受。但是这个女同学的结尾连这个也不是，她最后回到小说，回到意识流了，基本是意识流。所以当初我看这个的时候，就感觉这倒是一个更有趣的想法。这个甚至比我想象的还要有趣，最后从电影回到小说，从读图回到读字。

　　刚才我举例子的时候说，我还看过一些什么"记一次春游"、"记一次有意义的活动"、"记一场足球赛"……因为我从小也是个作文很好的孩子，这些年我也给各种初高中读物——杂志，包括报纸写过教孩子怎样构思作文的短文。但是说老实话，我经常一想到《记一场足球赛》（"下雨，没踢。"）就很汗颜。

　　路上我们讨论的时候，你们同学里有将近一半的答案都是把这个弗兰克放弃了，你们怎么可以放弃弗兰克呢？你们知道不知道，投资人投资这个电影是因为有阿尔·帕西诺。这完全就是为阿尔·帕西诺量身定做的，如果没有阿尔·帕西诺这个符号，投资人连看都不要看这个本子。如果这里面光是一个查理的故事，你们以为投资人会考虑这个剧本吗？一丝一毫的可能性都没有的。而且更让人难过的是你们有许多答案都是弗兰克挺失意、挺颓丧、挺悲凉，弗兰克自杀呀什么诸如此类的，很多答案都是这样。

　　逐出去是在情理之中，但弗兰克被驱逐出去后就被击溃了，郁闷、沮丧、绝望等怎么怎么样，我想这些都是不可能的，怎么可以是这样呢？如果是这样，这个人物就不存在了，没有这样一个结尾。说老实话，我们今天做的这些可能性都是不成立的，只能是现在这个结尾。如果不是现在这个结尾这部电影就不存在了。制片人不会投一分钱，导演不会对这个故事有多么关心，一定是这样的。

我在给你们上课之前我也提出了一种可能性，让我觉得很奇怪的是，为什么你们在这个年龄就没有一个属于你们这个年龄的结尾呢？你们给的结尾都不是你们这个年龄的结尾，你们这个年龄的结尾完全可以是无厘头的呀。

是呀，查理为什么不可以无厘头呀，刚才我上楼梯的时候就说，按照你们这个年龄，你们的立场、你们的角度，查理可以在弗兰克一被赶出去后就说："撵得好！我烦透他了，他算个什么东西老跟着我搅呀。我干嘛要损失我的青春，干嘛要损失我的大好前程呀。他们（指夏利）几个捣校长的鬼，凭什么叫我给你背黑锅呀。"他完全可以是无厘头的，完全可以用周星驰的方法。

（同学：但是这和他的性格不相符呀）你看你说得特别好，我在跟你提可能性的时候，我更愿意听到你们给我一个你们的结尾。但我看到你们的结尾之后，没有一个人让我觉得，这是你个人的结尾。刚才我那么说是因为我也不是个无厘头的人，刚才上楼梯的时候就是那么顺口说出来的。但是我更愿意看到你们中间有一个人给我这样一个结尾，至少这个结尾是你的，而不是制片人的，不是导演的，不是编剧的。

你刚才说得特别对，非常对，这里面也有巨大的问题，就是它跟查理这个人物不相符，查理这个人物就得调整了。如果这样的话查理这个人物的心理激变又出现断裂了，这又有问题了。

所以说一部好电影，一部经典电影，它的结局一定是经典的。如果它的结局不够经典，它这个电影一定不会经典。不管前面有多少漂亮的东西，如果没有一个漂亮的结尾，它仍然不是一部好电影，不会有那么大魅力。换句话说，实际上我们现在看到的结尾是唯一的。

我在给你们出题的时候，是让你们去寻找可能性，但是在有限的时间和空间里面我们穷尽了各种各样的可能性之后，我们发现可能性是不存在的，你们所有的假设包括我的假设，都不能说服制片人为这部片子投这么大一笔钱，也就是说它不能催生这部电影。

这部电影，即使有一个人写出这么一个剧本来了，但是这个剧本什么都不是。到目前为止我个人的经验就是这样，我拍了一部电影，因为这部电影没最终剪完，我还没把它拿出来，而在拍这个电影之前我写过两三个电影剧本。在我第一个舞台剧搬上舞台之前，我也写过几个话剧剧本，都是胎死腹中，根本没有变成电影、变成舞台剧的可能性。不是当时没有，今天也没有。

所以我说我们在考虑电影的时候，一开始就得从这个电影的可操作性上去考虑。我说的可操作性，是在设计一部电影之前要考虑的。

比如在摄影机只能拍实人的时候，在各种各样特技出现以前，人就没办法飞，你就不能写一个人在飞的故事。随着技术慢慢进步，特技使人从不能飞到能飞，今天写剧本可以让任何人去飞。比如看《哈里·波特》也好，那些武侠片也好，人都是在空中飞来飞去，这个在电影技术上已经完全不是问题了。

如果你们日后确实对编剧这个行当有兴趣，你们写剧本首先应该想的是剧本操作的可能性。然后就是，我写的这个东西，从写的那一刻开始，即使今天的技术能实现，但是你写能不能实现。

比如现在让你去写一部《哈里·波特》那样的故事，魔法可以排山倒海，可以飞，可以做各式各样的事情，可以到世界上最大的教堂里边吃饭。罗琳写可以，你写可以不可以？你写不可以。因为你写有可能你们是用DV拍，罗琳这个故事是世界名著，全世界的媒体都在关注，所以有大量的资金去跟她，她才可以把故事里学生的餐厅放在世界上最巍峨的大教堂的大厅里去拍。

这又是第二个可操作性，就是你在写自己的剧本的时候，你的剧本有多少可操作性，成本投入这个可操作性有多少。

然后我更关心的就是我们今天这个话题，就是结局。你的结局是不是能构成这一整个故事的结局，你的结局够不够。

我们刚才讲评的这最后一张答卷的结局，就是把一整个电影故事式的结局放到这个小说式的结尾里面，试想一下观众能不能接受，导演能不能接受，我想除了校长这个演员以外，其他的演员也不能接受。校长这个演员一想挺高兴，给我的角色还加了一场心理独白了，我演演还可以，但是跟你们说，假如我们男一号请的是帅哥吴彦祖、姜文的话，姜文和吴彦祖他俩肯定不干，你凭什么最后把结尾结到校长那去？

中国有句老话说："编筐编篓，全在收口。"假使我们没有一个好的结局，就先不要尝试写这个故事。我这辈子经历最多的一件事是，我遇到某人，不管他是谁，假如是你们当中某个人，跟我说，你是一个作家啊，我的经历讲给你听，真的可以写一本书呀。每个人都觉得自己的经历能写一本书，但是通常说这个话的人他一点都不知道，他自己的故事缺一个结尾。

一个有一个真正可以称之为结局的结尾的那个人，他通常不会说，我给你讲讲这辈子的经历。他要么死了，他要么没死，就像保尔·柯察金一样。而且我跟你说，通常有着一个漂亮人生结尾的人，他已经超越了想要把他的故事给你讲一讲让你写本书这样一个愿望。

所以我说事实上，假使我们把写剧本作为我们人生日后的一种愿望，或者说一种职业，或者也可以把它称之为一种事业的时候，那么你一定有足够的心理准备去寻找一个结尾，一个漂亮的结尾。如果你找不到一个漂亮的结尾，你一定不要急着去开头。

以我的经验，《闻香识女人》这部电影一定是先有一个漂亮的结尾，他才可能去构造这个电影，构造这么一个故事。所以我刚才跟你们说，好的电影结局甚至不存在任何其他的可能性，它是有很强的唯一性在里面的。就像《放大》，如果它的结尾不是那个尸体不见了，你几乎找不到任何一个可以结束这个故事的结尾。

斯皮尔伯格曾经有另外一部不是特别有名的精彩电影，我在别的课上也讲过。一个神经质的中年男人开一辆特别小的汽车，就相当于我们的SPARKLE或者QQ那么小的汽车。那个男人有点高，钻进那辆车里窝着，看上去紧张兮兮的而且很猥琐。他上车不一会儿就在他的后视镜里看到一辆非常大的货柜卡车，一定要有这个大小的对比，货柜车从后视镜里过来完全像一座山似的。

然后他就不停地感受到这辆卡车的压迫，感觉特别不舒服。有时候他停下来示意卡车司机先过去，卡车就是不过。后来呢，他停卡车也停，卡车总是在他后边保持一定的距离。

最后他就绞尽脑汁想拼命地往前跑，等他跑了一段时间以后，一点卡车的影子也看不到了，他心里舒了一口气。他刚松一口气，在非常短的时间里边，他又开始看见远处的尘烟，然后看到一个黑点。那个黑点迅速放大，很快开了过来，迅速变成一座大山从倒车镜里向他压了过来。

另外就是他小车的动力也不行，卡车就是一直不停地跟着他跑。后来他实在没办法，就认了。正在这时候，斯皮尔伯格真是大导演，他觉得实在没办法的时候，卡车突然嗖的一下把他超过了。他心里感觉轻松多了，于是把车停下来，待了一会儿，他想噩梦终于结束了。

接着他继续向前开，前面就是一家餐馆。因为这是西部片嘛，在那种没人烟的地方，突然出现饭店啊、酒吧啊、旅馆啊这样的场所，很多车全都是大货柜车，只有他的车像甲壳虫一样。他想开过去不行，因为觉得货柜车比他快，一追就追上，那我就不开过去吧，我就等他走。所以他就把车停进停车场，进了那个餐馆。

导演特别坏，他利用摄影机把每一个人的脸都弄得特别狰狞，每个人都很高大，西部坏牛仔的那种感觉，就像是八百罗汉似的，每一个罗汉全是凶神恶煞似的，但又面目各异。每个人都不一样，用他的眼睛一个一个找，找来找去，看哪个人都像跟着他的司机。

　　他就开始吃饭，吃饭时就发现没有一个人要走。他在那百无聊赖，想怎么办啊，他想想吧，好像大伙都没注意，他悄悄地就从后门一下子溜出去了，溜出去以后疯跑到他的小车那儿迅速跳上了车，一踩油门车就像箭一样蹿出去了。

　　不瞒你说，这电影看到一个多小时的时候，我突然杞人忧天，为斯皮尔伯格担心起来：他怎么结尾呢。这悬念弄得有点过分了，这电影演了一个多小时，怎么结尾啊，你们谁会给这个故事结尾？看过或者听我讲过的就别说了，没看过没听过的同学想一想怎么给这个故事结尾。这个电影卖关子卖了一个多小时，要是换成人物传记片都快写到七十岁了。

　　这个故事到不能结尾的时候，我发现斯皮尔伯格又给了我们唯一的结尾。就是他往前走的时候，大车果然又跟上来了。你知道他一定逃不脱的，货柜车想追他一定追得上，因为比他快得多。然后他又把车停下了，对方也远远地停下了，对方不下来，然后他站在路边解手，那个人也下来解手。

　　然后他发现自己还是没辙，他又上了车，他终于想出一个办法来，就把这个故事结掉了。前边是山路，他就快开，所有的急弯都快开，小车比较灵活，离心力也没那么大，在快开了若干弯之后，这个大车在有一个急转弯的时候飞出去了，飞到空中然后跌到悬崖里，飞出悬崖然后在空中翻了几个圈，车就燃着了。然后他把车停下，看下边的车翻滚、起火、爆炸，然后他跪到地上捶地、狂叫、狂笑，这个故事就是这样结的。

你知道"为什么追"已经不成立了，因为关子卖太大了，这个故事就是一种心理压迫，全部故事都是一个心理压迫。如果卖关子卖到三分之一还不"剥笋"，不去求这个结尾，那么它一定是失败的。这个故事到五分之四的时候还在卖关子，那么最后他肯定不能解套，不解套才是这个故事唯一可能的结尾，如果解套任何假设都不成立。

第七章 结 构

剧本写作仍然是写作，写作最大的课题是结构。

我想世界上有很多行当都跟结构有关系。每天我们在说话，在找我们自己的表述方式的时候，实际都在建立结构。你跟别人说一件事的时候，你要措辞，你要整理一下这句话要怎么说，这就是结构。但是就职业来说，只有写作和建筑，才是完完全全结构的事。建筑我们不必说，一幢房子一定有结构，就是框架，很直观，比较容易理解。

一 剧本写作的开头：从结尾开始

写作的结构看上去不那么直观，剧本写作对结构的要求更甚于小说，甚于诗歌等其他文体。剧本写作是一种特别讲究结构的写作，反正一般说到写作的时候，总要有开头和结尾。老百姓有一句俗语叫"万事开头难"，做事情开头难，写作开头也难。写作的开头难在

94

什么地方呢？小到一个方案写作，大到一个鸿篇巨制的剧本写作，难都难在从哪下笔、从哪入手。实际上我跟你们说，你们在没有经验的前提下，你们会知道开头特别不容易。我告诉你们一个诀窍，剧本写作是从结尾开头的。

什么意思呢？只要是一个剧本，它一定有一个结尾。在小说和剧本里，语焉不详的收尾方式，在剧本里根本就行不通。人们在看一部剧的时候，哪怕是一部一百集的连续剧或者是一部一百分钟的电影，人们特别关心的就是你解决了什么。"解决"两个字，一会儿我们还是回到具体的个案上来，就是我们课堂上看的两个电影。

可以这么说，一个剧本里面一定有一个问题，可以是任意问题，在结尾的时候这个问题要有一个解决方案，也许就是像《后窗》那种明明确确地抓住罪犯这么明确，同时又这么单纯。重要的是解决本身。

所以我们在打算写一个剧本的时候，事实上要提供的是解决。前面可能有各式各样的问题，一会儿我再回到开头上来，先从结尾说起。事实上我们知道每一部电影都会给我们一个核心问题，一个主要矛盾。如果这个主要问题没解决，我可以说这个电影剧本是失败的，剧本基本上不能被接受。因为观众要看到的是解决，哪怕你没有彻底解决，你要有一个解决的方案，一个观众能够接受的、内心的诉求可以得到满足的方案，必须得给观众这么一个方案。

可以这么说，整个看电影的过程，就是你为观众设置一个期待，看完电影的时候解决了观众的期待。只有你解决了观众的期待的时候，这个剧本才成立，这部电影才成立。所以我说我们真正开头的时候，必须针对结尾开头。就是说我们要给观众一个解决方案，这个解决方案就是我们称之为"结尾"的东西。

（一）《闻香识女人》怎样开头

现在我们以《闻香识女人》为例来讨论。谁需要解决？我们在看这个故事的时候，首先要解决的肯定是查理的问题。我前面说《闻香识女人》是一个说事的故事，这个说事的故事，假如不解决"事"，这部电影是不成立的。我们能不能想象查理回到学校，同弗兰克告别，电影就完了？就是学校没有针对查理不举报的问题来开一场会，就是校长没有以泰山压顶的姿态面对查理，就是弗兰克没有来，没有拯救查理于水火。如果没有这一部分，这个剧本和电影能不能够成立？肯定不成立。

这就是我们过去说的"老三段"，就是从小学到大学，写作时反复讲的开头、中间和结尾。所有的开头都很难，一个剧本的开头当然更难，但剧本写作的捷径就是你先找到一个结尾，之后你就知道怎么开头。

1. 两个故事，一个结尾

我们这里要解决两个问题，一个是弗兰克这个人物的故事，一个是查理这个高中生所面临的问题。我们要解决这两个人各自面对的问题的时候，发现开头就有了，为什么呢？因为这两个故事有同一个结尾。

如果弗兰克的故事没有最后的结尾，我们可以设想一下，就是弗兰克自己回家了，查理进入礼堂，接受对他的审判，弗兰克的故事结尾了没有？弗兰克的故事就没有结尾，因为弗兰克所有的问题都没有解决。弗兰克出去转了一圈，他没有死，当然这个和查理在他身边有直接的关系，一会儿我再去讲它。弗兰克的故事和查理的故事都以一个结尾而结尾，这个时候你发现猜它就容易了，因为弗兰克的故事包含在查理的故事当中，但是查理的故事并不包含在弗兰克的故事当中，所以我们这个故事开头一定要从查理的故事开始。

（1）查理：困境设置与人物的规定性

那么开头的时候，我们就要给查理设计一个困境。查理的困境有很多元素，查理最终的困境就是举报不举报夏利和他的同学，这个困境是那么明确。查理他首先是一个穷孩子，他不能出去玩，要出去打工，穷孩子没有靠山。到下面我会具体分析一下他的困境。

在设计查理困境的时候，查理的开头就一下子出来了，查理困境的解决就是这个结尾。对查理也要有很多规定性，比如说他穷，他在感恩节打工，不能出去，然后他是一个勤勉的孩子，是在打工的时候遇到这么一件事。因为他单纯、正直，却遇到了一个关于出卖的问题，症结在于他出卖还是不出卖。从西方社会的道德层面上来说，出卖是很重的罪，就像撒谎是一个很重的罪一样。导演把这么一个命题确定下来，困境是在出卖与否，而且开头就要对这个人物有很多具体的规定。如果是乔治，问题不复存在，乔治有一个老爸和一个相对圆滑的性格，且乔治和肇事者夏利是死党。就这么多元素来看，乔治和查理在面对同一个问题的时候，乔治就没有这个困境，所以说这是个特别清晰、特别明确的开头。

（2）弗兰克：故事中的故事

接下来是这个故事当中的故事，也就是弗兰克的故事。弗兰克的故事是自杀，然后设计让他怎么从自杀的泥淖之中拔出来，这个开头一下子就清晰起来了，让人很快就明白弗兰克是怎么一个性格。

（二）《后窗》怎样开头

1.《后窗》需要解决的问题

我们再来看看《后窗》，《后窗》的问题在哪里，《后窗》要解决什么？实际上很清晰，《后窗》不像《闻香识女人》那么复杂。我们可以把话说得简洁一点，就是杀人犯的认定，然后抓没抓住他。说老实话，没抓住他也行，可以让他在逃跑的过程中死掉，可以有任何别的可能，但重要的是"认定"，实际上"认定"是"解决"。也就是说杀人犯的认定是结尾，你们想在有了这个结尾的时候，开头立刻就有了。

在认定杀人犯的时候，实际上第一个要认定的是，是不是有人被杀了，即"人被杀"。第二个问题是"怎么杀"的。第三个问题是谁，"谁杀的"。我们去认定一个杀人犯的时候，你看首先是要解决很多问题，得有一个人被杀，有凶杀案出现，然后怎么杀的，他哪去了，就是杀人的这个过程，尸体在什么地方，这是有人被杀之后的连锁问题，那么最后就是谁杀的。既然有这么多连锁问题出现，我们就开始讲一个杀人的故事，开头也立刻明晰、单纯起来。

2. 发现有人被杀的方式：窥视

首先要知道有人被杀，通过什么方式知道？希区柯克，我想他在导演《后窗》的时候，他用的是更简洁的方法，他先去设计一种窥视。就像我给大家讲的李少红的《银蛇谋杀案》是一部关于窥视的电影，我自己也写过《窗口的孤独》，也是一个窥视的故事。当然我们都比《后窗》晚，《后窗》可能更早，但因为《后窗》进来得比较晚，我们原来也没看过。我这么说也不过是想向你们表示一下，我写《窗口的孤独》的时候没看过《后窗》。事实上窥视永远是一个有趣的角度，尤其是窥视到杀人的时候。希区柯克写这个剧本，先想到的一定是窥视本身，窥视杀人。

3. 对杀人犯的认定——是结尾也是开头

我不是和你们说过吗，所有的杀人都是被说出来的。谁也没见到杀人这个事实，因为整个故事里没有杀人，但是逐渐地被观众和导演、被剧中人认定发生了杀人。所以我说，你看，要讲一个杀人的故事，最初是通过一扇窗去洞悉有人被杀，洞悉了一桩杀人命案，那么这个时候，开头也一下子就单纯起来了，就是因为有了这个结尾，有了对杀人犯的认定这么一个结尾。

我们需要解决对一个杀人犯的认定，有了这个结尾之后呢，再回过头去找这个开头，开头立刻就简单了。

4. 瞄准结尾的众多"方向"

那么我们知道，有一个人，有一扇窗，为了方便这个人窥视，编导设定他是一个不能动的人。他穿了一条石膏裤子，腿断了不能动，他不能移动，所以他不能那么便利地直接到杀人现场去，走进杀人现场，走近杀人犯，没有这种便利。

然后给他的窥视一些辅助工具及职业上的限定，让他当个摄影师吧，当摄影师他有长焦望远镜这个辅助工具。单纯从一个窗口不能解决对面的杀人事件，不能最终解决它，那么他需要一些帮手。他是一个英俊的男人，给他一个漂亮的女朋友，观众在这个过程当中发现很有快感、很养眼。

只设一个女朋友视角可能单一了一点，他还有个朋友是探长，这个探长的作用其实并不是破案，他的全部作用在于颠覆主人公对案子的侦破，不停地告诉他你又错了。探长的作用不是破案，是反破案。

然后再给他一个帮手，按摩师。这个按摩师可以作为他女朋友的帮手，可以帮他女朋友解决一部分问题，譬如说出去看一看门牌，看看跑了的车，然后给他一些生活上的劝告，比如说他们在讨论戒指和手袋的时候，她不是就说，戒指什么时候不在手上？手指被切下来的时候。她永远要戴在手上，除非她死了。她就起了这么一些作用。

有了结尾，开头的所有方向，都朝着结尾的这个点去汇聚。刚才我说了他的长焦、他的探长朋友、女友、按摩师，所有这些方向实际上最终都瞄准了结尾，因其瞄着结尾所以开头一下子就单纯起来了，一点都不复杂。

5. 开头和结尾彼此咬住

有一部特别著名的电影，我在以前的电影欣赏课上讲过，叫

《暴雨将至》，是一个前南斯拉夫著名导演的一部非常好的电影，三段故事。这部电影的妙处就是，在第三段故事结尾的时候，也就是整个电影结尾的时候，回到了第一个故事的开头，形成了一个怪圈，他分别讲了三段故事。乍一看似乎这三段故事不能连到一块儿，但是等他讲到第三段故事快结束的时候，你发现不但连到一块儿了，而且整个故事的结尾正好咬住了开头，一模一样的场景。然后他使用一些箴言，像是神谕一样的东西，"时间不逝，圆圈不圆。"用这句箴言去引导观众，实际上这是一部很深奥的电影，引导观众去理解这部电影的结构，及里面的一些含义。比如说时间，你觉得时间一直在走，可是时间又回到它初始的地方。

我们现在说的，就和这个开头和结尾彼此咬住很像。我们在写开头的时候结尾没有出现，事实上结尾是先于开头已经在那里，而开头不过是我们要达到那个结尾所做的最初的那段努力。在剧本写作的时候，我们把向结尾不断靠近的最初的那一段称为开头。

二 剧本写作的中间部分：冲突

有了开头之后，我们再来看看中间部分。有的学者，把中间部分称为"对抗"，这个说法蛮有意思，而我更愿意称它为"冲突"。因为通常在开头部分，我们要解决的时间、地点、人物和问题，我们在讲这两个剧本的时候，也多次整理了这个线索。冲突是决定这个片子能否吸引观众的一个基本原动力。"开始"不过是让你知道，在什么时间，什么人，遇到了一个什么问题。这些并不是你真正需要关注的，真正吸引你的是在这些设置之后的对抗和冲突。开头到结尾，中间有一个很长的对抗过程。如果从哲学意义上看，这个对抗的全过程实际上就剩下两个字——"冲突"。

（一）节点

通常什么地方才叫中间部分呢？剧本学者们最爱谈的一个词叫做"节点"。现在"节点"这个词更多地被应用在经济生活当中，什么叫节点呢？比如说一个项目，有策划阶段、论证阶段、启动阶段、实施阶段和完成阶段。在一个经济项目的全过程中，每一个阶段和另一个阶段之间总是有一个时间点。那么在剧本里面我们说开头、中间和结尾，当把一个故事分成三段的时候，有两个点，一般大家习惯把它叫做"节点"。

1.《后窗》的节点

那么现在我们来讨论一下，《后窗》的第一个节点在哪里，开头和中间部分之间的节点在哪呢？在手表上，那个瞬间，手表两点三十五分，然后两点五十五分的时候又一次看手表，手表是节点，电影通过人物看手表这个动作来告诉观众。晚上是一个漫长的过程，二十一点也是晚上，那么两点三十五分和二十一点就不是一个概念。在后半夜的时候杰夫看手表，嫌犯德在两点三十五分的时候出门，外面下着雨，他看了一下手表，然后很无聊地在房里待了一会儿。德先生回来的时候是两点五十五分，之后德先生几番出去。节点在德出去的时候，杰夫看了一下表，因为一个正常人在两点三十五分的时候冒着雨出门本身就引起了他的注意。从那个时间开始，他回来以后又一次出去，当然第二天杰夫女朋友来的时候，他告诉她昨天夜里差不多三点钟的时候，德前后出去了三次，电影省略了一次，那天夜里电影告诉我们德出去了两次，这就是电影，它不把三次全都呈现出来。因为出现在两点三十五分，而不是二十点三十五分，在两点三十五分这个点上，它暗示观众出事了，有事发生了，因为这个人在深夜的时候出去了，而且不止一次地出去。我们说节点的时候，指的是一个具体的点，前边都是铺垫，在做设置，真正事件发生的时候，所有的冲突开始有了弹性，有了张力的时候，那个点就是两点三十五分。

《后窗》的第二个节点在哪里，就是结尾前的节点在哪里？以我的经验，节点是在小狗被弄死了，然后乱成一团的时候，男主人公杰夫突然发现德在抽烟，德没到窗口来。为什么？因为在这个时候，前面有了关于德可能是杀人犯的推理。假设这整个的探究过程都是没有指向的，都可以说是真的或者假的，因为探长的数次调查颠覆了杰夫的推理，但是在这个点上我们看到是德杀了小狗。因为他抽烟不过来看，所有的窗口都拥满人的时候，只有这一个窗口里，离窗口远远的地方有个烟头的光亮在一明一暗地闪烁。这个地方是个节点，因为从这我们就知道了他杀了小狗，他为什么杀小狗，观众对他的怀疑进入收官阶段了，进入结尾了，那么这个结尾很大。

很多故事的结尾很小，但是有的故事的结尾特别大，这个故事的结尾实际上很大。从认定开始，才有后面一系列的认定过程，如果没有这个点，观众和除杰夫以外的当事人都不能够真的认定是德做的。因为有了这么多铺垫，我第一次看这个电影的时候，到了这个点的时候我就觉得狗肯定是德杀的。他无端地杀狗，因为这只小狗好奇，至于这个剧本的破绽我前面分析过现在不去分析它，但是他设置小狗的好奇，然后这只小狗死于非命。小狗死掉的瞬间德是唯一有异常反应的人，他毫不关心，因为他知道小狗已经死掉了，那么就是说他是杀小狗的人。这个是《后窗》的第二个节点。

2.《闻香识女人》的节点

我们再来看看《闻香识女人》的节点，第一个节点是查理目击夏利他们做的这个恶作剧。而在这之前，查理无论是碰到弗兰克，还是和乔治夏利商量假期的各自安排，都没真正进入到冲突当中来。

假期查理去打工，见到一个瞎子，要做这个瞎子的陪伴。如果这是关于弗兰克的故事，这个地方似乎可以算是一个节点，就是查理开始发现瞎子这一刻。但是即使这个故事是单纯的关于弗兰克的故事，这个节点也不够清晰，这不是真正有事情发生的一个点，所以退一步说，我更愿意把弗兰克的故事节点放到罗太太一家四口开车走了的时候。查理一进来，弗兰克说赶紧收拾，咱们要去纽约。我觉得这个地方是个节点。本来是查理陪伴这个瞎子，照顾他，这么一份工作，而瞎子却要旅行。我个人还是认为这个地方是节点。在这里弗兰克的问题一下子凸显出来了，比如说他要去做什么？后来我们知道，他要把这辈子未了的心愿都去了结一下，温习一下当年的奢华、荣耀和尊严，卖弄一下他各种各样的个人优势和长处，然后结束生命。一个瞎子在他家人离开的时候突然提出自己要去纽约，买好了机票，在这里弗兰克故事的第一个节点才真正出现了。

查理见到弗兰克发现他是一个盲人，实际上这只是一个人去打工，到那里去看一下环境，看一下服务对象，把节点放在这还是太淡了。

查理目击恶作剧之前的内容，全部都是铺垫，把人物、背景、时间、地点、状态、环境这些东西铺开，就是故事有怎么一个人文背景和自然背景。《闻香识女人》是故事中套故事，实际上这两个故事的第二个节点是同一个节点，这很明显，一定是因为弗兰克在最后一场戏入场的时候，在入场的那一个瞬间形成了一个新的节点。

因为在入场之前查理已经被击溃了，查理已经不复存在了，查理尽管不出卖同学，信守道德准则，但是事实上他的不出卖毫无力量，校长雄辩的演说当中关于责任的推理等种种方式，使得查理不堪一击，他毫无还手之力，而在那个瞬间弗兰克出现了。因为他们已经分别了，没有丝毫弗兰克要回来的痕迹，但是我敢说所有的观众都觉得这件事没完，查理的故事没完，弗兰克自己的故事也没完，他们能分开吗？但是大家也许不能够特别清楚地明白，为什么没完，怎么没完。

从查理出去打工开始，弗兰克进入查理的视线，进入查理的生活。弗兰克走出查理的视线是他们在汽车前面告别，告别之后查理进入校园。导演和编剧非常聪明，把所有的后路和希望都断掉之后，让弗兰克做一次天兵下凡，像空降兵一样突然来到会场。作为一个观众，弗兰克一进来我就觉得查理有希望了，弗兰克拿着导盲杖，由司机曼尼搀扶着走到台上。他一坐到查理身边，我想所有的观众都会释然，观众不知道他怎么救查理，却心里一下子就有底了，就像查理自己心里有底一样，主心骨来了。

查理内心的期待，和观众内心的期待在那一个瞬间是一致的。所以我说弗兰克的入场，既是大故事——查理的困境的节点，又是弗兰克这个人物的节点。为什么说这个是弗兰克故事的节点呢？因为弗兰克这么回去了，他仍然会厌世的，虽然他曾经历了很多，后边我还要分析。正是弗兰克进了这个会堂，为查理这个困境做了一次百分之百的救赎，让弗兰克一下子意识到自己可以不必厌世了，这个我在最后谈结尾的时候还要谈到。

（二）对立着的冲突

通常我们说的冲突，一定要有两个对立着的双方，冲突要有对象。我可以给你冲突，但是我不能对着墙壁冲突。冲突方至少要有两个以上，我和你冲突的时候，也可能和他冲突，你也可能和他冲突。但是我们面对每一个冲突的时候都是双方在对立着，而不是三方在对立着。我们面对每一个具体的冲突的时候，冲突的是两方，而不是三方。

1.《后窗》的核心冲突

《后窗》的核心冲突是什么？核心冲突是德太太哪去了。德太太曾经出现过，现在不见了。谁杀了人是冲突的解决，我们解决的是对于杀人犯的认定。核心冲突不是谁杀人，不是杀人犯的认定，而是德太太哪去了。

在前一个回合里我们知道有两个德太太单元，德太太单元事实上和那些单元是并置的。

比如说有一对夫妇早上起来的时候，在阳台睡觉，他们愿意把一块睡觉的情景展示给邻居看。在露天阳台上睡觉，然后伸懒腰非常舒展，这是给他们的第一回合。给他们的第二个回合是伸懒腰然后雨点落下来，很狼狈地抱着被子回房间。再给舞蹈演员两个回合，一是自己独舞，二是和一群男人周旋。然后给孤独的女人两个回合。他基本上是把后窗看到的这些窗里发生的事并置，也不过是给了德太太两个回合。

但是别人的两个回合不过是谋杀判案这种题材电影的一个常用的手段，就是一开始是把主要故事混淆在次要故事中。就是让人们眼花缭乱，让人一开始看到这个《后窗》在说什么事情，让人觉得就是每个窗里的人发生一点喜怒哀乐，一开始你可能觉得是这样，后来你发现不是。

在德太太这两个回合里，第一个回合是吵架。德从外间进到里间，她在床上，两个人吵架吵得很凶。第二个回合，是德先生弄个小饭桌给她端饭，伺候她吃饭，然后德先生出去打电话，她突然从床上跳下来就去盯着他打电话。

这两个回合看上去都没什么异常，但是这两个回合都告诉你德太太是在里边那个房间，那是她的空间，而且德太太是一个离不开床的女人，她出现的两个断片都是在床上。当然她可以从床上跳下来去看他打电话，她又不是一个瘫痪，但是她的空间只是在最里边的房间，她没到中间的房间来过。

那么我们来看一看我刚才说到的节点，深夜三次进出家门，这个事情为什么说它是节点？就是因为在这个事情之后杰夫有一个疑问——德太太哪去了，别的窗里的人都在啊，那个窗单独属于德太太。杰夫提出这个疑问，是因为德先生深夜几度出入家门，与此同时德太太那扇窗就再也没打开过，一直关着，一直到很后面才打开。就是因为德太太的窗没有打开，这一点将观众的关注导入冲突。

一般我们在看的时候不一定会提出这个问题，但是杰夫问他女朋友，德夜里来回出入，他老婆又不见了，这是怎么回事啊？而且窗子再也不打开了。所以我说从两点三十五看表以后，这个冲突就可以一直设置下去。

我们能看到的是杰夫用望远镜和长焦看见他收拾东西，是刀和锯子。德的老婆不见了，他又在摆弄刀和锯子，用报纸又包又裹。导演确实聪明，没看到谋杀没有尸体，但是弄得很恐怖。

然后通过长焦我们看到德在摆弄德太太的手袋，从里面不断拿出首饰。杰夫开始跟女人们讨论，除非把手指砍掉否则结婚戒指不可能不在手指上，女人平时不把首饰放在手袋里，于是他的女朋友和女仆两个人又开始质疑手袋和首饰的关系。以至于结尾的时候他女朋友跳出去找手袋，找到手袋以后很失望，最后找到婚戒，然后用婚戒把杰夫暴露出来。

那么同时我们还看到小狗，《后窗》的冲突里小狗扮演了一个挺有意思的角色。一开始隔壁搞雕塑的人就很关心小狗，他看到小狗，在凶犯楼下的花园里的时候，小狗也变成一个人物，小狗也制造了很多冲突。然后他又通过他的长焦望远镜和翻转片拍到花有什么变化，花的位置变了，他们怀疑下面是不是埋了什么东西。事实上是不可能的，因为德是住在二楼，一楼是那个孤独女人，三楼还有别人，每一层楼都有住户，整个单元的人，从一楼到顶楼，共用这个花园，花园不是一个人的，不是德独用的，而且四面有窗，他不可能真的把尸体埋到花下面。即使他有作案时间，杰夫没有看到，那么多窗是随时有可能看到的。这个是故弄玄虚，这个玄虚是有效果的，关于小狗关于花园，这是一组冲突，包括他用翻转片看到的花园里花的位置发生的变化。

还有就是他的助手们。比如说探长，探长去看的信息，什么他老婆说安全到达，说他已经去了车站，那个被运走的箱子已经被平安送达，安娜已经取走了箱子，探长带来颠覆德是凶犯的这些信息，都可以证明德是无罪的，杰夫说的是子虚乌有。

以上的这些信息都构成了整个中段。这一组组冲突，每一个冲突都不是一场戏，都是多场戏构成的。这么多场戏构成了《后窗》的整个中段。中间部分，使得最初引起杰夫关注的核心问题，就是德夫人哪去了，这么一个命题，越来越大，越来越膨胀、丰富和变化，及至后来小狗被杀，我们发现可能真的有问题，要不然德为什么要杀小狗。

然后就是他们进一步采取行动，丽莎钻到德的房子里去找东西，然后被德抓住。之后他们想尽办法搭救丽莎，把警方招来，把丽莎从德的手里救出来。但是丽莎在身后示意那个戒指的时候，又泄露了杰夫，然后德又来找杰夫算账。

这一系列的情节，使得整个中段特别丰富，我们看这部电影时候，兴趣都被这个中段吸引了。观众对这个电影发生兴趣的原动力，都在这一个一个的冲突组团当中。这些冲突又纠结到一起形成一个巨大的"腹部"。

2.《闻香识女人》的核心冲突

（1）查理的核心问题与小问题

同样我们回到《闻香识女人》上来看。查理的核心问题是什么？说还是不说。查理有很多问题，我们来看一下。

查理最初去打工的时候，他面对一份工作，这份工作有三百美元。这三百美元和他的工作对象，是一对冲突，因为他这个工作对象令人太难以接受了。马上面临一个挑战，就是你做还是不做，你接不接这个工作就是一个冲突。查理对这个工作对象又讨厌又喜欢，全过程我们也看到了。他和弗兰克的关系，一方面是弗兰克那种睿智，对世事、对女人无所不包的睿智和魅力，逐步吸引查理，让查理敬佩；但同时弗兰克又那么让查理厌恶，弗兰克的无礼让查理非常尴尬。不说别的，弗兰克到他哥哥威利家里，他居然开自己侄媳妇的性玩笑，为老不尊，在中国是多大的忌讳啊，我想在外国也一样。

说还是不说，是查理的核心冲突、核心问题，但是他还有许多小问题。比如他和弗兰克之间一个最直接的问题就是，他走还是留，他们也纠缠了一两个回合，这也是一个冲突。他想走的时候，弗兰克告诉他你坐晚班飞机，到时间查理说该走了，弗兰克说没有晚班飞机。摆在查理面前有两条路，乘晚班飞机或者乘白天飞机，最后弗兰克告诉查理没有晚班飞机。

（2）弗兰克的核心问题与其他冲突

我们再看看弗兰克，弗兰克也有他自己的核心问题，就是活着还是死去，这又回到莎士比亚了。但是对他来说，这个世界有好多事情值得留恋，他还得去一趟纽约，为什么要去？那里有他的尊严、回忆，有他炫技的环境。

从整个故事来看，这个家伙是一个十足的炫技派，不去炫技他是很难过的。在飞机上，空姐一走过他就把人家的出身和家世都给人家说出来。在餐厅里他跟当娜，那个美妙无比的女孩，说你用什么香水。他跟查理谈酒，各种各样的酒。他开法拉利，他做军装，到处都在炫技，这个家伙是一个内心充满炫技欲望的老东西。

他还特别虚荣，特别需要尊重，所以最初家里那个小孩从窗口嘲笑他的时候，他随手抓个东西就砸向窗子。查理一开始和他接触最大的难点就在于他的虚荣，查理在任何场合说任何话都有可能冲撞他那种脆弱的虚荣。

另外他还特别渴望刺激。对于性，这个是洁本，只有弗兰克跟一个女人过夜的一场戏，里面有他对女人身体的描述。还有关于他开法拉利的描述，开起来之后那种冲动。他是一个瞎子，他让查理告诉他在哪里转弯。实际上那种对刺激的渴望，同时就是对生命的渴望。

这些都跟他要自杀的那种心绪严重冲突着，导演和编剧把他内心生和死的冲突外化了，但是我们看到的还是内心的那种矛盾，就是想结束生命。他是一个退伍军人，实际上是一个挺穷的人，他开始答应多给查理的一百块最后没有给，因为他没有钱了。他想把自己最后一点积蓄全部都花光，多奢侈啊，开一次法拉利塞给人家两千块，两千美金在美国是可以买一辆很好的二手车的。最后他等于是弹尽粮绝，所有的积蓄都花光了，因为他想结束生命了。

对生命的渴望，从他对女人的渴望，对法拉利的速度所产生的那种刺激、那种热情当中可以看出。他渴望生命的欲望，和他想要自杀的绝望，特别鲜明地对立着，自始至终都是对立的。

从这个人物身上，我们还可以看到记忆与现实的巨大落差，这又是一个冲突。在他记忆中自己是一位将军的幕僚，他希望从政，那位将军是他的楷模。他们出入的场所，那种奢华的过去，包括他做军装，事实上都跟他记忆有关，而他的记忆和他的现状落差太大。笑他的只有云地，当他反复对他的侄子云地进行人身攻击的时候，云地反抗他、狠狠地嘲弄了他。事实上云地对他的现状再清楚不过，他不过是一个瞎子，他对一个漂亮女孩子献殷勤，很优雅地跳舞的时候，他人生的机会已经没有了，就是让他心仪、让他觉得无限美好的生活，包括女人、奢华的一切，他都没有机会了。

所以我说记忆本身和现实这对冲突，不仅在一件事上，也在多件事上表现出来。整个中段都是这么一直矛盾着、相互冲突着的，一个组团接着一个组团。

最后，他想开法拉利追求速度和刺激的时候，那是生命最澎湃的瞬间。这么一种情形下，对照的是什么呢？是他要告别人世的一种庄严和肃穆，一个人要自杀了，要自己结束生命啊，应该和开法拉利完全南辕北辙，但是却发生在同一时间里面。

从头到尾，生活对弗兰克的诱惑，美女、奢华的生活、尊严、性，这一切多有吸引力啊，生活多美好啊。而对查理来说，生活远没有这么美好，这特别奇怪。一个要告别人世的人，生活在他眼里是那么美好，有那么多魅力和吸引力。而查理一个才刚刚开始走入生活的人，却觉得生活那么没趣。他根本没有心思关心身边的同学、关心美女，他也没有心情关心金钱，关心尊严，关心法拉利，什么心情都没有，他有的只是困顿，只是窘迫。他在别人该玩的时候去打工，打工的时候又要忍受屈辱，要面对良心，面对道德的谴责，还要面对来自校长的威胁。对于查理来说，生活一片黯淡。

这多有意思。按道理来说，查理的生活应该是阳光灿烂的，应该是一片光明，但是我们在查理的路上看不到一朵鲜花。可当弗兰克带着枪，他把自己的全部积蓄花光准备结束生命的时候，生活却有那么多诱惑，那么美好，妙不可言。所以我说，整个中段，弗兰克的中段和查理的中段，他们面对着接二连三的冲突，这些冲突把他们团团包围。

最后我发现特别有趣的是，无论是查理在和弗兰克接触这么三四天的时间里，弗兰克给他的那些有意义的人生教诲、启迪，还是弗兰克在和查理接触的这么三四天里，查理对他的一些特别偏执和激烈想法的阻挠、纠正和关心，都没最终解决他们两个人的问题。他们俩的问题在分别的那一刻，所有的问题依旧，一点解决的迹象都没有。

他们俩互相告别了，弗兰克要重新面对生活的乏味，生活的绝望，而且这个回合比上个回合还要绝望。上个回合他兜里还有点钱，准备给自己的生命演出一场告别晚会。但是这一次他回来的时候，已经身无分文。如果这个故事没有那个结尾的话，弗兰克的黯淡是可想而知的，会重新回到疲惫、无助和无边的黑暗当中去。那么查理就更惨，本来看上去前途光明，一所出了好几个总统的名校的高材生，可能突然就被学校除名，回去当便利店的小老板，回去卖洗发水和卫生纸。

三　剧本的结尾

（一）《后窗》的结尾：经典

我们再看看《后窗》的结尾。我刚才说它的节点在小狗死了，德还在抽烟，杰夫、丽莎和女佣，这个群落里的人物已经认定德就是凶手。他们准备行动了，他们的行动就是丽莎和女佣先挖花圃，失败了，发现下边什么也没有。然后丽莎灵机一动，看德已经出去了她就翻墙入室，去找戒指，结果丽莎被德抓住，然后警察把丽莎解救出来。

这个危机刚解决，更大的危机又来了，丽莎要被带到警局去录口供。那个节骨眼上丽莎好心做坏事，用戒指在身后这么比划把杰夫泄露了，导演真的很坏，丽莎给杰夫做的这个手势，警察没看见却让德看见了，哪有这么做手势的啊？其实希区柯克很多电影里破绽百出，包括柯南道尔的福尔摩斯，我是从技术层面上说。她为什么要背着警察告诉杰夫，她找到这个婚戒了，警察在那德在这，她让德和杰夫看不让警察看，故意让德看到杰夫。

因为故事到这还要有一场搏斗，就是要有一个常见的高潮。这种破绽是不应该出现的，很粗陋，但是观众全看不出来，观众还是期待德去找杰夫，看看德和杰夫怎么较量。因为杰夫不能动，他基本上没什么反抗能力，但杰夫还是很有办法，闪光灯噼里啪啦照了他好几次。你能看到德故意让杰夫照，他本来一个健步就能蹿过去，却要迈一步被照一下，然后揉揉眼睛，连着重复三次。当然电影这样是好看，事实上这都是破绽，日后你们如果给中国的希区柯克写剧本的时候，别犯这种低级错误。

《后窗》的结尾不消说，是一个经典结尾。因为电影的结尾正义一定要战胜邪恶，正义战胜不了邪恶这电影就有问题。

（二）《闻香识女人》的结尾：简洁

我们再回到电影剧本的结构上来，《闻香识女人》的结尾，特别简洁。《后窗》一个很简单的故事，却做了一个大的结尾。《闻香识女人》是一个非常大的故事，但却给大家一个特别简洁的结尾。

这个结尾也就是要最终实现对我们大家认为的主人公弗兰克（事实上这部电影的男一号不是查理，但是故事的主人公是查理，电影的主人公是弗兰克），为了最终完成对弗兰克的救赎，让弗兰克回来。

为什么这么说呢？生活那么美好，有那么多魅力，有美女、有速度、有尊严、有虚荣，但这些根本不能解决弗兰克的问题。弗兰克的问题是那些东西再美好它们不属于我，我只能用鼻子去享受女人，这太可怕了，眼睛都不能，不要说身体。速度呢，偶尔为了一次对速度的追求，付出了两千美金的代价，这种奢侈他一辈子也不能享受几次。关键他又是个瞎子，那些奢华、那些尊重，他也只有用他人生全部的积蓄最后一次消费，他不可能再去那种酒店。他是一个生活很困窘的，寄居在乡下亲戚家里的一个老人，什么都没有，尽管生活有那么多诱惑和美好，却都不属于他。

但什么属于他啊？有用。他对这个世界、对别人还是有用的。当他走进会堂，走进这个要对查理作最后审判的法庭的那一刻，当他坐到椅子上的那一刻，他突然意识到自己是有用的，而他确实有用。

有趣的是他根本不用雄辩，他用最简单的骂人的方式获得了胜利。他说，你们算什么东西，以为出了两个总统怎么怎么样，你们什么都不是啊，你们让学生出卖灵魂，还有比这更可悲的吗？而且真正形成救赎的是什么呢？他在乱骂的时候，他站到了真理、正义和人心一边，所以在这个台词上相对于校长他占得上风。二是他谩骂之后，那个停顿的时分酝酿的一种情绪，这种情绪最终爆发成掌声，一开始是稀稀落落的，后来是大家全都站起来哗哗哗的掌声。

这一片掌声最后决定了查理的命运，可以说也决定了校长的命运，因为校长肯定待不下去了，尊严扫地，一点后路都没有。学生和教工评判委员会的评判结果是，由这个把事件说出来的洪太太，代表人群和公平，宣判了查理的无罪，也宣判了校长的全面溃败。

通过这么一个简单得不能再简单的结尾把那么复杂的一个故事、一个剧本最终收在一个最好的档位上。实际上这里边还有一个小的插曲就是杜姬丝，带雀斑的非常可爱的女教师，很明显她爱上了我们的弗兰克。

第八章　视　角

学生梳理的《撞车》课堂讲稿：

撞车(Crash **)**

一、场次

1. 撞车（格拉汉姆、玛丽亚）

2. 购枪

3. 抢车（黑辫子和凯伦）

4. 默西迪思事件

5. 律师（简和卡罗）夫妇争吵

6. 圣加尼警官与救助员打电话

7. 搜身事件（卡姆夫妇）

8. 波斯小店锁坏了

9. 卡姆夫妇争吵

10. 修锁工与女儿

11. 撞倒"中国人"（楚先生）

12. 哈德森要求换搭档

13. 撞人逃逸

14. 修理工与波斯店主

15. 销赃

16. 格拉汉姆与玛丽亚

17. 圣加尼与父亲

18. 小店被盗

19. 卡罗与助手

20. 贼儿车坏了

21. 贼儿不坐公车

22. 简对女佣大吼

23. 卡姆在片场工作

24. 圣加尼与救助员

25. 格拉汉姆与母亲

26. 卡妻到片场找卡姆

27. 店主与律师

28. 圣与哈分道扬镳

29. 在默车上找到巨款

30. 卡姆在片场忧伤

31. 店主找到修锁单据

32. 车祸

33. 收买格拉汉姆

34. 记者招待会

35. 店主持枪等待

36. 抢车（2）

37. 格拉汉姆为母买食品

38. 店主寻仇

39. 简摔倒

40. 哈德森误杀凯伦

41. 格拉姆看到尸体

42. 黑辫子开走楚的车

43. 楚夫人看望楚先生

44. 销赃，发现偷渡客

45. 认尸

46. 店主与女儿

47. 简与女佣和解

48. 哈德森烧车

49. 圣加尼与父亲

50. 卡罗回家

51. 修锁工全家

52. 卡姆与妻子和解

53. 格拉汉姆找到护身符

54. 黑辫子放走偷渡客

55. 救助员的车被撞

二、人物

1. 侦探格拉汉姆

2. 侦探玛丽亚

3. 亚裔妇女楚夫人

4. 波斯店主

5. 店主女儿

6. 贼儿黑辫子

7. 贼儿凯伦

8. 律师卡罗

9. 律师妻子简

10. 警官圣加尼

11. 救助员

12. 警官哈德森

13. 导演卡姆

14. 卡姆妻子

15. 修锁工

16. 修锁工女儿

17. 被撞"中国人"楚先生

18. 简的女佣

19. 格拉汉姆母亲

三、主要事件

1. 撞车

2. 抢车

3. 默西迪思事件

4. 搜身——车祸救人

5. 小店被盗

6. 抢车（2）

7. 误杀

8. 偷车——放偷渡客

四、附加关系

1. 格拉汉姆、凯伦、格姆

2. 格拉汉姆、玛丽亚

3. 圣加尼、父亲、救助员

4. 简、修锁工、女佣

刚才同学对《撞车》这部影片做了一个解读，为什么选这部影片呢，这部影片和我们前边讲到的几部影片都特别不一样，这部影片代表了最近十来年的一种电影潮流，跟我们前边举的例子都有一点不一样。

我认为从经典意义上，电影大致只分成两种，一种是说人的，一种是说事的。《闻香识女人》这种电影，是把说人和说事结合得特别好的一部电影。电影用了主要篇幅去写一个并不是主要人物的人物——弗兰克，然后说的事又是另外一件事，弗兰克仅仅是大事件中间的一个人物，当然这个人物他有关节一样的作用。

《撞车》就不一样。我现在追溯一下，比如这几年《无间道》系列、《低俗小说》都属于这一类。你看这种电影的时候，发现它是写人的吗？但是它写了若干个人，很多大牌在里面也不过是一个配角，你不能说他是绝对主角。

还有一部电影叫《幸运数字》，二〇〇〇年、二〇〇一年前后拍的，号称一部真正的大制作，几个亿的投资，阵容吓死人，领军人物是布鲁斯·威利斯，然后就是黑人影帝弗里曼，他曾经两度获得奥斯卡影帝的提名，加上《珍珠港》的男一号，事实上他是《幸运数字》的主演，还有一个英国的老牌演员。

《幸运数字》、《撞车》、《无间道》、《低俗小说》这一类影片，既不是完全写人，也不是完全写事，它把原来可以清楚分辨出来的写人和写事的故事方式，打得稀碎，变成一种新的形态，我对这种形态有一个归纳。最后一节课我想讲一讲视角话题。

一 习见的两种视角：全知视角和单一视角

视角是所有写作的人最关心的东西，没有什么比视角更重要的了。大家都知道，人们经常会把视角简单地分成：全知视角即上帝视角，和单一视角，这是个常识。

可以说，我们看的所有电视剧的视角，无一例外，一定是全知视角，一定是上帝视角。因为电视剧结构庞大，人物众多，它不是电影，单一视角是不可能讲这样的故事的。

简单地说，人物少的电视剧，就像孙红雷演的《征服》这样的电视剧，一个人带几个人在逃，一群警察在追捕。就是这样一部电视剧，在讲故事的时候首先一定是有一个孙红雷的视角。孙红雷带领他的两个马仔加上他的情人，包括李梅的姐姐，就是江珊演的那个角色。

孙红雷这里肯定会有一个视角，那么在这部分里边可以假托孙红雷的视角，但事实上是不可能的，为什么呢？因为和孙红雷一块逃的梅子，她本身就是一个单独的视角，她去看孙红雷，这个故事相当一部分都在梅子身上。然后不消说整个警方主要破案的人——头儿是一个视角，骨干是一个视角，还有许多旁枝的视角一块去追寻。这是最典型的。所以电视剧一定是全知视角，电视剧就很难取到单一视角。

因此，我们在讲剧本的时候，经常用电影来说事。电影说事有一个特别之处，因为电影的篇幅比较短，通常人物比较少。我是说通常，你碰到《撞车》的时候你还能说它人物少吗？比很多电视剧的人物都多了。

电影的人物通常比较少，这时候制片人、导演都喜欢编剧给他们提供一个单一视角。为什么会取单一视角呢？因为电影是一次性观看，而图书、小说和电视剧它是多次观看。就是说你要把这个故事看完，你可能要不止一次地去看。而你进了电影院，周围灯一黑，光柱投到屏幕上，它一次性就让你把它完成了。

电影是一个一定要把观众留在椅子上、尽量不要让观众从椅子上拔起屁股的过程。除非闹肚子，要么观众中途离席了，那一定是电影太乏味了。所以我说电影因为它结构本身的原因，它一定要在讲一个故事的时候，不让你喘太多的气。那用什么办法呢？电影通常总是有太多的悬念，有太多的谜团设置在那里。为什么说用单一视角会达到这个目的呢？

比如说，在我们这个小空间里有一个上帝，有一个全知视角在这里，那么我在这里讲课，有一些同学在听课，有些同学在完成别的课上的作业，有的同学在发短信或者说在谈情说爱联络感情，就是各做各的。在上帝视角（全知视角）里你们每一个同学都逃不过去。当然它会有选择，在用上帝视角讲故事的时候，它就会在这个课堂上讲有几拨人他们各自在做什么。

比如，有一拨人是老师，今天恰好是两个，有一个人先讲过了，另一个又上来了。通常一个老师自己是一拨，然后听课的同学是一拨，忙自己事情的人是一拨，无聊的睡觉的也是一拨。那么在这几拨里面各找一个角色去讲这个空间里发生的故事，这个故事一下子就解决了。

但是也正是有了上帝视角，你突然发现这个故事一点悬念都没有了。假如我们这上面有一个广角摄像头，既能照到你们也能照到我，摄像头往这一安，我们回头看录像，谁干什么都清清楚楚，就一点悬念都没有，一点谜团也没有了。

通常我们只有全知视角即上帝视角和单一视角这两种方式，但是我们经常会看到有一种骑墙哲学在电影和电视剧里面出现。

经常有一些低能的导演一会儿是上帝视角，一会儿是单一视角，特别混乱，为什么呢？因为他觉得要表现情绪的时候，单一视角很好，比如张三看见自己的恋人正在和别人亲热，这时候用单一视角很好，特别能推动张三这个人物的情绪。

但过一会儿他就忘了，他就用成全知视角了。突然在张三的视角之后紧接着切了一个镜头，是他的情人在做什么。比如说，他的情人把门关上了，她和与她亲热的另一个异性说："他一定看到了。"可能是张三的情人故意要伤害他、刺激他的一场戏。原来她是和别人演了一场戏来气张三。她在看到张三离开后，他们扑哧一笑说，这家伙上当了。他肯定要气死。当这场戏这么演的时候，视角发生了巨大的错误。

因为前面是张三的视角，前边是跟踪者的视角，在之后突然变成了一个全知视角。

你们在看电影和电视剧的时候经常会看到这种情况。这种情况出现两三次后，你们自己就可以断定这是个很低能的、很没意思的叙事剧本。这是一种骑墙，他有一个主视角，还有一个辅视角或者两个人，但经常他还要把全知视角拉过来。

我跟大家说这件事，我们同学是戏剧影视文学专业，日后有可能会创作剧本，一定要记住你讲一个故事，写一个剧本的时候，没有什么比视角更重要的了。视角是第一步，你必须守住一个视角，这是什么视角？全知就是全知的，单一视角就是单一视角。

二 多点平行视角

为什么上堂课要让大家看《撞车》，今天又让同学给大家读解这个《撞车》？因为这种故事，不是一个人，很多人看第一遍的时候都会有点云里雾里。包括《无间道》，很多人第一次捋不清，他用了一个什么方法呀？这个方法很时尚，节奏快，变换丰富了。

这种视角我称之为什么呢，因为我没看到其他学者和剧本理论家对这种我们看到的新的剧本形态给一个概括。我给它一个概括，称它为"多点平行视角"。我刚才让同学讲《撞车》的视角，她说这有很多视角呀，我说对呀。因为她是独立备课，之前没有碰过头，我给她出的题目是"视角"，她没敢讲视角，我想她一定是看晕了。

（一）单一视角把主视角之外的世界变成谜团

通常一个故事找视角很容易。《后窗》的视角还用找吗？肯定是杰夫的视角。观众一定是借了杰夫的这个视角去想这个故事。杰夫以外的事情我没跟你们说吗，全部是假的，然后你们以为是真的。

我再三提醒你们德根本就没杀人，德就是在那摆弄他那些刀和锯子，就在那等丽莎进去，导演一定跟他说表情再凶点。德什么都没做，但是你们就认为德杀了人。因为在杰夫的视角上德就是杀了人。

杰夫的视角决定了德做了什么，而不是德事实上做了什么，这就是视角的力量。因为我们知道德是个演员，他跟着剧本走的，他扮的是凶手，但他没杀人，我们没有看到杀人的场面，不像另外的一些电影里面我们会直接看到杀人的场面。仅仅是在杰夫的视角上，人们认定德杀了人。绝不是德杀了人，德没有杀人。

我为什么说这个话题呢？我们现在想一下，《闻香识女人》也是一个单一视角，是查理的视角。因为在查理视角之外，我们不知道弗兰克发生了什么，我们不知道夏利他们还做了什么，我们不知道校长最后做了什么，基本上都是在查理的视角上。

当然了也有一点扩展，如他们几个在调戏校长的时候，在学校广播室里的时候，那一刻是脱离了查理的视角，那就是破绽。

事实上不应该脱离查理视角，因为整个故事都没脱离查理的视角，所有相关的人，都是查理看到什么了。观众借助查理的眼睛看到了整个事件和其他的人物。但是在那一个点上犯了视角错误，但它仍然是个单一视角的故事。

《洛丽塔》当然是韩柏的视角。背后的奎尔第的事情都是洛丽塔对着韩柏说出来，她不说出来，我们根本就不知道背后他们的故事是一个怎样的故事。全是最后给韩柏了，也就是给观众了，因为是韩柏的视角，这又是一个单一视角的故事。

我找的都是一些个性电影，个性电影更愿意借助单一视角去讲故事，这里面有很多悬念。离开单一视角这里面发生了什么就不知道，这个故事里面有五个人物，但是只有一个人的视角，这四个人在离开他的时候发生了什么他不知道。背后的事情他不知道。也就是单一视角导致了他带着观众一块进入了懵懂。

你遇到A的时候，A背后的事情你不知道。你只能看到A跟你说什么，A做什么，你只能看到这个。但是在你看不到的时候，A说了什么，做了什么你不知道，A发生了什么，他的背景你也不知道。所以我说这些个性电影经常都用单一视角，它把除了主视角之外的世界都变成谜团。

一个大个子在人群里就很占便宜，一个小个子就很吃亏，他不知道发生了什么。我曾经在上海遇到的街道上最热闹事情是施瓦辛格来沪，就在南京路附近，整个街道拥挤到无法想象的地步。然后很多个子小的人就问怎么了怎么了，看不到，搞不清。个子高的像我这样的就占点便宜，说那不是施瓦辛格吗。

这个就是视角，视角一变你就什么也看不见，很奇怪。我常说，肩膀头齐为弟兄，你周围的人，你能看到的一群脑袋，你能看到的就是你周围的脑袋，而这些脑袋后面的世界你还是看不到。

单一视角可以带来很多有趣的东西，你可以设置很多悬念、玄机、谜团，都是在你看到的这些脑袋之后，或者你看到的这张脸的背后。

开个玩笑，假使说我今天穿了一个露背的衣服，我要是没转过来你们会感觉马老师没什么异常，但是我要是转过写黑板字的时候你们会哄堂大笑。这就是我给你们的视角，现在是这个视角，我背后的事情你们不知道，当我一旦把我背后的事情给你们看的时候，你们看见马老师背后有篮球那么大的一个洞，马老师后背上居然还文身了。这就是单一视角所能带来的悬念和谜团，而这个背后充满魅力。

（二）多点平行视角：自由与玄机的融合

但是单一视角讲故事会非常困难，就像我刚才说的《闻香识女人》。夏利那几个坏蛋调戏校长的时候，导演肯定是全知的，但是他一下子就忘了他取的是单一视角，犯了一个低级错误。这个故事是查理引导我们去看的，我们是随着查理的眼睛去看整个的故事和人物。

但是有时候用单一视角讲故事会发生障碍，盲区太大，它不能很顺畅地把你要讲的故事讲出来。

所以我说《撞车》的叙事很时尚，真的很时尚，而这种时尚不是今天才有的，已经若干年了。《低俗小说》已经有十年以上了吧，它刚一出来的时候也特别震撼，大家虽然有点看不懂，但是视觉上特别有冲击力。那个大导演叫昆汀·塔伦蒂诺，《低俗小说》一下子让他跻身世界顶级大导演之列。

此类的影片还有《幸福数字》、《无间道》等，都很典型。

这种多点平行视角不同于那种全知视角，又不同于单一视角，它又不是骑墙的视角混乱。视角一混乱，会造成叙事混乱，然后它的故事讲述者就显得特别低能。多点平行视角刚好是在这个骑墙视角的基础之上，科学化了。它不是一个视角。

大概一百五十年以前这个世界上就出现过一个伟大的通俗小说家叫柯林斯。柯林斯有两本巨著传世，一本叫《白衣女人》，一本叫《月亮宝石》，都是大部头。柯林斯在一百五十年前的十九世纪中叶的时候，他写的小说就用一群人去讲同一个故事。

一群人在讲同一个故事的时候，就对整个叙事产生了一个革命性的影响。为什么这么说呢？它等于是单一视角，你在每一个时刻都是单一视角。他那个方法基本上是用五六个人物，每个人物讲两三次、三四次，用这个方法分成段落。

因为这个事件是挺复杂的，比如说，咱们三个之间发生的事，但有时候不发生在我这，而是在你们俩之间发生的，有时候发生在我们俩这。故事是纠缠在一起的，故事形态都过于复杂。那么他是用这么一个方法，而不是用全知视角来讲。

比如说，马原做了什么，同学做了什么，另一个同学做了什么；马原怎么想的，同学怎么想的，另一个同学怎么想的。他不是以这个方式。他每一次讲述的时候纯粹都是单一视角。另一个同学在想的时候，纯粹是另一个同学的单一视角，另一个同学在说我第一次见到同学是在什么时候，那次发生了什么，跟同学相关有什么有趣的事。然后另一个同学说我第一次见到马原的时候是什么情形。完全是单一视角。

现在我说的这个非常新的叙事方法就是《撞车》，就是《无间道》，就是《幸运数字》和《低俗小说》，他们都不约而同地用了一个相似的办法。

电影很自由，不像小说那么简陋，一回是张三说李四说，不是以很机械的方式，它不是把视角很机械地分配给每一个人，而是想说哪个就说哪个，但是说每件事的时候它都不用全知视角，通体使用了所有当事人的视角，就是所有当事人，可以在这个瞬间选择你的视角，也可以选择他的视角，选择我的视角，但是它都不是从上面看，都不是俯瞰的，不是全知的，而是一个小个子的视角。

我在说话的时候，你只看到我的表情，我的这张脸，我现在穿的什么鞋你都看不到，因为我没让你看到，那么这就是典型的单一视角，除了你看到的听到的，其余的什么都不知道。

电影可以把镜头切得非常非常碎，镜头快到十分之一秒是没问题的。把叙事切到那么小的一个单元，是蒙太奇的构成式决定的。所以它在选择每一次叙事的时候，都选择了一个低点的视角，而不是俯瞰的视角，就是一个低机位的视角，这样的单一视角造成了大的盲区。尽管它讲来眼花缭乱，纷繁复杂，但事实上事情看上去并不复杂。

刚才同学在读解《撞车》的时候，你发现真正有个人把这个故事捋一遍，你看得清清楚楚的，一点不乱。让你眼花缭乱就是为了养你的眼。

现在大家看什么都讲养眼，姑娘们打扮漂亮，化妆、美容、整容不都是为了养眼嘛。鼻子还是这个鼻子，照样呼吸，眼睛还是这个眼睛，照样阅读，这是没有什么不同的，现在一切的目的都是为了养眼。

所以这种新的叙事方式出来之后，第一让你觉得不会又是老一套，不会产生审美疲劳，不是让你厌倦的；同时呢，它事实上也是迎合了今天人们对视觉无休止变换的需求。所以我说，这个多点平行视角，就是利用了全知视角那种可以到任何一个位置上去叙述的特性。

我还举这个例子，在我们的教室里架一个广角摄像头，然后我们所有人都在镜头里，假如这个广角摄像头背后有一个操纵，有一个监视器在看，我们每一个人都逃不过它的眼睛，那么这个镜头乐意推到哪就推到哪。

它可以推到我这，就看我今天穿了什么袜子，虽然课堂上的一切其他都在照旧，但是它可以专门去讨论我的袜子，讨论你们挑染的头发，讨论你们手机上正在接收或者发送的信息，你正在打一个什么字，因为它瞬间就可以变成一个特写，到你的局部上来。

所以我说，上帝视角的自由和单一视角带来的玄机，在多点平行视角当中形成了特别好的一个融合，它想要什么的时候它就去要什么，但是它并不是上帝视角，它用的是上帝视角无所不知的便捷，一种自由。

上帝视角的自由特别明显，单一视角特别局限，所有窗口视线之外发生的事情杰夫都看不到。把单一视角之长和全知视角之长，两长融合到一起。我个人以为，在相当长的一段时间里，这种多点平行视角的叙事方式可能会在剧本写作领域大行其道。而且到目前为止我还看不出有更高级更先进的一种方法。因为视角本身它一定是一套方法论，到目前为止更高级的一套方法论我还没有发现。所以我个人以为，多点平行视角会是我们日后最习见的一种方法论。

但是我在这里也要提醒你们，全知视角有它致命的局限，就是会把该含住的东西弄穿帮了，这是全知视角最大的局限。单一视角也有它巨大的局限，你如果需要复杂叙述的时候，单一视角总是特别涩手，特别别扭，就像你走路要顺拐一样，就像你穿了一条窄窄的小筒裙迈步一样，你会觉得特别别扭。

而且你自己在尝试去用这个多点平行视角写作的时候，可能很容易走到反面去，用得好是两强相加，取长补短，但是用得不好，也许是两弱相加，两边的问题都带出来。

我不太信辩证法，但是我知道这个世界有的时候还真的是有点辩证法，有利的时候，真的同时就伴随着弊，有强的时候同时就伴随着弱，所有相互对立的成对的概念都是相伴相生。所以用得不好特别容易画虎不成反类犬，这个画虎不成是一个极尴尬的状态，看上去它极自由，但事实上它不是这么回事。

做得好的特别漂亮，我劝同学们有空的时候找《幸运数字》这个电影看一看，台词精彩，关键是那个节奏，妙不可言，充满悬念和玄机。

我认为它在同类电影里是登峰造极之作，应该在《撞车》之上，我个人对它评价极高，个人觉得也在《低俗小说》之上。你们去找找看，我看的是一个译成汉语的版本。可能也是因为它制作规模超大，剧本特别精当，真是让人叹为观止。假使你愿意写剧本的话，我认为那是一个极其优秀的范本。

第九章　蒙太奇

以《洛丽塔》为例解读蒙太奇

一、颠覆你的认定还是与你一拍即合

刚才同学引入《放大》，《放大》的方式和《后窗》的方式前面完全一样，他给你若干个点，在若干个点上让你猜测有人被杀。

希区柯克是个老派的绅士，在电影里经常可以见到他。虽然长得不太雅观，但还是很绅士嘛，所以他比较厚道，他最后告诉你德的确杀了德太太。

安东尼奥尼特别坏，他是让几乎所有观众都认为发生了一起谋杀案之后，让摄影师自己在夜里在没有任何旁证的情况下，甚至看见了尸体之后，摄影师和一群吸毒的人共处了一会儿，自己睡了一觉，然后凌晨带着他的一个同伴去现场。这个同伴长得有点像我，很高，也是这个形式的胡子。摄影师把他的同伴带到夜里本来以为看到尸体的地方，看见什么也没有。

刚才同学就说，安东尼奥尼不够厚道，因为他用了跟《后窗》同样的蒙太奇的手法，同样设了若干个点，引导你以为有一桩杀人案发生，但是最后他自己却颠覆了这个杀人案。

假使一个导演厚道，你发现他杀人和你的经验、和你的期待吻合了。《后窗》里是没有杀人的，没有人看到杀人，但是希区柯克以他的方式告诉你有人被杀了，实际上真实的是没有杀人。但是《放大》里你以为有人被杀了，安东尼奥尼同样是用蒙太奇的办法告诉每一个观众，一下子把你经验里认定的事实颠覆了。

同学们注意，"事实"和"你认定的事实"不是一回事。就像希区柯克在结尾的时候告诉你，确实有人被杀了，德杀了他太太，虽然这个故事没有一个点让我们看到杀人，没看到尸体，没看到行凶，但是最后杀人这个事实被认定下来了。

刚才有同学提到了《尼罗河上的惨案》，《尼罗河上的惨案》里的杀人是要用枪顶着那个人，一打的话那个人立刻是要有枪眼的，那个电影里观众看到了杀人。而在《后窗》里观众没看到杀人，但是在前面观众会以为他通过这个蒙太奇的方式，他借助的是每一位观众的经验，然后他把你的经验放到他的两个点当中。就是他先设定你有这个经验，然后他在不同的地方设点，不管有多少个点，都是一个点和另一个点当中有一段空白，这段空白就是用来把你们的经验装进去，让你用经验去连接这两个点。

连接的结果呢，往往是用两种截然不同的方式表现。一种是安东尼奥尼的方式，就是他在你全部都认定了之后，最后却颠覆了你的认定。而希区柯克《后窗》的方式恰好相反，他就是利用你的经验，然后再与你一拍即合，他告诉你，你想得没错。

二、确定《洛丽塔》的第一个节点

实际上《洛丽塔》是结尾前置，在结构上它是比较简单的。很明显，开始的部分是结尾，如果你要是把它看做结尾的话，第一个部分还是应该是一个男人和两个女人之间的故事，韩柏、夏绿蒂和洛丽塔。第二个部分是一个很大的肚子，但是我也倾向把夏绿蒂死的时候，作为第一个部分的结束，但实际上在夏绿蒂死之前，奎尔弟的故事已经进入。

因为前边夏绿蒂特别抢戏，在夏绿蒂突然死亡之前，假如没看过任何介绍，没看过小说，没听过这个故事，完全是一个陌生的人走进电影院，会以为这是一个母亲和女儿同时喜欢上一个男人的故事。在夏绿蒂死之前，她抱着骨灰痛不欲生，在这一刻并没有任何她要死的预兆，如果我们把故事看到那的时候，我们不会以为洛丽塔喜欢奎尔弟。

看到那的时候差不多是电影的一半，当然实际长度超过一半。把前置结尾还回去的那场戏，就是韩柏杀奎尔弟，把这个挪过去之后，大概有三四分钟。观众明确的是，这是关于韩柏和洛丽塔的故事，但是在前半部分，夏绿蒂的意义远在奎尔弟之上。

在整个结构上，夏绿蒂是个绝对的配角，一点不重要，奎尔弟要重要得多。看到一半的时候，这个故事讲得还是很高明，你看到的主人公，所有的人物，他们的台词加到一起没有夏绿蒂一个人说得多，所以在电影前半部分的时候，会给你一个错觉，夏绿蒂是三个主角之一，奎尔弟好像是一个什么人物。因为开头的地方把他杀掉了，好像是有他什么事，后边我们看他的戏份并不多，但是他在结构意义上，在人物链上，在冲突的构成上，奎尔弟的意义非常重要。

所以我说不是能特别清晰地找到，这个故事情节上的那个节点，因为奎尔弟在那之前就存在。一个是在舞会那场戏上存在，那么在下一个节点，奎尔弟正式露面。

回到蒙太奇，就是讲奎尔弟的故事的时候，奎尔弟第二次出场是以照片的方式出场，就是洛丽塔去夏令营。在她走的瞬间，韩柏因为迷恋洛丽塔在洛丽塔的房间里，那时候镜头一直毫不避讳地对着她的床头。表面上是韩柏要去闻她的枕头，闻洛丽塔的气息，但事实上在镜头里奎尔弟是存在的，奎尔弟在看着韩柏那副丑样子，那是奎尔弟第二次出场。

所以说奎尔弟的故事，从他在舞会上露面那一刻起，已经开始了。虽然中间很长一段时间他并不出场，但他一直在骚扰着观众的注意力，在一些点上提醒观众，有一个奎尔弟，他是存在的，你们不要忽略他。

真正要去划分节点，我们不去考虑奎尔弟这个人物，我更愿意从一个大的节点上去看，就是夏绿蒂的消失。按照剧情很明确，是一个成年男人和一个未成年少女畸形恋的故事，也是因为这一点，小说在美国被禁。

美国在上个世纪上半叶的时候，有很长一段时间也是处在清教思想的笼罩之中，那个年代有很多表现清教题材的巨著，最著名的像美国大作家德莱塞写的《美国的悲剧》，类似于《红与黑》的故事。

一个女孩子和一个往上爬的男孩之间的恋情，然后这个男孩又结识了对他前程更有利的人——老板的女儿。这个男孩想办法把女孩谋杀了，因为那女孩已经怀孕了。他们到美国国家公园里去，在湖水里划船的时候，男孩故意把船弄翻了。

那是二十世纪二十年代的时候，居然还有这种不可思议的事情，就是像十九世纪的《复活》一样，因为一次性关系，构成一个整个的连锁的大悲剧，就像多米诺骨牌一样，触及某一个点，一个巨大的故事崩盘。把一个小女工的死命名为美国的悲剧。《洛丽塔》这本书在美国刚出来的时候是被禁的，完全是继父和继女、成年人和未成年少女这么一种关系，是完全不被社会容纳和接受的。

在整个大故事里，有夏绿蒂的故事跟没有夏绿蒂的故事，完全不一样，所以我更愿意把这个点剪在夏绿蒂死的那一刻。

……

实际上刚才同学找的三个点，共同之处就是施压，对于一个心虚的人来说，警察就意味着压力。我开车的时候，警察一站前边，警察不摆手，我也心虚，我担心自己是不是哪又错了。

像韩柏这个人物，想要给他施加压力最好的办法可能就是说我是警察。然后在下一个回合里奎尔弟说自己是学校的心理医生，奎尔弟全部台词的目的就是要给洛丽塔时间去演戏。实际上我们后来也知道，经常不是去演戏，也许钢琴课也是借口，演戏也是借口，奎尔弟要让韩柏紧紧抓牢洛丽塔的这只手松开，就是为了给他心理压力，全部都是用电话。

同学在用奎尔弟去说蒙太奇的时候，你们想一想，奎尔弟这个人物是最蒙太奇的。因为从始至终我们没有见到奎尔弟和洛丽塔有任何亲近，抱一下也没有，反而是韩柏和洛丽塔之间很亲近。

比如说涂指甲油，把两个脚趾掰开，然后塞一个棉花团，这个场面多色情啊。虽然不是直接地表现性，她叫他爸爸，抱着他说"我要你永远不离开我"，这些东西，就是说他们之间还有亲近。奎尔弟从始至终没有跟洛丽塔有任何亲近。

但是正如我刚才说的，在故事的前半截，奎尔弟主要是以不出场的方式进入蒙太奇结构的。第一次是夏绿蒂说的，"我有过一个房客是很有名的编剧"，这是第一次被提及。露面之后，又被洛丽塔提及，"每个女孩都为他疯狂"。

然后又在洛丽塔的卧房看到他的照片。在前半场只露过一次面，就是在舞会上，用现在的话说，酷得不得了啊。无论和他的舞伴还是和夏绿蒂跳舞，完全无动于衷，只有在跟夏绿蒂说到"你是不是有个女儿"的时候，稍微有了一点兴致，动了一点容。

后面也是，把奎尔弟这个人物拿出来的时候，这么重要的一个人物，实际上这个故事严格说，是韩柏、洛丽塔和奎尔弟三个人之间的三角故事。

但是看前面故事之后，我帮你们分析过，你会以为是夏绿蒂、洛丽塔和韩柏之间的故事。夏绿蒂只出来一半，她的台词量却相当于另外三个主角的台词量的总和。事实上夏绿蒂完全不是主角，她连一个四角关系都没形成。夏绿蒂的全部作用就是引出奎尔弟，由于奎尔弟的出现，原来在比重上占得那么大的夏绿蒂被消解掉了。

奎尔弟在前半截两次被提及，一张照片，一次舞会上的出现，后半截居然是扮了一次警察，扮了一次心理医生，在学校戏剧表演的舞台上，他是台上几十个人物之中的一个配角，虽然露面了，可是连一句台词也没有。所以我说，他的存在，是蒙太奇的最典范的例证。

这部《洛丽塔》还是老式电影，库布里克一九六二年拍的。以那个时候的审美来说，库布里克还是很担心观众看不明白，所以最后让洛丽塔把所有的事情说了一遍，那个时代生活节奏也没这么快，资讯也没这么发达，大家还是更习惯线性故事。

本来库布里克是对蒙太奇运用特别高明的电影大师，但是他还是要迁就那个时代的观众。今天看来，洛丽塔结尾的诉说我认为不是特别必要，我们看过了《低俗小说》、《放大》、《撞车》和《无间道》，都属于这个路数，很多事情不一定非得解释得清楚明白。电影已经到达这个时代了，蒙太奇已经变成我们最日常的交流和理解的方式了，可以摒弃洛丽塔对整个奎尔弟承载的一个口头描述。

奎尔弟这个人物假使不借助蒙太奇，我们都不能想象这个人物怎么存在，以什么方式存在，他真的唯一存在的时刻，就是语言方式。比如，在电话里，另外，在电影开始的地方，他被打死之前，他的语言方式是一样的。真正展示奎尔弟这个人物只有开始那一场戏，人家拿着枪来寻仇，他不停地顾左右而言他，喋喋不休，真正给奎尔弟表演空间的还是开始那一点点戏。

用我的星座说来解释，就是这里给他一点，那里给他一点，给他若干个点，然后每一次都希望你去连接。

如果不是看第二遍，我都没认真地想过，跟踪是说不通的。这个故事实际上是有很大的缺失的，那个时候没有手机，他们是怎么联系的，这个跟踪是洛丽塔告诉给我们的。

在电影里，我们看到，路线不是奎尔弟确定的，奎尔弟也没办法真的一直跟踪他们。因为就在那个情节里面，等了一会儿他自己掉头回去了，他回去了，事实上奎尔弟和洛丽塔已经失去联系了，因为每一公里长度就可能有五条岔路，他们是联络不上的。这个缺失是严重的。

同学跟我讨论的时候说，原著里洛丽塔总是跟韩柏提出来我们要往哪去，但是这在电影里面没有啊。电影里一直是韩柏要走，洛丽塔没办法被动地跟他走，这个怎么跟得上呢，汽车甩汽车，这是太简单的事情。

设了这么多点，实际上他还是用了典型的蒙太奇的方式，如果不算开头那一节，奎尔弟在整个的戏里几乎是一个不怎么存在的人物。镜头的长度，台词量，和他的重要程度，完全不成比例，你可以把他视为不存在。

我们说得过火一点，这个故事整个是一个韩柏杀死他情敌的故事，把洛丽塔都可以删掉。韩柏认为洛丽塔是他的女人，有一个男人染指洛丽塔，所以韩柏要找他寻仇。真的要用一句话讲这个故事，可能最简单的是一个男人杀死自己情敌的故事，把主人公都可以删掉，要不然你用一句话讲不完这个故事，这个故事最核心的是打人的那个人和被打的那个人。奎尔弟这个人物的台词和整个的构成方式，完全是蒙太奇的方式。

三、设置将洛与韩重新连接起来的人物

你怎么让洛丽塔重新找到韩柏？洛丽塔和韩柏发生联系，靠什么发生联系，有一句台词告诉我们，什么把洛丽塔和韩柏重新联系起来，就是珍和约翰。

四、从非逻辑的角色来看蒙太奇

为什么我们拿出很多时间从奎尔弟这个角色去分析呢，电影里处处都是蒙太奇。从大的方面看，几个大的板块放到一起是蒙太奇，每一个镜头之间是蒙太奇，某一个动作之间，都以蒙太奇的方式构成。但是真正单独去讨论韩柏和洛丽塔，有些困难，这个视角基本是韩柏的视角。

如果观众和韩柏是同视角的，那么从韩柏这个视角往外看的时候，发现所有的事情都是很符合逻辑的，都和我们看到的蒙太奇有悖。对于韩柏来说，那一段关于夏绿蒂、洛丽塔的生活，重心就在于此了，如果把它当做生命中最有价值的部分留下，那么全部都留在这个电影里了，那就是对于韩柏来说生活最有意义的部分。

你这么看的时候，韩柏眼里关于洛丽塔的故事，实际不是特别在结构的意义上呈现出蒙太奇的价值，蒙太奇在韩柏的角度就不那么鲜明。

但事实上他仍然是蒙太奇的，这个可以肯定。韩柏第一眼看见洛丽塔晒太阳之前，和韩柏租下这个房子，到韩柏跟夏绿蒂结婚，韩柏决定做夏绿蒂的房客，这是一个大的转折，然后他娶夏绿蒂，这又是一个转折，这两大转折都是用蒙太奇的方式完成的。

从韩柏并没有决定和夏绿蒂缔结租房契约，到他已经成为夏绿蒂的房客，这种结构上的蒙太奇，我们一般认为就是大家都知道的事情没说，但是如果我们拿奎尔弟说事的时候，这么想当然就不行了。

我最开始看电影的时候没有认定，一开始被打死的奎尔弟和跳舞的那个是不是同一个人，他两次扮演的是完全不同的角色。第一次出场，他扮演的人很神经质，絮絮叨叨，不停地说话，然后被打死了，他是以人生最特别的方式出场的。跳舞的时候，他是极度自负的。等他以海报的形式第三次露面，那个震惊远大于跳舞时候给人的印象，反而在我心里引起震动。

观众不会为了韩柏成为夏绿蒂的房客而感到震动，大家都没有疑问，这部分是蒙太奇最经典的用法，你的经验完全把这次蒙太奇中间的空白填补起来了，但是实际上这个点非常重要。你们想一下，如果不做她的房客后边整个的故事都不存在，导演用蒙太奇不出乎意料。

所以只有在能产生特殊心理冲撞的点上去看蒙太奇的时候，我们才看得清楚。而我们在常规的点上去看蒙太奇，基本上是隐在故事后面的，就像我们看一些特别流畅的电视剧的时候，我们几乎从来不去想蒙太奇，虽然它完全是蒙太奇的。

因为蒙太奇的两点之间的连接，都被你的经验一下子塞得满满的，你的经验把中间的断裂完全弥合，把两个点弥补成一整条线。所以我说我更愿意在奎尔弟的意义上，去探讨蒙太奇在叙事上、人物塑造上的特殊的、很容易让我们意识到蒙太奇存在的这么一种方式。

附：学生课堂讲稿

影视剧作的蒙太奇结构

一般情况下，当我们谈论电影蒙太奇的时候，多数指的是技术层面，比如像最后剪辑、声画合成等等。但其实蒙太奇是电影的一种最基本思想，不仅包括技术过程，而是贯穿在电影创作的全部过程中，从一开始电影剧本的创作构思时就要运用这种方法。电影大师普多夫金在他的经典著作《论电影的编剧、导演和演员》的开篇语就是这么一句话："电影艺术就是蒙太奇。"

蒙太奇的奥秘在于中断与联系

蒙太奇原意为建筑学的构成、装配，借用到电影艺术中有组接、构成之意。

蒙太奇的基本特点就是把许多事物组接在一起，使它们产生合乎情理的逻辑含义。

蒙太奇心理基础

那这些原本在时间以及空间上并不相承续的镜头为什么能够被组接在一起，而且还能彼此之间形成联系，并且具有逻辑性，这就和马老师一直告诉我们的星座理论有着类似的心理基础：

电影只给了我们一些点（镜头），但是人们总是凭着自己的生活经验和思维习惯，预先假定了这些切换的镜头之间是存在着联系的，并竭力去寻找这些联系，还非常努力地去读解其中的含义。就是我们通常所称的"关照态度"。

这样的例子举不胜举。我们上次看的电影《后窗》是这样，上次马老师也给我们仔细地分析过。还有比较经典的例子，也是马老师推荐我们看的，安东尼奥尼的经典电影《放大》也是如此。

《放大》讲的是一个摄影师在公园拍照片，拍到一对情侣，那个女的发现以后很紧张，一直追着他要底片，所以他更加好奇。他把所拍到的照片不断地放大，看到一些图像，比如树丛中若隐若现躺着的男人，还有枪的形象，于是有了一起疑似的谋杀案。但清晨当他再回到那里，却什么也没有。

看完之后，我们在一起讨论，讨论着尸体被移到哪里去了，个个兴致勃勃。忽然看见马老师微微一笑，缓缓吐出一个烟圈，化为一道迷雾，轻轻问道："电影里哪告诉你一定有人死了？到底是在什么地方给了确切的证据证明谋杀案确实发生过？"想想，发现似乎还真的没有。也不知道刚才兴奋个什么劲。

因为这个，就会觉得希区柯克还挺厚道，最后还给了我们一个明确的答案，安慰一下我们，让我们自己觉得自己还是挺聪明的。但是安东尼奥尼就属于"自己琢磨去吧，我可什么都没说"的那类了。怪不得《放大》在休闲广场楼上的碟店里，从"看得懂的"被移置到"看不懂的"，直至被扔到"完全看不懂的"那个架子里面，估计是谁听了马老师的课以后干的。我个人认为老板这种对电影的分类很有一定道理，难道你就真看懂了？

蒙太奇——影像书写结构的代名词

电影大师普多夫金在他的经典著作《论电影的编剧、导演和演员》的开篇语就是这么一句话——"电影艺术就是蒙太奇。"

刚才我们说过，这句话指的绝不仅仅是技术过程，从一开始剧本的写作就是蒙太奇方式的。影视文学的主要特征除了注重视觉性和动作性，还有一个要素就是蒙太奇结构方式。

如果请你描述一下《洛丽塔》的开场那一幕，你来写那个剧本，就这么大概十秒钟的戏，你会怎么写？

日外　公路

大雾漫漫。公路上行驶着一辆白色的汽车。

白色汽车驶向一座偌大的别墅。

日内　奎尔弟别墅内

大厅里异常零乱，地上到处堆积着垃圾，家具上搭着白布。

韩柏推开大门，进来。他踢到几个滚落在地上的酒瓶，发出尖锐的声响。

他沿着大厅一路四处张望，他在寻找。

韩柏："奎尔弟……"

……

这就是蒙太奇，但这也是最简单、最微观的一种。从微观、中观到宏观，我们可以作一个简单的划分。

蒙太奇结构的层次：

蒙太奇句子

从最具体的镜头组接或镜头连接而谈论的结构原理。

蒙太奇段落

对于各个场面、段落的组合。

我想我们在看《洛丽塔》的时候，有一组小戏大家应该不会忘记，都很简短但是相当生动。

段落组合：

1. 租房子——花园初见一场

2. 恐怖电影(三双手)

夜外　汽车　电影

突然出现一个面目狰狞的绷带怪人。

汽车内，三人神情紧张。(上身)

电影中一声怪叫传来，洛丽塔的手和夏绿蒂的手同时紧紧抓住了韩柏的手。(手部镜头)

韩柏将左手从夏绿蒂紧抓的手中挣脱出来。(手部镜头)

他将挣脱出来的手抓了一下鼻子。(上身)

然后用那只手轻轻拍拍洛丽塔的小手，并且再不挪开。

(手部)

三人仍旧似乎聚精会神看电影。（上身）

又是一声尖叫。洛丽塔的另一只手也紧紧地握住了韩柏的手。但是夏绿蒂的手不惜跨过韩柏的腿，仍是抓了过来。夏绿蒂摸了一下，感觉异常。（手）

三人神态各异，洛丽塔依旧专注于电影；韩柏表情尴尬，且呈现出痛苦状，原因例如被抓疼了；夏绿蒂则满脸疑惑。（上身）

三人各抽回自己的手，抓耳挠腮。继续若无其事看电影。

3. 对弈——道晚安

4. 呼啦圈

日外　花园

韩柏透过书，双眼像是被什么极具诱惑的东西紧紧吸引住了。（脸部特写）

洛丽塔（画外音）："33、34、35……"

原来是洛丽塔在转呼啦圈。

夏绿蒂从房内走出。蹲下，举起手中的照相机，对准韩柏。

闪光灯闪烁，发出吱吱的声音。

韩柏和洛丽塔同时回头。

洛丽塔的呼啦圈也掉了下来。

……

场面组合

夜内　晚会大厅

1. 洛丽塔和男孩在跳舞。

洛：那是妈，过去打声招呼。

两人过来。

洛：嗨，妈。

夏：嗨，亲爱的。嗨，肯尼。

肯尼：晚安，海兹女士。

夏：肯尼，这是韩柏先生。

肯尼：欧佛顿你好。

夏对洛：玩得开心吗？

夏对洛：再见。

洛：再见。

继续跳舞。

夏对韩：他们很登对吧？就是今晚了。洛丽塔告诉我她确定，肯尼今晚会邀请她出去。

2. 珍、约翰过来。

珍：嗨，夏绿蒂。

夏：嗨，珍、约翰。

约：嗨，韩柏。抱歉，迟到了，法庭里面有点事。原告带了新的证人，我要跟顾客一起为明天准备一下。

珍：约翰，拜托你可以暂时一个晚上抛开律师的职务吗？

约：我能跟她跳支舞吗？可以交换舞伴。

韩：当然。

夏：这就是你不会跳舞的下场。

夏和约过去跳舞。

珍：嗨，韩柏。

韩：抱歉，我不会跳舞没关系。

珍：其实我也不是很喜欢，你知道吗？听起来很可笑，但你对夏的影响很大？

3. 夏和约在跳舞。遇到蒙娜。

夏：我整晚坐在那，他也是。

约：非常浪漫。

蒙娜：嗨，爸。

约：蒙娜，宝贝。

约：亲爱的。你好吗？

4. 珍和韩

珍：韩柏。别告诉夏绿蒂，方才对你说的。你知道你对她影响很大，你知道吗？

韩：影响？

珍：这虽然不关我的事。

韩：我想应该跟我无关。

珍：韩柏，当你了解我后你会发现我很开放。应该说，约翰跟我都很开放。

夏和约跳过来。

约：你们两个，别扯了。

夏：我好渴，去喝两杯吧。你们两个，别扯了。

珍：没有干净的杯子。

韩：我去别的桌子拿。

夏：韩柏，谢谢。

韩走开。

夏：珍，你的蒙娜穿着一身粉彩，很美。她真的长成小女人了，不是吗？

珍：是，好快。你知道今年夏天她就当上野营的顾问？

夏：太好了。你又要送她到高峰营？

珍：当然。十岁开始，她每年夏天都去。

约：让珍和我有独处的机会。

韩柏找了个花后的位置坐下。

奎尔弟和舞伴在跳舞，众人围观。

5. 夏、约、珍抢位置。

夏：借过，小朋友们。

三人坐下。

夏：我脚好酸。那是谁？

珍：谁？

夏：那里，那是克莱尔·奎尔弟先生，电视编剧。

珍：我喜欢他那出《爱闪电的女人》。真棒。

夏：对不起，各位，我要过去打声招呼。

6. 夏绿蒂过去，伺机与奎尔弟跳舞。

7. 韩柏在二楼看着洛丽塔在舞池中曼舞。

夏过来。

珍和约过来，约洛丽塔晚上去他们家。

本文的整合

从影像文本的整体结构意义上的蒙太奇，具体一点讲，蒙太奇结构考虑的是"谋篇布局"。囊括了电影叙事中从故事构思到事件剪裁，从主题确立到本文框架设置的整个过程。

谋篇布局　　　线索　　　暗藏玄机

1. 枪杀

2. 租房

3. 恐怖电影（三双手）

4. 对弈——道晚安

5. 呼啦圈

6. 晚会

7. 晚会之后

8. 早餐

9. 晚餐

10. 吻别

11. 那个早上

12. 浴室

13. 营地

14. 车上

15. 酒店

　（1）前厅

　（2）后廊

　（3）客房——沙发床

　（4）客房——早晨

16. 车上

17. 旅馆

18. 涂甲油

19. 心理医生

20. 学校演出

21. 争执

22. 电话亭

23. 汽车旅行

24. 加油站

25. 公路

26. 医院

27. 电话

28. 医院

29. 打字机

30. 洛丽塔的家

31. 算账

从总体看，导演对影片结构的安排，包括叙述方式，叙述角度，时空结构，场景、段落的布局。

从横向看，包括画面与画面的组合关系、声音与声音的组合关系以及上述三种组合关系所产生的意义与作用；

从纵向看，包括对镜头的运用和处理、镜头的分切和组接及转换。这也是我们今天要着重讨论的问题。

蒙太奇分类

传统意义上的蒙太奇主要具有叙事和表意两大功能，据此可以把蒙太奇划分为三种最基本的类型：叙事蒙太奇、表现蒙太奇、理性蒙太奇。第一种是叙事手段，后两种主要用以表意。

1. 叙事蒙太奇

这种蒙太奇由美国电影大师格里菲斯等人首创，是影视作品中最常用的一种叙事方法。它的特征是以叙述故事情节、展示事件为主旨，按照故事情节发展的时间流程、因果关系来组合镜头、场面和段落，从而引导观众理解剧情。

这种蒙太奇组接脉络清楚，逻辑连贯，明白易懂。

a. 平行蒙太奇

这种蒙太奇常以不同时空或同时异地发生的两条或两条以上的

情节线或者称为故事情节的主线和副线并列表现，分头叙述而统一在一个完整的结构之中。格里菲斯、希区柯克都是极善于运用这种蒙太奇的大师。平行蒙太奇得到广泛的应用，首先因为用它处理剧情，可以简化过程，节省画面篇幅，增大影视作品容量和表达空间，加强影片的节奏。其次，由于这种手法是几条线索的平行表现，相互烘托，形成对比，易于产生强烈的艺术感染效果。

b. 交叉蒙太奇（交替蒙太奇）

它将同一时间不同地域发生的两条或数条情节线迅速而频繁地交替剪接在一起，其中一条线索的发展往往影响其他线索，各条线索之间相互依存，最后汇合在一起。这种剪辑技巧极易引起悬念，造成紧张、激烈的气氛，加强矛盾冲突的尖锐性，是掌握观众情绪的极为有力的手法，惊险片、恐怖片和战争片常用此法造成追逐和惊险的场面。

c. 重复蒙太奇

在这种蒙太奇结构中，具有一定寓意的镜头在关键时刻反复出现，达到着重强调的作用，给观众以深刻的印象，从而深化影视作品的主题。

d. 连续蒙太奇

这种蒙太奇不像平行蒙太奇或交叉蒙太奇有许多线索，而是沿着一条单一的情节线索或一个连贯动作的连续出现为主要内容，按照事件的逻辑顺序，有节奏连续叙事。这种叙事自然流畅，朴实平顺，在影视作品的开头和结尾，能够使影视作品的脉络清晰，层次分明，极易为观众所接受。但由于该手法缺乏时空与场面的变换，无法直接展示同时发生的情节，难于突出各条情节线之间的相互关系，不利于概括，易造成拖沓冗长的印象，产生平铺直叙之感。因此，在一部影视作品中绝少单独使用，多与平行、交叉蒙太奇混合使用，相辅相成。

2. 表现蒙太奇

表现蒙太奇是以镜头序列为基础，通过相连镜头在形式或内容上相互对照、冲击，从而产生单个镜头本身所不具有的丰富涵义，以表达某种情绪或思想。其目的在于激发观众的联想，启迪观众的思维活动。

a. 抒情蒙太奇

抒情蒙太奇是一种在保证叙事和描写的连贯性的同时，表现超越剧情之上的思想和情感。

如苏联影片《乡村女教师》中，瓦尔瓦拉和马尔蒂诺夫相爱了，马尔蒂诺夫试探地问她是否永远等待他，她一往情深地答道："永远！"紧接着画面中切入两个盛开的花枝的镜头，它本与剧情并无直接关系，但却恰当地抒发了作者与人物的情感。

让·米特里指出：它的本意既是叙述故事，亦是绘声绘色的渲染，并且更偏重于后者。意义重大的事件被分解成一系列近景或特写，从不同的侧面和角度捕捉事物的本质含义，渲染事物的特征。最常见、最易被观众感受到的抒情蒙太奇，往往在一段叙事场面之后，恰当地切入象征情绪、情感的空镜头。

b. 心理蒙太奇

心理蒙太奇是人物心理描写的重要手段，它通过画面镜头组接或声画有机结合，形象生动地展示出人物的内心世界，常用于表现人物的梦境、回忆、闪念、幻觉、遐想、思索等思维活动。这种蒙太奇在剪接技巧上多用交叉穿插等手法，其特点是画面和声音形象的片断性、叙述的不连贯性和节奏的跳跃性，声画形象带有剧中人强烈的主观性。

c. 隐喻蒙太奇

隐喻蒙太奇通过镜头或场面的类比，含蓄而形象地表达影视创作者的某种寓意。这种手法往往将不同事物之间某种相似的特征凸现出来，以引起观众的联想，领会创作者的寓意和领略事件的情绪色彩。隐喻蒙太奇将巨大的概括力和极度简洁的表现手法相结合，往往具有强烈的情绪感染力。不过，运用这种手法应当谨慎，隐喻与叙述应有机结合，避免生硬牵强和晦涩难懂。

例：《母亲》片中将工人示威游行的镜头与春天冰河解冻的镜头组接在一起，用以比喻革命运动势不可挡。

d. 对比蒙太奇

对比蒙太奇类似文学中的对比描写，即通过镜头或场面之间在内容（如贫与富、苦与乐、生与死、高尚与卑下、胜利与失败等）或形式（如景别大小、色彩冷暖、声音强弱、动静等）上的强烈对比，产生相互冲突的作用，以表达创作者的某种寓意或强化所表现的内容和思想。

3. 理性蒙太奇

让·米特里给理性蒙太奇下的定义是：它是通过画面之间的关系，而不是通过单纯的一环接一环的连贯性叙事表情达意。理性蒙太奇与连贯性叙事的区别在于，即使它的画面属于实际经历过的事实，按这种蒙太奇组合在一起的事实总是具有主观性的特征。这类蒙太奇是苏联学派主要代表人物爱森斯坦创立。

a. 杂耍蒙太奇

爱森斯坦给杂耍蒙太奇的定义是，杂耍是一个特殊的时刻，其间一切元素都是为了促使把导演打算传达给观众的思想灌输到他们的意识中，使观众进入引起这一思想的精神状况或心理状态中，以造成情感的冲击。这种手法在内容上可以随意选择，不受原剧情约束，促使造成最终能说明主题的效果。

与表现蒙太奇相比，这是一种更注重理性、更抽象的蒙太奇形式。为了表达某种抽象的理性观念，往往硬摇进某些与剧情完全不相干的镜头。

对于爱森斯坦来说，蒙太奇的重要性无论如何不限于造成艺术效果的特殊方式，而是表达意图的风格、传输思想的方式：通过两个镜头的撞击确立一个思想或一系列思想，造成一种情感状态，而后，借助这种被激发起来的情感，使观众对创作者打算传输给他们的思想产生共鸣。这样，观众不由自主地卷入这个过程中，心甘情愿地去附和这一过程的总的倾向、总的含义。这就是这位伟大导演的原则。一九二八年以后，爱森斯坦进一步把杂耍蒙太奇推进为

"电影辩证形式"，以视觉形象的象征性和内在含义的逻辑性为根本，而忽略了被表现的内容，以至陷入纯理论的迷津，同时也带来创作的失误。后人吸取了他的教训，现代影视创作中杂耍蒙太奇的使用则较为慎重。

譬如，影片《十月》中表现孟什维克代表居心叵测的发言时，插入了弹竖琴的手的镜头，以说明其"老调重弹，迷惑听众"。

b. 反射蒙太奇

它不像杂耍蒙太奇那样为表达抽象概念随意生硬地插入与剧情内容毫不相关的象征画面，而是所描述的事物和用来做比喻的事物同处一个空间，它们互为依存：或是为了与该事件形成对照，或是为了确定组接在一起的事物之间的反应，或是为了通过引起联想，揭示剧情中包含的类似事件，以此作用于观众的感官和意识。

譬如，《十月》中，克伦斯基在部长们簇拥下来到冬宫，一个仰拍镜头表现他头顶上方的一根画柱，柱头上有一个雕饰，它仿佛是罩在克伦斯基头上的光环，使独裁者显得无上尊荣。这个镜头之所以不显得生硬，是因为爱森斯坦利用的是实实在在的布景中的一个雕饰，是存在于真实的戏剧空间中的一件实物。

c. 思想蒙太奇

这是维尔托夫创造的，方法是利用新闻影片中的文献资料重新加工、编排来表达一个思想。这种蒙太奇形式是一种抽象的形式，因为它只表现一系列思想和被理智所激发的情感。观众冷眼旁观，在银幕和他们之间造成一定的"间离效果"，其参与完全是理性的。

蒙太奇思维就是影视创作者通过影视作品使观众联想或想象，从而引起观众对过去的回忆和对未来的想象的思维活动，正是这一重要的思维活动，架设起蒙太奇结构中前后镜头、画面之间的心理桥梁，用以沟通画面之间的联系。它通过引起回忆和启迪想象，在影视作品放映过程中，诱导观众对蒙太奇结构实现从分析到综合、从部分到整体的自觉的艺术思维活动。按照创作者的意图，蒙太奇手法中不同镜头之间的关系，可以使观众产生不同的联想或想象，我们可以将其大致分为类比蒙太奇思维、对比蒙太奇思维、接近蒙太奇思维三种思维方式。正是通过这三种不同的思维方式，影视创作者才能使用蒙太奇思维进行构思和加工，用有限镜头的组合效果把观众带进无限的影视世界。这一点往往不被人所注意，其实，正是这一点展现了创作者的功力所在。

下面分别介绍这三种蒙太奇思维方式：

第一，类比蒙太奇思维

这类思维方式是在镜头或镜头组之间采用相似的手法或者表现相似的内容，使影视作品的观众产生类似情景的思维活动。

比如，《生死恋》中在大公假期接近尾声的时候，也就是两个人就要走进结婚礼堂的时候，通过两个人的信件（这里实际上还应用了声音和画面的混合蒙太奇：声音是一个人在读对方的来信，画面却是自己在奔跑），通过两个人画面上的奔跑，使观众联想到两个人就要见面，就要走出思念的漫漫苦痛，已经开始提前感受幸福，当观众为主人公感到幸福时，这一创作思维也就成功了。而在《末代皇帝》里面，当慈禧对小溥仪说"我立你为嗣皇帝，继承大清的皇帝。你……就要成为天子了。"之后便停止了呼吸，就在这时，影片将两个特写镜头组接在一起，一个是小溥仪把手指放在嘴里注视慈禧，另一个则是有一双手把夜明珠塞入慈禧半张的嘴里。这种镜头组合，把充满着童真却要踏上皇位的小溥仪和已经走进坟墓的慈禧连接在一起，正是象征着小溥仪又将步入新的历史轮回。此类蒙太奇思维通过简单的镜头表现了难以表达的深意。

第二，对比蒙太奇思维

创作者在创作过程中，将其镜头素材或片断之间在形式或者内容上呈现出对立状态，从相反的角度表现相同的主题，并且使主题给观众留下更加深刻的印象。

比如，《黄土地》中，前一个镜头是夜间一只男人的黑手揭开红盖头，露出翠巧惊恐的脸，她怀着难以表达的恐惧无声地向后退去，紧接着的镜头是以蔚蓝的天空为衬底的撞击着的大钹，延安的庄稼汉们跳跃着敲击大钹，鼓起嘴巴吹着唢呐和腾跃着打着腰鼓的奔放欢腾场面，形成黑暗与光明、无声与喧腾、压抑与奔放、痛苦与欢乐的鲜明对比，令人思索封建与反封建的两种文化、两种制度、两种命运的反差。

第三，接近蒙太奇思维

影视创作者通过同一、同时或相继成立的剧情将空间、时间相接近的镜头连贯起来，从而引导观众联想，并思忖其更深层次的内涵。

　　比如,《鬼婆》里面狂奔的少妇和随狂风摇荡的芦苇,在同一空间上使人想到放纵的欲望和急切的心情。同样《摩登时代》开始的镜头里先是羊群拥挤在一起走过,紧接着一大群工人拥挤着走进工厂,形式接近,行为接近,给人一种想哑然失笑的感觉,同时又使人对那个造成"机械化"的社会变态的深深思索。卓别林自己评论说:那部电影是从一个抽象的概念,即批评我们的机械化生活方式中发展而来的。

第十章　蒙太奇之观影：《洛丽塔》

一　电影基本上是蒙太奇的产物

我们今天的课就讲蒙太奇，蒙太奇好像是一个大家都知道的字眼，实际上最早出现蒙太奇的时候，它是一个挺玄奥的存在。对于电影而言有两个蒙太奇，其中一个就是镜头蒙太奇。电影基本上是一个蒙太奇的产物，一部电影上千个镜头，完全是一个蒙太奇的结构，是由上千个镜头组接起来的，跟我们在生活里遇到的情形不一样。

对于每个人来说，每天的生活只有一个镜头，就是他一直在自己的生活中。如果有一双眼睛看到你这一天的生活，你发现这一整天你就一个镜头。一百分钟的电影差不多就有上千个镜头，这上千个镜头每一个都是各自成单元的，这里面有很多奥妙、很多学问，电影蒙太奇总是一个可以津津乐道的话题。

《洛丽塔》这部书在美国曾经也是禁书，可能有的同学看过，有的没有看过。这个版本是大导演库布里克拍摄的，我选择它，首先因为库布里克是电影史已有定评的一个大师，他二三十年以前拍的电影，今天看还像教科书一样，特别超前、非常经典。《洛丽塔》本身就是名著，再加上有世界级的大导演，这部影片是一部非常有意思的影片。

我们在讲蒙太奇的时候，还是首先想向库布里克致敬，向库布里克来学习蒙太奇，我和你们一块学习，这部电影是一部老片子，但是今天看它仍然觉得很新鲜，因为它有很多特别现代的成分。这部电影特别像"戏"，整个表演风格也特别夸张，特别戏剧化。

二　表现派与体验派

我们知道，世界上有两大表演流派，一个是表现派，一个是体验派。表现派戏剧的主要实践者是德国的布莱希特，而且他又在戏剧的表现层面上提出了著名的"间离"理论，即他不拉观众进入。他提出戏就是戏，你去看戏，你不一定非得把自己换成剧中人的角色去体会。

在二十世纪和他站在完全相反立场上的是斯坦尼斯拉夫斯基，他是体验派代表。他提出戏剧应该是体验，要尽量还原戏的场景的可感性、人物的可感性、对白的可感性，尽量让观众融化于剧情当中，进入剧情，和剧中人同喜同悲，共同感受。我们这不是戏剧理论课，我就简单给大家做一个介绍。不管怎么说，电影首先是戏，在一出戏里它也有两种不同的表现方式。

周星驰就是典型的表现派，表现主义的美学方式，是一种做戏的方式，是一种跟我们常规生活拉开距离的方式。而电视剧大部分都是体验派，体验斯坦尼斯拉夫斯基这种审美的样式和趋向。他的故事都是让观众与剧中人同喜同悲，一块去感受剧情，去感受喜怒哀乐。

我们今天选的《洛丽塔》这部电影用了比较典型的表现主义的方法论，你会看见每个人都有一点"造作"。这造作就像我们在舞台上看潘长江演小品一样，潘长江和黄宏的小品都是一种造作，说话很夸张，动作很夸张，包括宋丹丹，而赵本山相对更生活一点。

这个故事里边每一个演员都在做戏，但是那种造作不是我们说一个表演处于初级阶段的造作，有一种表演是希望自己演得像但是演得不像，演戏很做作。

但是这里边的表演不是，它的人物就像《功夫》这种片子一样，每个人物动作都很夸张。就是那些配角像元华啊，可以说是表演已经炉火纯青的杰出演员，在那种角色里仍然是那么做作，但是他的做作就是编剧和导演给他强制规定了的一种做作，特别像做"戏"，就是说跟生活故意拉开了距离。

我就简单把《洛丽塔》的背景和样式做这么一个开头，然后我们看看《洛丽塔》这部片子，很有意思，如果没看过，我保证你们看了不会后悔。

三 观看《洛丽塔》过程中的提示

（电影放映到众人参加舞会一场戏结束处暂停）

（一）韩柏和洛丽塔的关系

1. 韩柏成为房客的理由就是他看到了洛丽塔

看到前面这一段的时候我们知道了什么呢，就前面看到的部分，韩柏教授和洛丽塔有什么关系？你们发现这个问题没有，教授是因为洛丽塔才留下来做房客的，这一点很重要。韩柏一直在看花园，可是他根本没关心花园，当他看到花园里的花，那朵叫洛丽塔的花的时候，他突然说我们怎么还没谈到实质性问题啊。

我看小说和电影特别喜欢看"表"，就是在"表"里面发生了什么，你们在电影里边看到了什么、听到了什么，我最关心的实际上是这一点，韩柏和洛丽塔有什么关系，韩柏因为看到了洛丽塔，于是成为夏绿蒂的房客。是这么一个关系吧？前面一定是这么一个关系。

除了这个以外，电影有一段很长的开头，这个开头是四年以后的开头，因为在中间也就是开头结束以后有一个"四年前"，那个开头也很重要。如果我们细心点的话，能够在这个故事里边看到很多东西，比如韩柏因为洛丽塔杀了那个作家，这也是我们在前边故事里看到的。

我们看到韩柏杀了一个编剧，他为什么杀人，他台词里有一句：你记得一个女孩子的名字吧？什么名字？洛丽塔。哦，我有印象。韩柏杀作家之前，想和他聊一聊，要聊什么？要聊洛丽塔，只聊这件事，别的没聊，其他的是那个被杀的作家在喋喋不休，他东拉西扯地说了一些台词，但是他的台词都没有意义，有意义的是韩柏的台词。

韩柏说在开始之前我们是不是先聊一下，他说的"开始"是掏出枪把他打死，在这件事的开始，在开始之前，我们先聊一聊，他聊了什么呢？我们从这个剧本里知道，韩柏因为洛丽塔杀了作家，然后四年以前韩柏通过人介绍到了洛丽塔的家里，成了洛丽塔妈妈的房客，而他成为房客的理由就是他看到了洛丽塔。

2. 在头脑中组合这个故事

我想跟你们说的就是，我希望你们知道在前面的故事里面发生了什么。事实上以我们的经验我们已经在脑子里组合了一个故事，名字叫《洛丽塔》，这是一个关于洛丽塔的故事，主人公是一个教授韩柏。很明显，叙事基本上是以第一人称或者第一人称角度来叙述的，这是一个关于韩柏和洛丽塔的故事，我们知道在这个故事结尾的时候，韩柏因为洛丽塔的缘故杀了一个作家。

为什么停在这呢？因为到这里的时候，这个故事的开头部分全部都完成了，我前面跟你们说一个剧本是有开头的，整个开头部分就在这。那么大家就要关心，究竟韩柏和洛丽塔之间是怎么回事。

实际上韩柏和洛丽塔之间不是一般的好感，你们实际应该看到，当韩柏在跟夏绿蒂下棋的时候，洛丽塔来了，夏绿蒂本能地觉得女儿妨碍她，或者更甚一点想，女儿是她的情敌，她是下意识地就有这个东西。那段台词的字幕翻译是错的，我还特意问了一下懂英文的，字幕说的是："宝贝，晚安。"实际上说的是："女儿，你该去睡了。"

洛丽塔刚过来，就很自然地靠到韩柏的肩头，但是她刚刚一停顿，她妈妈就说："宝贝，晚安。"她妈妈把脸仰起来，她亲亲她的腮，然后又去亲亲这个韩柏的腮。她在亲妈妈的时候是蜻蜓点水，但是亲韩柏的时候，停了一下，这个挺微妙的。

3. 开始期待的就是中段展示的

就这么一点故事，但是我们要知道的人物关系和情境。然后我们进一步就有猜测，一定是被杀的作家跟洛丽塔有什么事情，一定是洛丽塔跟韩柏有什么事情。但是这个事情怎么发生的，就是整个的中段，我在前面讲结构的时候讲到的开头、中间和结尾，其中的整个"中段"。

中段要展示的就是韩柏和洛丽塔之间的故事，韩柏为什么因为洛丽塔杀了作家奎尔弟。实际上我们在看整个中段的时候，期待的是这个东西。

但是我们看到了这么多东西之后，我发现说的时候差不多同学在一块点头，就是说你们同意我的说法，但是真正在故事里这些东西有吗？

我们看到的不过是韩柏去杀奎尔弟，杀他的时候韩柏提了一个人的名字叫洛丽塔，这时候洛丽塔是不存在的，在杀奎尔弟的这场戏里，在前面这一段像楔子一样的开头里，洛丽塔这个人物不存在，洛丽塔是一个被叫出来的名字，没有这个人。

（二）关键人物奎尔弟的出场

后来在开头部分快结束的地方看到了奎尔弟，我们看见他的时候发现，他其实完全不记得夏绿蒂的存在。夏绿蒂主动跟他打招呼说好久不见。在夏绿蒂跟编剧打招呼之前，她和她的女伴说了："他是那个很有名的编剧和作家，我要去跟他打个招呼。"在此之前，在家里的时候夏绿蒂也曾经和韩柏说过："在你来之前，这里住过一位很了不起的编剧。"

你看开始是这个人被杀掉了，在他被杀掉之后第一次在剧情里出现，是由夏绿蒂跟韩柏在家里聊天的时候提到了他的名字，然后再出现的时候是在舞会上，他在跳舞。用现在的话说就是他当时很酷，动作特别小，面无表情，他的舞伴也是很夺人眼球的。

然后就是夏绿蒂插足于他和他的舞伴之间，抢过来主动跟他叙旧，但是他不记得。对奎尔弟而言，他根本不记得这个整个生活都被他改变了的夏绿蒂，她说我的花园如何如何，他一下子想起来她有个女儿。

这个就是我前面说到的关于编剧奎尔弟，看到这里的时候，我们对他全部的印象的形成，是由这三个单元构成的。三个单元中有一个单元是不存在的，就是中间的单元里这个名字是被说出来的，这三个单元完成了对这个人物出场的最初的塑造，这个就是我们在这个课上要讲的蒙太奇。两个有形的，一个被杀掉，一个是跳舞，中间夹了一个夏绿蒂跟韩柏的对话，在这三个回合里边这个人物被塑造出来了。

这个人物在整个故事里比重不是特别大，但是很关键，到目前为止大家可能会有诸多猜测，但事实上就跟我们说的一样，蒙太奇在制造一场虚幻。我们知道到目前为止，在剧情里他只是出了两次场，而且在剧情之外他什么也没做。

就是我上次跟你们提到的，就像《后窗》里的德一样，德并没杀德太太，是用蒙太奇的方式首先让杰夫以为他杀了德太太，同时杰夫又诱导观众认为他杀了德太太，他什么也没做，他不过是跟着剧本行事，首先剧本就在这个意义上以一种蒙太奇的方式制造出一个杀人犯。因为从头到尾都没有德杀德太太的剧情，剧本也没写，镜头也没呈现，演员也没有表演。

所以把故事停到这的时候，我讲一下编剧奎尔弟这个人物的两次半出场（两次出场，加上有一次是被提及），就是通过这种蒙太奇的方式，这个人物被造就出来了。

第十一章　颠覆经验的经典之作：《放大》

一　再从星座谈起

小说与电影不同。小说发到刊物上不看也可以，比如说，一本刊物发表了二十五篇小说，你的是其中之一，读者看了二十四篇，就是不看你这篇也是可以的。电影不行，我拍的电影不能没人看，一个人不看都不行。进电影院的个个都得看，除了被妈妈带进影院吃奶的孩子小没办法，其他人都得看。电影这东西奇怪就奇怪在这——所有参与的读者（观众）都不能含糊，都得从头看到尾。

我的小说有一点像星座。什么叫星座？就是三维的天体，人用眼睛把它变成二维的了。人站在地球上的任何一点看天体，实际上都是二维的，因为大部分星星都在自己的位置上。

实际上懂得看天的人都知道：天是转的，我们在北半球有一个极轴，那个极轴在北极星上。北极星就是我们看到的天体极轴，我们整个天是围绕着极轴转的。假如北极星在这个方向（用手比划），那么我们眼前这块天整个是围绕着极轴转的，就是说整个天体是动的。

事实上你看到的是各自独立的星星，只不过人们习惯于把处在天体中不同位置的亮度较为显著的若干星想象成一个图案，称这个图案为某某星座。星座基本上是这么一个称呼。

我的写作就有一点像星座，我在自己的小说里面可能就用了星座的方法，我先写了七个点，这七个点是各自独立的。我是利用我读者的人生经验和阅读经验，让他们自觉不自觉地把我的点连起来。

如同星座，天体上并不是就那七颗星，只是人们就习惯称那七颗星为北斗七星，实际上就是把那七颗星连到一起了，农村管那不叫北斗，因为太文了，而是管它叫勺或者匙儿。我们那地方就有"冬看三星，夏看匙儿"的说法，这是当地农民对它的称呼。因为你把这七颗星之间用线连起来以后就是勺子的形状，但是实际上没有这个线，这个线是看星的人假想出来的。

我经常用的小说方式——星座的方式——让你连线，我只给你七个点，叫你发现北斗，我没说它是北斗，也没说甲点和乙点之间是可以连线的，但是我利用了你的经验，你的阅读经验或是知识积累（间接经验），还有你的经历。

二　你们知道的不一定是这个世界的真相

由此我看安东尼奥尼的《放大》也特别像星座。如果让我用一句话概括《放大》的内容，答案就是：一个关于谋杀的故事。至于谋杀成立不成立，有没有谋杀，这是谋杀故事当中的一个问题。

这部电影肯定是一个谋杀的故事，至少是摄影师以为他自己发现了谋杀，但是导演没告诉我们谋杀的事实，没有一个人拿着枪瞄准那个人的镜头，也没有枪声，也没有那个人应声倒下的瞬间。

第二天凌晨，迷迷糊糊睡了一觉之后，他重新回到发现尸体的地方，却发现尸体不见了，这是不通的。为什么不通？因为从白天到夜里那个公园是一个非常安静的地方，几乎没有人，白天那个谋杀就发生了，到了深夜那个尸体还在那。而深夜到凌晨这段时间，尸体是不可能被移走的，所以才有另外的问题。

但是我想问你：如果不是在凌晨他爬起来以后又去了并且没看到尸体的话，你是不是就认为这是一个关于谋杀的故事了，对吧？这实际是导演自己把这个谋杀的故事给颠覆了，他用了一个当事人自己回到尸体现场的方式把故事给颠覆了，而在颠覆之前我敢说你是确凿无疑地认为这里真有谋杀，的确有人被杀了。

导演没说杀人，他告诉你可能出现一起枪击杀人的案件。但是导演给了你一支似是而非的枪，而且曾经给了你一具尸体，这就是星座的方式。

他给了你这两件东西之后，你就会凭你的经验判断这肯定是杀人了，但是导演又把尸体搞没了，而且没有给你移走尸体的情节，所以我说这部电影最奇特的就在这——影片中没有一件事是落实的，但同时又符合另外一个原则，一个人类的普遍原则——眼见为实。

什么东西都在你视觉里，他不解释，对影片中的任何一件事导演没有给你解释，并且也不让片中的摄影师给你任何解释。没有任何一个人物的任何一个行为是被解释的，纯粹是视觉的。

他让你眼见为实，但同时又颠覆了你眼见为实的经验，就好像你试图证明你有特异功能，你可以通过写书，也可以口口相传，但只有你让我亲眼看到我才会相信。

安东尼奥尼片中所有的叙事都以发生了什么事为主，但在整部电影里你不知道发生了什么事。那个女人存在过吗？到最后你会发现导演使所有的视象都消失了，没有一件事情真正发生过，这个世界竟然有这种奇怪的事？摄影师放的一张又一张的照片存在过吗？他自己发现不存在了，为什么不存在了？我们不清楚。

首先我们可以肯定的就是安东尼奥尼没告诉你摄影师家被撬锁了，但他回来却发现他的摄影棚跟以前不一样了。但这是他发现的不一样，就像他发现自己一样。发现有什么用呢？

实际上到最后真正不能确定发生过什么的是我们。但安东尼奥尼的方式是让他发现不知道发生过什么，让当事者本人发现了不知道发现了什么。

星座这个方法论在我写小说之前，没人用过。因为我有些时候会有一些幻觉：我发现这世界上明明发生过什么事情，但事实上它是不是真的发生了，我不能确定。我很多小说都采用了类似的方式。

我想告诉你们的是：你们知道的事情不一定是这个世界的真相。

　　也许我这么说你们有的人会不高兴，但我还会这么说：你们看到自己的父母每天在一起和和气气的，但你们的父母可能各自都有过情人。他们可能各自有各自的隐衷，你们不知道。因为他们的隐衷你们能看到的特别有限。绝大多数孩子都没看过父母做爱。我想跟你们说的意思是今天你们知道的所有的事情没有一件是百分之百确实的。

　　除了说你刚才吃了一个山枣包这个事实能确认，但那个山枣包你以为你是在超市里买的就安全了，没准做山枣包的师傅当时心情不好一口痰就吐到面里了。只不过人类已经习惯了以陈规、以想当然、以自己的经验去做判断，认为大超市的东西就一定是卫生的。

　　再比如说，大家都认为人类的思维方式是连贯的，是有联系的。错矣。我们可以截取一小段时间去判断一下，我敢说没有一个人的思维是连贯的。

　　我跟你们一会儿说这一会儿说那，但实际上你们的思维可能停留在我说的某一句话或某一个词上。

　　人类的思维从来就没有一刻是连贯的。没有人说我今天从睁开眼睛就想一件事，一直想到睡觉。甚至切割得更细点，可能保持连续的三分钟都做不到。

　　我想说的意思是星座的方法实际早就应该是人类使用的最基本的方法。有的小孩子说话颠三倒四大人会笑，实际上颠三倒四才是每个人的常态（包括大人）。截取同一个时间长度，大人说话的连续性是十分可疑的。大人以为孩子说话也说不明白，其实孩子一点错都没有。孩子就是把他的常态拿出来，他对话语不进行剪裁。而大人的连续逻辑是以蒙太奇的方式剪辑，把有用的留下，没用的剪掉，组合成一个看上去流畅的故事。

同是在六十年代出现了像《放大》一样的小说——不作解释，只有视觉片段，这就是罗伯-格里耶的小说。他的《橡皮》、《窥视者》、《嫉妒》都比较典型，如《嫉妒》主体没出现，出现的只是"我"嫉妒的"你"，"我"却始终没出现。

在电影界，安东尼奥尼肯定是第一次这样做。这太奇妙了，片中的事件都是他给你的，但所有的东西又都被他自己颠覆了。究竟发生过什么？

三　艺术追求差异化

今天谈《放大》，我还是从导演的方法论，从导演的哲学基点上去看它。我这么说好像在说里，实际还是表，因为安东尼奥尼给你的一切都是表，而且他是没有里的表。他的所有电影都不探讨里，他不关心故事背后，也不关心人物内心。

但是他的魅力，他的差异化才是他影片最主要的生存之道。

就像大家都做热水器，你的热水器跟别人的有什么不一样，你特殊的地方在哪？这个"差异化"是商家发明的，是商家发现的。像海飞丝（洗发水）就是去头屑，沃尔沃（汽车）就是安全，这些都是商场的生存之道。

　　这个世界求同容易，求异其实不是很容易。严格地说，艺术之所以能存在也是靠差异化。这个世界的每个人在做每一件事的时候都希望是不同的，但真正能够求到"异"的才是大师。差异化也是在于实力的，真有实力，他就有差异。

　　每一个电影导演，每一代电影大师都力求在他们的片子里寻找这种差异。最成功的肯定是斯皮尔伯格，因为如果按票房来排或是按最受欢迎的影片来排，十部影片中斯皮尔伯格一个人就占了三部到四部。至少在差异化意义上，斯皮尔伯格绝对是前无古人，也可以预言是后无来者。

　　电影一百多年的发展历史中，那么多有才华的人都在做这件事，斯皮尔伯格却能把所有的人远远甩在后面，就是因为他是一个一直能够寻找到"差异"的导演。你可以想想他的跨度有多大，他的《太阳帝国》和《辛德勒名单》是那类可以挖掘出人心中最隐秘、最深刻的东西给人以震慑的电影，同时他还有那种最肤浅、最表层的惊悚片《大白鲨》，他还有历史上最伟大的纯粹的战争片《拯救大兵瑞恩》，他简直无所不能。

　　我认为他还有一个特别了不起的电影就是《最后的绝望》——一个人唱一台戏。大家知道理论上一个人是不成戏的，然而斯皮尔伯格竟能够成功地做到让一个人在银幕上表演，同时又让观众不感到疲倦，实在是很难做到的一件事情。想想有多少大制作仍然会使人在影院中打瞌睡。

　　再看《我的父亲母亲》就一个人在动，从始至终没有对手戏，却让人看得津津乐道，这是非常极端、几乎是不可想象的事情。在看了《我的父亲母亲》后，你会真正觉得张艺谋是个大师。

反之如果没有《我的父亲母亲》，我觉得他的其他电影都是二流之作，他本人放到电影史上也是可以忽略不计的一个角色。

斯皮尔伯格也罢，张艺谋也罢，尽管他们经常可以出彩，但是像《放大》这种对整个所谓真实概念彻底颠覆的导演恐怕只有安东尼奥尼。

四　不同的方法论创造真正的差异性

我经常会颠覆我自己。

我的《虚构》，在麻风村里经历了那么多虚构的事情，在小说结尾的时候，在一个公路道弯上醒来的时候，旁边的人说"醒啦？"然后你自己才发现原来是南柯一梦。我的小说里面处处充满这种颠覆。

我认为人生在世一个绝顶重要的事情就是方法论。渔民可以下兜子，可以撒网，可以用拉网来捕鱼；猎人可以用陷阱，可以用绊索，可以用猎枪，也可以用长短兵器来捕猎，比如说刀、矛。包括男人站着解手、女人蹲着解手这都是方法。有不同的方法，才能真的有差异性。真正意义上的差异性是从方法上来的，你能找到一个在此之前不曾有过、你独有的方法，你才真正能有差异性。

黑泽明吓大家一跳的那个时候，就是因为他的《罗生门》借了前辈芥川的小说。芥川写小说的时候（十九世纪末二十世纪初）也吓了全世界的小说界一跳，他的小说《莽林丛中》极其风格化。说的是一件谋杀案，所有的当事者、目击人一块儿说同一件事，但是互相颠覆，所以故事的最后真相消失了。六个人讲同一件事的时候就把真相讲没了。

黑泽明是借了前辈的力，成了电影史上的一个巨人。黑泽明是在斯皮尔伯格之前另一个追求差异化的导演。

许多人都没能找到独一无二的方法，只有那些永垂史册的伟大导演，在寻找过程中才会有收获，他们会让你记住什么是不同。

在《放大》之后再出现像它的电影一点都不奇怪，因为《放大》已经成了全世界电影人的范本。很多人都在研究《放大》，都在那里找到兴奋、灵感，然后做一个像《放大》那样的片子。但可能大多数人没有勇气去说我就是在学《放大》，除了科波拉，因为他自己已经伟大到不怕说佩服谁的地步。

五 关于螺旋桨的两个问题

（一）螺旋桨是做什么用的？

当时的女主人公来讨胶卷，然后男主人公把这个胶卷给她了。于是女主人公松弛下来，想要报答一下男主人公，况且他看起来是个不错的男人。正在女主人公宽衣解带的时候情节突然被打断了，这个才是螺旋桨在影片里的文本意义。它真正的功能就是不让女事主和男主人公发生关系。

如果这个时候不来送螺旋桨，接下来怎么办？你不替导演发愁吗？

男主人公可以跟两个模特上床，因为她们不是女主人公，但他不能跟女主人公上床，如果上了床他还让女主人公拿着假胶卷走，还欺骗她，这于情于理都不通，故事也就没法往下讲了。这是根本。他既要把上床这件事打断，又不能破坏观众的期待。螺旋桨在情节链上就显得非常之重要。

（二）为什么非送螺旋桨？

其实送啥都行。可以是任意物件，随便什么。

导演之所以选择螺旋桨，首先因为它大，第一次拿不回来。而且螺旋桨有一种美感，它同一个摄影家的审美需求和心理需求是一致的。能把道具利用到这个程度是登峰造极的，螺旋桨既有视觉功能，又有别人认为神秘的现实功能。

就如同在看《纵横四海》的时候，谁也不会忘了那个轮椅，吴宇森用轮椅排了一场舞蹈真是精彩。而且还赋予轮椅象征——下肢不行了。轮椅又给了发哥屈辱：他被从台阶上推下去了。所以说道具的价值已经可以用绝妙来形容了。

说起道具，我在古董市场淘来一件三叶吊扇，是工业时代的艺术品，十分精美；因为早期最杰出的艺术家都加入了工业设计，让那时的工业品大多都非常地艺术化，今天都可以作为收藏，如同影片中的螺旋桨。

六 漂亮的哑剧

这个电影看上去好像也不怎么复杂，但要分析起来简直复杂透顶。很多人都会记住里面的哑剧队，太多的人都用过哑剧做电影，因为哑剧特别视觉。可安东尼奥尼把哑剧用得尤为漂亮，十多人的哑剧是很少见的。

哑剧通常是一个人，最多是两个人表演，因为这里面有个协调性的问题。在打网球那场戏中，两个人的对打只不过是一个小部分，大部分人在观看的表演远比打的表演要困难得多。而且最最了不起的是最后完全把一个局外人拉入。

一开始观众和摄影师是同一的，都是一个旁观者，我们所有的角度都是摄影师的角度。但最终打球人和观看者用他们的精彩表演把摄影师拉入哑剧表演中。

俗话说"三人成虎"。那么多人一开始表演仿佛在台上与我们无关，就像我们在银幕外面看电影，他在网球场外面看他们表演，这都无所谓。

但突然哑剧队跟摄影师玩了起来，实际上是那个哑剧队出来跟观众玩了，因为摄影师原本是站在观众的角度来看哑剧队。

当哑剧队用表演共同示意摄影师为他们捡起打到场外的网球时，这才是绝顶高明，哲学上称之为将局外人变成剧中人。"横看成岭侧成峰"，实际上说的是旁观，在电影里指的是摄影师。

黄山漂亮，庐山漂亮，但在山中全一样，远看是山，到近处是路，爬山时你眼前永远只是路，见路不见山。"不识庐山真面目，只缘身在此山中"是说他已经变成剧中人了。摄影师过去先把网球捡起来还掂了一下，这一掂就有了质感，甩的时候镜头是弧线，漂亮。

在西藏这么多年，我经常调侃我的同行好友扎西达娃："我们最大的不同是你有藏族血统，对你来说你是从心里去写藏族，因为你是他们中的一员，你可以想你是扎西，你是顿珠，你是尼玛，但我不可以那么想。"

我不可能代替一个藏族去想事情，我只能说藏族在干嘛呢。"对你而言你是剧中人，对我来说我是看客，整个西藏就是一个舞台，我在看你。"

这个角色转换是根本的转换。剧中人和看客是天和地的关系，黑和白的关系，位置是完全相反的。能把相反的位置那么有机、那么流畅、那么妙不可言地转换过来，这是安东尼奥尼哑剧剧队使用的高明之处。

结尾的哑剧会给很多人留下印象，虽说哑剧跟情节毫无关系，但是我们做导演研究的时候还是能在这里面挖掘出特别有用的东西。

七 创造梦境

我想谈谈安东尼奥尼是怎么造境的，他有些时候让你产生不知道是真实还是虚幻的感觉，像是梦的感觉。我发现他营造这种感觉的两个元素：第一个元素是音响，那个公园特别奇怪，不像一般的公园，导演把所有的音响元素都过滤掉了，只剩下一个声音——风吹树叶的沙沙声。

任何一个环境都不可能那么单一，除非在封闭的实验室或者录音棚里面，对于普通人来说这种情景一定只在梦里出现过。就像加缪的《局外人》，当问到当时为什么会杀人时，他说当时太阳太亮了。

《放大》其实也是，当时只有风吹树叶的声音，摄影师经常是很长时间的静默，然后突然说话，这种间隔使用，一直没有很嘈杂的环境，他把环境声都过滤掉了，我认为他是在模拟一种梦境，一种虚幻。

还有一个元素就是色彩，整个公园绿得不正常，草地、树木都是一片很浓密的绿。漆过。由此看出导演有意营造一种虚幻，因为再美丽的草地也不可能没有一点杂色。只有绿和风吹树叶的沙沙声。

摄影师发现杀人案后不断给人打电话想去证明这件事情。他感到不肯定的时候，他就要寻求别人给他的肯定，最后他自己也不明白到底发生过什么事情，就站在那里很茫然的样子。

他为什么不报警？看到尸体第一个反应应该是报警，他不但不害怕，还在那里欣赏。回来给伦打了许多电话，就是不报警。

学生提问："老师你不是说贾平凹的《废都》是一种无聊嘛。我看《放大》时也觉得似乎是一种无聊。摄影师一会儿做这，一会儿做那。"

我想绝大多数艺术家都是那样，他不大会在一个点上花费很长时间。他总是兴奋一下然后马上过去，我感觉这是特别典型的艺术家生活。我自己经常也是如此。他兴奋点不会长时间集中在一个点上，马上就会厌倦。我不觉得这是无聊，这是一种状态。

哑剧表演中把球抛出，关键是看你捡不捡，你捡，它就是有的，你不捡，它就是没有的。主人公去捡了，他到底相信的是什么？

学生提问："为什么跟着摇滚音乐人却不跳？"

如果他们跳得很激动，那后面那个情节就没有意义了。所谓的"现场艺术"，就是在那个场里面他就有艺术价值。离开了那个场他就什么都不是，他就是垃圾。这就是导演高明、不同寻常的地方，如果一开始就很激烈，那后面根本就不存在了。

我看到片子最后看到摄影师一个人站在草坪中间的时候，我觉得这个人肯定意识到什么东西出了问题。

我用慢放看摄影师是如何把女主人公消解掉的都看不出来。那个镜头太快了，在慢放里他都没有破绽。剪辑很干净；是一个很复杂的组合。就在几个人交替而过时就把女主人公给隐掉了，完全是人间蒸发。

然后他为了找那个女的又走到摇滚乐市场了，出来后他又去找他的朋友跟他说谋杀，再次碰到第一个模特于是问她："你不是去巴黎吗？"她说："我现在就在巴黎。"

你想一下他着重拍的就是那个女模特，你也许会想那个女模特是不是为了表明他摄影师的身份呢？实际上不是。

首先这个小单元很好看，同时更重要的是那个女模特有一个功能——她说拍完要去巴黎，但是到晚上的时候，时间是同一天再见到她时，她说自己是在巴黎。导演也是要消解，告诉托马斯这是巴黎，让托马斯本人也搞不清头绪。

就这么一点细节，它的力量也是巨大的。一开始就一句台词：拍完了我要去巴黎，快拍。但是到后来又出现了一下，又一句台词：我是在巴黎呀。我为什么说这部影片你可以无限地研究下去，影片中的所有东西开始是不经意，实际上是太刻意太经意了，但是又不露痕迹。

学生提问："拍后面那一组时尚模特对情节又有什么作用呢？"

不用有什么作用。我觉得影片中的所有影像，没必要所有的东西都去问他有什么用。电影中一定有大量的没有为什么的影像。前一个女模特的影像因为它有呼应，它在结构的范畴里，而大量的东西是没有结构范畴的。另外那两个女孩就没有为什么，你愿意在情节链上把她们看成有用也可以，因为来了他要跟她们做爱，这就会告诉你他不是出于道德因素没跟女主人公做爱，而是在情节上他们不应该做爱。

学生提问："那仅仅是为了好看？"

一个电影全部的目的都是为了好看，怎么是仅仅为了好看呢？好看是电影最初、也是最终的目的。对导演来说没有比好看更重要的了，他可以很深刻，也可以很肤浅，这是没有关系的。

斯皮尔伯格拍的《大白鲨》不也是很肤浅，只是为了吓人，让人觉得好看。你说他不仅仅是因为好看，这就是一个"仁者见仁，智者见智"的问题了。如果你想去分析他的内涵也可以，但前提必须是好看，因为好看还是不好看，这是终极问题。

如果你从影像中不单单看出了好看，这就是你个人的偏得。因为文本本身没有提供给你更深层的涵义，当然你可以引申，一个好的道具的使用你可以自己引申出很多意味，这都没关系，但是我反对离开文本去假设（以己度人）。

一流的作家和艺术家，他们的作品充满可能性。你会在画上有联想，会在门铃响起、开门之前有联想，那些细节和那些单元都是充满弹性的，你可以去丰富。

学生提问："托马斯是一个爱好收藏的人？"

实际上每个摄影师都需要道具。

你们想一下，谁能把他的摄影棚给画出来。看上去有一半的故事发生在摄影棚里，但没人能画出这个空间来。是怎么一种结构，怎样一种关系？真是奇特。

它是电影，所以全是景片，但是它的空间使用得非常丰富。让你想不出在那样一个封闭的空间里怎么会有那么多的变化。趁托马斯接电话时，女主人公想跑，但一拉开门，托马斯在门外等着呢。导演用此来暗示你——你是想象不出摄影棚的空间构造的。

安东尼奥尼他让你完全想象不出封闭空间的结构。他的空间戏法就是出人意料。如果一个导演专门去讲镜头哲学是很滑稽的，你可以在讲镜头转换、镜头运动的时候捎带着去研究镜头哲学。所以我特别在意文本，看表不看里。

当你经常冠以"我认为"、"我觉得"，其实它的价值特别小。影评家写的影评一定不能涵盖不同的观点。你看到的不一定是我看到的，反之亦然，所以我说里真的没那么重要。

我给你们的建议是从文本去研究，从表去研究。把表的丰富性充分占有，之后再去个人化、心灵化。虽然现在我在讲课，我的一言堂，但是我的方法论是表，我和你们用同样的眼睛去看。

八　想要颠覆，先要做足质感

导演为什么要把公园里的场景设置得那么冷清？我想是为了配合后面发生的一起谋杀案吧。

杀人了吗？

杀人了。

那尸体呢？

被移走了。

但这样逻辑上也不成立，为什么不在摄影师发现尸体之前将之移走，而是在后来凌晨的时候移走呢？

这正是他的高级之处，让你既觉得好像杀人了，又觉得好像没人被杀。到最后我开始怀疑那天他是不是灵魂出窍，那谋杀是不是他自己想的呢？

一个关于谋杀的故事，但是看过之后你会糊涂，这事到底发生还是没发生？有过那个男人吗？有过那个女人吗？她就在你的眼前消失了。他可能认为自己看到尸体了，但是再去的时候没有看到尸体。他认为自己拍到了那个男人，结果照片、底片什么都没有。没有任何证据证明有过那场谋杀。疑似谋杀。

有时候当你跟别人说一件事情，明明很确定。但当别人问你：这是真的吗？你确定吗？你就会开始怀疑自己，说一些"好像"之类的话。

安东尼奥尼实际上充分把心理学里面特别玄妙的东西巧妙地运用在电影里面。他总是把已经建立的存在给颠覆了，让你对他已经给你的看法开始动摇。

当年王安忆看过我的《虚构》后问我：你书里写的都是真的吗？因为我写得很疑似嘛，写一个东西你要把它的质感写出来，别人就像看到了似的，但我自己又把它给颠覆了。

在做细节的时候一定要把质感做出来，因为质感特别好。掂网球的小动作很经典，不会被人忘记。因为他的一掂让网球有了质感，所以抛的时候特别自然。要想颠覆，先要做足质感。

我发现摄影师开车在路上走时，每个拍摄角度都不一样，没有一个镜头是重复的。安东尼奥尼在拍电影的时候特别注意视觉的呈现和复杂的摄影机的运用。他基本上很少用特写，他的特写大多是摄影师直接推上去或者拉出来。我记得里面有一个最复杂的镜头，他把摄影机架到车尾，去追前面那辆货车，在追的时候突然把镜头往前面一推，推成特写，然后再把镜头往后面一拉再往前一推。

因为《放大》的故事性不是很连贯，所以我会花一点时间去看它的画面以及摄影机的运动。

他在镜头上的运用还有一个地方十分典型。一开始那两个女模特都穿长袜显得一点都不性感。因为长袜破坏了腿的质感。但同样一身着装在她们第二次来，上楼梯的时候，利用楼梯的旋转表现得非常性感，充满性的暗示，暗示接下来有故事。只用了一个镜头就使两个不性感的女孩一下子性感了起来，真是太奇妙了。

我还注意到一个镜头可以提供线索：他第一次去茶餐厅见伦，他中间有个镜头是拍车正面开过来，然后转个弯再过去。原本静止的镜头这时开始动了，一直跟着车的屁股后面，我认为这个镜头的视点也许就是那个跟踪他的男人的视点。

我看了他的两场戏，感觉他的时间蛮省略的，可能是剪辑的原因。有一场戏是放大照片的那段，开始钉了一张照片在那里，接着为了满足观众的需求，他又拍了一组照片的镜头序列。一共把它们分成三段：中间一段是镜头序列；前面一个是托马斯刚好洗完一张照片钉在墙上；第三个镜头是一张新的照片出现在墙上，托马斯站在那看，也就是说他把中间洗照片的过程省略掉了。

还有就是他睡了一觉第二天跑到公园看那个尸体，但尸体已经不见了。开始是他慢慢跑过来，然后蹲下去，接着镜头一摇，我们看到没有尸体。下面一个镜头就是风吹那个树哗啦哗啦的。前一个镜头是托马斯蹲在那，这个时候树在摇曳，他摸摸草地再看天。下一个镜头就是树叶在空中摇摆，镜头定了一会儿，然后摇下来拍他站在那个地方。我觉得这个剪辑把中间的过程剪掉了，很恰当。

小　结

肯定有人认为这部电影没有我说的那么神乎其神，觉得片中人物又少，画面又干净，环境又简单，一点都不复杂。不像《黑客帝国》、《功夫》之类的让人看得眼花缭乱。

这就好比特别高贵的电影明星或是特别高雅的女人，她们衣服的剪裁总是最简单的。但要使一件衣服看上去特别简单特别高雅，实际上是最难的剪裁。因为人体不是平面，人体是曲面的。如果你想平铺一个曲面而又不留任何痕迹，恐怕用任何材质的东西你都不可能做到，所以好服装在剪裁上下的工夫远比在选择布料上下的工夫大得多。

电影亦是如此，那些看上去简单得不能再简单的镜头，实际上复杂至极，技术含量极高，几乎是不可完成的。

卷二：

解密电影大师

第一章　安东尼奥尼：《放大》

上　篇

电影创作是个特别难说的话题。我更多地是从剧作的意义和电影构成的意义层面上去讨论。作为一个独立的艺术品，《放大》呈现在我们面前，谁说什么都有自己的道理。这是一部见仁见智的杰作。

我有几个很小的讨论题：

一、电影里面有一个古董店，它在电影里的意义是什么？

这是一个特别小的细节。在一百多分钟的影片里，这个古董店前后出现两次，总共大概不超过一分钟。我不知道导演和编剧设置这个古董店有没有更深奥的想法。可能有某种含义。说老实话我没看出来。我觉得它就是一个通向公园的阶梯，男主角在古董店里逗留一下，然后到这个故事里主要的场地——也是事件发生的场地——公园草坪上去了。

二、古董店里的螺旋桨在这个片子里有什么意义？

有人认为没什么意义。电影每一秒钟都是用很多钱堆出来的。假如一个东西在电影里两次出现，而编导没什么主观愿望在里面，那这个钱花得好冤枉。所以电影很难会有那种没有意义又没有价值的细节。而且《放大》里螺旋桨这个细节不是顺便带过的，它两次专门出现，肯定应该有意义。我以为，螺旋桨两次出现，仅仅是为了打断情节。

女主角——这个片子是有女主角的，虽然它是个男人的电影——把衣服脱了，或者是要报答，表示感激之情；或者是要用色相去收回那个胶卷。不管为什么，女主角在那个时候把衣服脱了。门铃在响，男主角说："马上会走。"话音刚落，门铃又响了。女主角说："他不想走。"当时男主角刚刚把衣服脱掉，他光着膀子去开门，这时候螺旋桨进来了。这不是个色情电影，虽然有两场色情戏，但它绝不是个色情电影。女主角和男主角做爱对剧情没有帮助。宁可让两个自称有人要她们来拍照的不相干的女模特送上门来和男主角做爱，也不让女主角做。但是剧情走到那里——男主角在暗房里把胶卷拆下来换了另一卷胶卷，把它终于交到急于得到胶卷的女主角手里之后，女主角就把衣服脱了。如果按正常的情节发展，两个人都把衣服脱了，应该有戏唱了。而这个戏对剧情的意义确实不大。不但不大，假如走这么一个剧情，我作为一个职业写作的人就知道很愚蠢。假如女主角的目的达到了，然后和男主角做爱了，这么写这个剧作就很愚蠢。所以螺旋桨这个道具在整个影片中，就把可能发生的事打断了。一切都已经水到渠成了，一件衣服脱了，第二件衣服脱了，第二个人的第二件衣服也脱了，该发生的就要发生了，这个时候这个事情必须打断了，而打断就是由螺旋桨来完成的。

从这个小的细节里面，能看出大师——无论是导演还是剧作主创——的高明之处，我非常钦佩。

三、结尾的哑剧网球赛有什么意义？

首先，男主角混淆了现实与虚拟，他混淆得特别厉害。我们的摄影师——男主角——在最初他应该就是观众，跟观众的视角是一样的。他跟观众看这些哑剧网球队，也像看哑剧表演。但是导演没让他停留在"观众"的这个角度上。导演把他往前推了一下，让他也贴到了铁丝围栏上。导演推他这一掌，让他贴到铁丝围栏上的时候，他已经脱离了与我们相同的视角，他进入了哑剧表演队那些配角的视角，就是那些看网球的配角的视角。在这个视角的转换过程里，事情在悄悄地变化——最初他跟我们是同一视角，然后他变了。他进去以后，还保留着一个旁观者的角度，他跟那些哑剧演员中的配角不一样，那些人看球赛的时候眼睛是看着"球"在空中的抛物线，为每一击发出自己的感叹，像真正的球迷一样。但是男主角没有，他即使站到了网球赛观众的角度上，最终还是旁观者。我们知道，那场哑剧比赛里边有击球的声音。那当然是导演做的，肯定不是现场的哑剧演员们做的。记得大概二十年前，中国上映过一个日本的电影《生死恋》，里边有这么一个情节：活着的人到网球场站了一会儿，他内心出现幻觉。虽然当时没有人在打网球，但是当年网球场的声音的记忆进入到观众的听觉里。他站在网球场上，突然网球的声音慢慢起来，然后出现打球的人说话的声音："高一点，高一点，再高一点。"它是回忆的方式。我觉得它借鉴了《放大》，因为《放大》在《生死恋》之前，而且它的借鉴是常规意义的。但是在《放大》里边，打网球的声音在影片的意义上不同寻常，真可以说是意味深长。就在声音的回合里边，男主角终于进入了角色，终于变成了哑剧队里的一员，终于被拉入其中，被拉入虚拟的表演之中。整个电影就停留在他最后也成了哑剧演员，他不但在他们目光的期待下跑过去把一个不存在的、已经出场的球拾起来、扔回去，他还在扔回去的时候补了一课，他把在此之前他没有参与的——哑剧演员的视线的追逐——在这一课补上了。他把"球"抛出去之后，他的目光完成了一个非常漂亮的抛物线动作。我们看电影，肯定都能觉到那个"球"在空中运行的轨迹和时间——那些都结结实实地留在我们印象里边了。

如果说哑剧还有什么更特殊的意义，我想它是先把作为旁观者的主人公，然后把作为观众的我们拉到白日梦当中去。也就是说，把一个百分之百的虚拟突然变成了实在。白日梦这个概念在我的记忆里用得比较早的是弗洛伊德。弗洛伊德谈艺术的时候说艺术就是艺术家们的白日梦。我想，白日梦，也就是我们所说的艺术，尤其由虚拟完成的艺术。那和我们所说的现实中间横着一个不可逾越的沟壑。可是安东尼奥尼非常巧妙、非常便捷地让我们一下子就跨过这道沟壑，一下子就来到白日梦里，让我们置身其中。

看过这个电影的人非常之多。因为电影是一个特殊的艺术品，它的传播方式至少比图书便捷得多。而且这部电影得到一个非常著名的大奖——金棕榈。我想没有一个观众会对这个哑剧队、哑剧表演，尤其是结尾的哑剧网球赛没有记忆，没有印象。我相信每一个看过这个电影的人都会有印象。

四、女主角参与谋杀了吗？

按照常理，偷走照片底片的人和女主角应该是同一伙人，因为女主角找到摄影师的住处了。怎么找到的我们不知道，在这之后另外一伙人偷走了照片和底片。应该是女主角把假的胶卷拿走之后，他们马上发现胶卷是假的，然后又一次光顾了摄影师的房子。来偷胶卷的应该不是女主角，因为这个过程太复杂了，既没撬锁又没怎么样，一个穿短裙的女人要想翻越这么大一个房子几乎也是不可能的。估计要那个女人穿短裙爬那么高的墙将非常困难。究竟女主角有没有参与谋杀？其实关键在于：谋杀是否存在？如果谋杀都不存在的话，这个女人有没有参与谋杀就成了莫名其妙的问题。

五、谋杀是否存在？

第四个问题让我困惑的时候，我就没能够想清楚。我肯定是首先认定了谋杀存在，才会为女主角是否参与了谋杀而困惑的。

谋杀是否存在，影片也没有说得很明确。影片里有很多暗示，似乎谋杀不存在。而我更愿意从细节上出发。我一直有疑问：有没有杀人时间？

在照片里边，"死者"还活着。当时女主角和"死者"在一块，摄影师去拍他们，然后被发现了，女主角跑过来，拍摄就结束了。摄影师在完成拍照之后，"死者"还活着，这是电影里边提供的，不是我臆造出来的。

细节里有若干大的疑点。摄影师在拍过照片之后的白天里还发生过很多事情，比如那两个女模特来找他拍照，她们走的时候说："我们下午还来。"也就是说，他在公园里拍照的时间是上午。如果上午在公园里面已经有一具尸体了，那具尸体并不隐蔽，公园虽然相对僻静，但还是有人的，为什么没有人发现？尸体上午就在公园里，一直放到深夜摄影师去目睹了那具尸体——这个可能性几乎为零。而且最有趣的是，在"死者"被打死之后，大半个白天和整个夜晚没人去处理这具尸体。反而是在已经可以忽略的时间里，第二天凌晨，尸体被处理了，消失了。所有看这个电影的人都会隐隐约约有疑问：究竟有没有这具尸体？究竟有没有这起谋杀？肯定所有现众都有这个疑问。

还有，在照片放大的过程中，不停地给我们暗示，结果使我们和他自己都以为有一具尸体。在照片里有一个枪口和一具尸体。实际上，照片里给了我们那具尸体了吗？给了我们那支枪了吗？都没有。里面有一个细节，他把摄影棚里的两个聚光灯打亮，把一张已经放大过的照片翻拍，放大。照片放到非常大的时候，出现了我们以为的那个枪口和我们以为的横躺在草地上的尸体。还是那句话：杀人时间有吗？在完成拍摄的时候"死者"还活着，但是"死者"

的尸体居然进了镜头。什么时候进去的？这个才是根本。

　　所以我说，是否有一场谋杀，这个肯定是悬案，是没有结果的，它的讨论意义并不是太大。

　　意义在什么地方？意义在于，是什么让我们隐约觉得这场谋杀不一定有。是剧作，是这个剧情的构成，不是猜测，不是那些隐隐约约的暗示，比如吸大麻。这些方面有一定的辅助作用，但是最结实的细节是没有杀人时间。

　　接下来说一说剧作。这个是我的本行，在这方面我可能说起话来会更有信心一点，更确凿一点。我在想象，这个电影的剧作会是个什么情形。这真是很奇怪。这么一个电影，剧本应该怎么写？比如那个很复杂的空间——摄影师的房子。影片主要拍摄了两个地方：一个是他的房子，一个是公园。我想不出，在没有电影之前，怎么写这个剧本，怎么写这个房子，写房子里边的结构——这个必须写。我觉得这个房子几乎是写不出来的，这个片子我看了十几遍，我就是搞不清这个房子究竟是怎么样一个结构。写这个剧本，要是不把这个房子写足，不把这个人在房子这个封闭空间里边的关系搞清楚是不行的。这个剧本真的很难写。

　　还比如，在拍摄女主角和"死者"在公园里的这场主要情节之前，这个电影有二十八分钟。刚才我提过，电影是最典型的寸土寸金。每一秒都是用大量金钱堆起来的。前面的这二十八分钟跟女主角、跟主要情节一点关系都没有。谁敢这么写剧本啊？真太过分了！这个对剧作提出的难度太大了。我自己既给别的导演写过剧本，也为自己要拍的电影写过剧本，还写过若干话剧的剧本，所以我知道做剧本是一个特别精细的事情。做剧本有一点像喜鹊造窝。喜鹊造窝是个特别精细的编织工作。喜鹊窝从二三十米高的树上扔下来基本上是不变形的。它的构造之复杂简直叫人惊讶。还有在影视里边被反复刻画过的蜂鸟的窝，它就和手表里的机件构造差不多。写剧本就是异常精细的事情，但是居然可以有一个剧本在前二十八分钟——差不多四分之一片长的时间里——和主要情节，和女主角一点关系都没有。

主人公在这片子的整个过程里，对手戏非常之少。如果说有对手戏，真正对情节有推动作用的对手就只有那个女人。他跟这女人有两场戏，一场是在公园，刚刚拍完照，这女人冲过来……有一场戏。第二场戏是这女人追到他的摄影棚里来……这场戏稍微大一点。其他部分他没有对手戏。因为其他的事情游离于主要情节之外，都不是主干，都是枝叶。这棵树的枝叶过分繁茂了，以至于我们根本看不清楚主干。戏里边有那么多让我们觉得莫名其妙的情节，莫名其妙的板块——比如古董店的戏，两个女模特的戏，单个的女模特的戏，还有那个帮他按摩、晚上在另一个房间里跟人做爱的女人——人物关系都是云里雾里，我们都不是太清晰。在游离于主干之外没有推动情节的地方。他似乎有一些对手戏，但都不是真正的对手戏，那些都没有使情节有效地往前滚动。这些部分经常要让位于主人公的独角戏。主人公的独角戏就是一些动作——比如他可能想，可能看，可能在暗房里冲洗、放大，然后把照片水淋淋地抖一抖，再钉到展示板上。他一个人在动作，你看到他盯着照片发呆，一会儿他眼睛从这张照片到那张照片，再从那张照片到这张照片……导演告诉我们他在思考。但是这种时候这剧本怎么写呢？写："他看着两张照片，他在思考？"他思考什么，电影里没提供，导演没有给我们。那么这个剧本里面也只能说"他在思考。一会儿看这张照片，一会儿又看另一张照片"。剧本就这么写？莫名其妙。写作不可以这么写的。这剧本除了导演能写，别人能写吗？

所以，从剧作上我还是有太多的疑窦，太多不清晰的地方。

一个已经过去三十年的电影，应该还是讲故事的。今天可能已经有不讲故事的电影了，但是三十年以前还不太有不讲故事的电影。只不过故事形态不同，有的情节紧凑，有的情节相对松散，是那种印象式的。但终究还是要讲一个故事。故事是什么？是故去之事，是已经完成的事情。但事实上，我们在看这个电影的时候，这故事完成了吗？

可以这么说，在看这个电影的时候，观众在和导演一起创作。编导者用他的方式在引导我们，他带着我们，他说："那有一个山洞，山洞里边有很多传说……"但是究竟怎么样的，我们不知道。千百年来这个山洞的传说多得不得了，但要想真正知道，我们就得把它打开。我举一个还没打开的地洞的例子——秦始皇陵。始皇帝陵绝对是最大的一个地穴之谜。野史上说秦始皇一生做的最大的一件事就是造始皇帝陵。据说始皇帝陵是五里方城，水银泻地。里面究竟有多少财富，谁也不知道。二十个陪葬坑之一的兵马俑已经是世界第八大奇迹。据说，曾经有动议要把始皇帝陵打开。我们国家的前总理周恩来说，我们当时的能力不足以防氧化，很多最珍贵的东西可能会氧化掉。据说谁也不想做这个千古罪人，所以谁也不敢拍板打开它。始皇帝陵肯定是大得不得了，肯定壮观得不得了。我们看看秦始皇做的另外两件事，看看万里长城，再想象一下被烧成灰烬的阿房宫。灰飞烟灭的阿房宫，三百里宫殿——今天这世界有没有这么大的城市我都很怀疑。这阿房宫究竟有多大，真的想象不出来。而他做的三件事里最大的一件事还是始皇帝陵，是个地穴。

还有一个小一点的地洞，就是电影《女巫布莱尔》。这是近几年，也是电影史上的一个奇迹——花六万美金，用数码机拍的DV电影，全球的票房是四亿美元——真正的点石成金。《女巫布莱尔》讲几个年轻人去追寻"女巫布莱尔"这个传说。在追寻的过程里边死的死，消失的消失，诸如此类的。这也是一个例子。

电影《放大》就是典型的这种情形。"女巫布莱尔"究竟是什么？秦始皇陵究竟是什么？那么《放大》究竟是什么？事实上，我们是被安东尼奥尼引导着。他说："这里有一个山洞，我给你们一个火把，指给你们看这个山洞大开的入口，你们进去看看这山洞里究竟有什么。"

这部电影根本没被编导者完成，它是由观众最终完成的。它做的事情是开了一个头，然后用它特有的方式导引你去继续。在每一个看电影的观众内心，慢慢把一个故事连缀起来了。你会想，这可能是这么一个故事。但是究竟是不是这样一个故事，你越看越有疑问。谁能确切到一点疑问都没有地告诉我们说这个电影在什么地方告诉了我们这是一个什么故事？说一个女人和一个男人约会，这里面含着一个杀人的秘密，然后被摄影师窥破了，摄影师用自己的方法侦破了这个案件？我想没有一个观众敢这么说，因为电影没给我们这么一个完成的、完整的结果。也就是说这个故事是个未完成形态，它叙述的是一个正在发生的，或者是正在被叙述的故事。这有点像车轱辘话。但是没有办法，它只能是这样的形态。

很多年以前，曾经有一个后来也做了小说家的朋友看了这部电影之后说这是我的作品。可能在形态这一点上它有点像我的作品。八十年代的时候，大家说到小说家马原的时候，经常提到"马原的叙事圈套"。马原这个叙事圈套的核心应该就是——这个说法最早是吴亮提出来的，是吴亮定义的，他说："马原是叙述一个正在被叙述的故事，或者是正在发生的故事。"这是吴亮对我的故事方法的一个归纳。在重看安东尼奥尼的《放大》的时候，我突然意识到，过去人家说这像我的作品，大概就像在这一点上。

电影还是一个叙事的艺术。且不说叙事这门艺术有多古老——它有几百年几千年了。就是在电影历史上，讲故事也有一百年历史了。所以说，故事本身早就成了讲故事者，也就是电影编导人员的一个障碍，一个藩篱。想突破讲故事这道藩篱，有很多电影创作者在做这方面的尝试。包括跟电影相邻的艺术，比如话剧。意大利作家皮兰德娄有一部非常著名的剧作，《六个寻找剧中人的角色》。他就是尝试着做一种突围——突破传统叙事的围。他让他的角色到台上来，去寻找一个可能性，寻找一个故事，寻找一种新的讲故事方式。最初这个剧出来的时候，在全世界剧坛引起一片哗然，之后大家也还是可以接受这种尝试。皮兰德娄后来得了诺贝尔文学奖。

《放大》是在皮兰德娄这个剧作之后。《放大》做的是另外一种突围，而且是一次成功的突围。前面提到过，很多讲故事的人（小说家，剧作家，包括电影编剧、导演），他们也都努力在叙述一个故事的时候，尝试着把故事的成规，把"故去之事"的成规打破。事实上我们看这个电影的时候，肯定自始至终都有疑窦，我们都希望知道出了什么事。我们和剧中的摄影师一样，都在寻找我们身边发生了什么，我们看到了什么。最终，我们把电影看完的时候，我们看到了什么？编导究竟给我们讲了一个什么故事？从表面的故事形态上看是一个关于谋杀的故事，可是每个人都对谋杀是否存在抱有疑问。这个故事的当事人自己也有疑问。安东尼奥尼讲这个故事，成功地突破了传统的讲一个已经发生过的故事的这么一种定式。他讲述一个正在发生的故事。这个故事发生了，这个故事发生了什么？编导者自己和观众一样都在寻找发生了什么，究竟是怎么样一个故事。这在电影叙事上是一个很大的革命。当然，在安东尼奥尼之前和之后也都有很多讲故事的人，比如剧作家皮兰德娄，比如小说家马原，都在尝试着去讲一个和观赏与阅读同时发生的故事。也是在这个意义上，我说《放大》这个剧作很难写。可以这样猜测，在电影拍完之前，安东尼奥尼本人也不能跟你清晰地讲他要讲一个什么故事。安东尼奥尼本人也没有这个能力。我这么说是以己度人，因为我自己就经常不能够给我的读者讲清楚，我这个小说里边要讲一个什么故事。

换句话说，我选择了一个几乎不可能完成的剧作去讨论电影的创作。这个故事在我们的传统概念上应该不是一个故事，因为它没有给看这个电影的人，没有给接受这个故事的受众一个想要的东西——"究竟是什么？"安东尼奥尼有很多很有名的电影：《红色沙漠》、《奇遇》等等。安东尼奥尼的电影，自问世以来，这几十年经常是被受众、被评论家们质疑的。经常很多受众说不是看得很明白，不是很懂。但是在安东尼奥尼之后做电影的人都尊他为大师。我想这里边肯定是有一些特殊的东西。因为我是个用文字叙述的人，我能够非常准确地说，安东尼奥尼的叙事方式对影像、对电影的叙事是一种全新的革命。安东尼奥尼用的是我不是很熟悉、被电影培养了一百年的观众们也不是很熟悉的一种方式。他回到电影最根本的特征上去，他是在用视觉的方式创作。我所熟悉的方式不是视觉的，我想至少我们的汉字的方式不是视觉的。而视觉的方式恰好是电影的方式。我们知道，很多电影，尤其是早期的很多电影，多是由名著转过来的，由一些文学的经典转过来的。当时很经典的文学作品，被转换成电影，转换成视觉叙述的艺术。但是看安东尼奥尼电影的时候，我个人强烈的感觉是：它不是由文字转换的。首先因为它是视觉的，是印象式的，是那种只能作用于视觉、完全以印象为前提的这么一种传达方式。

下　篇

　　接下来我想主要从"视觉的安东尼奥尼"的角度来讨论一下《放大》。

　　在《放大》里我有一个特别突出的印象：他特别喜欢"二次视觉"。那个哑剧队出现了两次，第一次是开头，第二次是结尾。古董店也是两次，他第一次去古董店，和里边那个老的售货员交谈。第二次他去跟店主——那个年轻姑娘——买螺旋桨。螺旋桨也是两次，第一次在古董店里边，摄影师和店主讨论古董店是否出让的话题的时候，他突然很激动地过去，指着螺旋桨说："我要这个。"然后他们把螺旋桨翻出来。第二次是把螺旋桨送到他家里。我们还可以回忆，剧中的次要人物的应用也是两次。比如第一个女模，那个单人女模，也是两次。他进去的时候，女模说："我已经等你好久了，我下午要去巴黎。"然后他给她拍照，看得出他跟这女模挺熟悉。在这个故事差不多结尾的时候，在吸毒（或大麻）的场合里她又出现了一次。摄影师跟她说："我还以为你在巴黎。"那女模因为吸毒了，所以她当时的台词很有意思，她说："我是在巴黎呀。"这个女模也出现了两次。另外那两个女模也出现两次。第一次是自报家门，说："有人叫我们来拍照。"他说："我有事，我不能给你们拍照。"那两个女模显得很遗憾，她们说："我们下午再来。"下午的时侯，那两个女模又来了，还是没有拍照，她们上去找衣服，然后暗示摄影师跟两个女模做爱，有那么一场戏。另外一个道具：网球场。第一次，摄影师离开古董店，拿着相机走到公园，那时候网球场出现了一次，他经过网球场。网球场里有真的人在打网球，有网球的声音，但仅仅出现了一个角。在那场戏里我们知道网球场是在发生主要事件的地点、那个公园里面。在结尾，网球场又出现了一次。还有那个我们至今也没能弄清楚究竟是什么人的女人，她是摄影师的妹妹？还是他所说的跟他生活在一起的女人？安东尼奥尼没有告诉我们。摄影师第一次去和他房子相邻的那套房子里边的时候，有一个男人跟他说我的画怎么怎么样。他说："我买你的画。"那个男人走了，他可能是个画家。然后摄影师坐下，那个女人给他按头，说："你太累了。"晚上，他又去那房子里，白天给他按头的女人正在跟一个男人做爱，我们不知道是不是那个画画的男人。那个场景和那个女人都是出现两次。也就是说，安东尼奥尼在这个电影里边大量地用到了"二次视觉"，无论是人还是环境。

我刚才说到的这些用到"二次视觉"的地方，都不是主要情节，它们都游离于主要情节之外。主要情节应该是摄影师拍女主角和男人约会的那一场，后来女主角来找他，这场戏是这个故事的主要线索。主要线索之外的，无论是环境（房子、公园、古董店）还是人（不同的模特）都是出现两次。我不知道安东尼奥尼在使用的时候是不是给自己这么严格的规定，但是我想，我们今天能在他的电影里面归纳出那么多用到"二次视觉"的地方，在剧作上一定是有它特殊的意义和价值。因为每一个物象的两次使用让我们记住它了。我知道做电影的人一般都不愿意让他的次要人物只出现一次。首先，假如在某段情节需要上一个次要人物出现一次，观众就有点迷糊："这个人是怎么回事？他怎么来了？"这个人物出现一次以后如果不再出现，通常这个人物会在受众的心里产生不平衡。在看电影看电视剧的时候我们经常会说："咦？这个人哪里去了？"安东尼奥尼在这个片子里边的运用特别典型，非主要情节在视觉上都是以"二次重现"这个方式让我们清晰，但是都让我们在产生记忆之后并不干扰我们对主要情节的判断与推测。

第二，很多电影大师都是使用道具的高手，而我们在看电影的时候经常会忽略道具。华人导演吴宇森就是个用道具的高手。吴宇森最早为观众所熟悉所钦佩的电影应该是《英雄本色》系列。在吴宇森的电影里面，枪总是最重要的道具，他的演员也都是动作型的，他的剧情总是和枪密不可分。吴宇森在去好莱坞之前另外一个巅峰之作《纵横四海》里边也是以枪为主。周润发在吴宇森的电影里一直是个玩枪的高手。我们知道，虽然周润发最早在成名之作电视连续剧《上海滩》里面也玩枪，但枪并不是周润发最拿手的武器。在吴宇森的电影里，枪绝对是周润发最拿手的武器，枪一直是他最主要的道具。吴宇森道具玩得好，除了枪还有其他，比如说轮椅。《纵横四海》里有一场轮椅的戏：周润发假扮自己下肢已经瘫痪了，舞厅里，钟楚红以那种非常热烈的舞姿，与坐在轮椅上的周润发翩翩起舞，轮椅被周润发玩得非常之漂亮。

吴宇森相对于安东尼奥尼肯定是晚辈。在看《放大》的时候，我印象很深的也是道具的运用。主人公主要的道具是照相机。在基本上没跟主要情节发生联系之前，他和说要去巴黎的女模之间有一场戏。其间，照相机与其说是被男主演还不如说是被导演运用得眼花缭乱。除了是男主人公吃饭的家什外，照相机还是这个影片最重要的道具，因为"放大"放的是照片，放的是由这个照相机拍下来的照片。有几场戏都有大量的男主人公使用照相机的戏份。首先是和那个女模的戏。然后，他走入主要情节，进入公园的时候一直是拿着照相机的。有很多镜头是他一个人，或蹲下或站起来，或翻到篱笆对面去，包括那个被拍照的女人冲上前来以后，他拍了好多张照片。照相机在他手里，更是在导演手里，已经变成了另外一个人物，是会说话的。他让这个道具已经有了那种独立于人物的特殊的价值、特殊的意义。

还有比较清晰的印象，就是那个胶卷。摄影师拍那个女人的时候，那个女人抢他的照相机显然是想抢里面的胶卷，但是她失败了。后来这个女人追到他的摄影棚里。特别强调那个细节：答应把胶卷交给那个女人之后，他到暗房里把胶卷取出来，但是他在一个大概只有两三秒的镜头里面顺手拿了一个胶卷把这个胶卷替换了。而且他把胶卷拿进去之后，他把胶卷伸到女主人公面前，女主人公刚想去接，他马上一扔，让胶卷在女主人公手上划了一道弧，落到自己另外一只手上。然后他才把胶卷给女主人公。就是在他使用他吃饭的家什，使用道具的过程里面，故事已经被叙述了，已经被完成了，而这个叙述和我们传统的写剧本的叙述完全不同。假如我们案头有一个电影剧本，我们去讲一个故事，我们会以另外的方式去讲。道具在安东尼奥尼的电影里面已经不再是道具本身，道具自身就承担了叙事的功能。他用道具把他要讲的故事讲给我们。而这个东西真的要还原成文字，首先很难写。其次，假如我是一个编剧，我面对一个导演，我把这个剧本给导演的时候，那个导演是很难接受我的这种叙事方式，很难接受我在剧本上给他的，比如胶卷，比如照相机。

安东尼奥尼做这个电影的时候，这电影首先是视觉的，而不是意念的，不是情节的，不是我们传统的心理的。他在用视觉告诉我们：我的电影是要你们来看的，而不是要你们用心想的。因为他的方式就是视觉的、印象的方式。

第三，《放大》有一个特殊的故事形态。应该说《放大》整个故事形态都是似是而非的。看完这个电影，能确定里边哪些事情是真的发生了？核心的情节且不去说它，那具死尸我们先不讨论——真的存在，或完全是他的想象、幻觉，虽然这个说起来好像是"似是而非"的最主要的点。此外，这部电影里仍有很多问题都是似是而非的。首先他自己不停地颠覆，举例：他把电话递给女主角，女主角接过电话刚想说话的时候，男主角说："我妻子。"女主角顿时觉得受了嘲弄，马上把电话还给他。他说："女孩不想跟你说话。"然后就把电话撂下了。之后他那段话是特别典型的似是而非，他先说："是我妻子。"然后马上又说："不是我妻子，我们不过是在一块生了几个孩子。"接着又说："没有孩子，和她在一块很轻松。"这句话还没落地，马上又说："不，一点也不轻松。"你就搞不清楚，那电话里是不是一个女人，是不是他的女人？他把自己给女主角的，同时也是给我们受众的结论一次又一次推翻。

还有更重要的似是而非的方面——照片，被一放再放的照片。他用了这么一个方法：男主角把两张照片放大，把它们并列挂起来，在有人的那张照片上女主角一脸惊恐，她有一个延长的视线——在镜头的运用上是这么一种方式：先从左向右，或先从右向左。不管怎么样，它给我们的印象是：女主角惊恐的视线在看着什么，看着什么呢？他把一个放大的带栅栏的照片放到女主角的视线的下边。那个女人的视线终点是那张带栅栏的照片吗？我先被它迷惑、被它误导了。但是之后我马上就有特别强烈的疑问——这个女人看的是那个地方吗？导演以这种方式告诉我们，那个女人关心这个地方，但是这个是不是能成立？观众会有很多疑问。所以我说，他在照片的使用上，在放大照片的过程里边，也就是说在这个电影最核心的部分，他的指向是似是而非的，绝对不是观众以为的。观众看电影的时候不经过思考现成接过来的那个结论：女人在看树丛，树丛里有一支枪，在她视线的延伸下面似乎还有一具尸体。电影就是以这种似是而非的方式去让观众以为是怎么样。

同时，还有一些细节的设置，在把真实的东西虚掉。它先给你一个看上去结结实实的一种存在，比如里面那场演唱会，那把吉他。演唱会那场戏有四分多钟，是场大戏，演唱会的结论是那把吉他。这也有一份讽喻在其中：所谓行为艺术，所谓现代艺术，那种"它在现场就有意义，离开现场什么也不是"的讽刺。这个片子诞生在七十年代。我们知道，行为艺术今天也仍然是造型艺术家们一个重要的创作方向。早在七十年代初，安东尼奥尼已经对行为艺术提出明确的疑问。同时我们看那把吉他，会觉得有一点似是而非。吉他在现场的那种意义——吉他手把吉他摔了以后又踩上几脚，然后把吉他扔向人群，那个瞬间人群向吉他蜂拥，趋之若鹜。摄影师意外地被吉他选中，意外地砸到他怀里，他抱着吉他和别人争夺，别人的嫉妒形成了争夺，他抱着吉他冲出人群之后又延续了一段。他终于摆脱了所有的人把吉他抢了出来，这时候他手里的吉他——一个有那么高的审美价值、那么被追捧的象征物——突然丧失了价值。他把吉他扔掉了。马上有一个流浪汉过来对着烂吉他看了几眼，捡起来，然后又一次扔掉。这种行为是这么奇怪，哪怕它的确是艺术，是新的价值的呈现，离开了它诞生价值的那个场之后，显然就失去意义了。

这使我想起另外一件事。在偶像时代，一九六九年的时候，有一次毛泽东接见工人代表，我所在的城市有毛泽东接见的全国工人代表当中的一个，这个人跟毛泽东握了手。一九六九年是文化大革命第一个回合最后的一年，也是最红火的年头之一。他从北京回来以后，在我们那大概有四五十万人的小城市最大的广场上做报告。广场上大概有近十万人，那是一个下雨天，全市的学生、干部、工人都集合在那个广场上。那天是那个城市的历史上举行的最大集会的最大的城市广场，和它相邻的几条街上全部塞满了人，几十只大喇叭（现在已经不多见了）到附近的屋顶上。报告的核心就是他见到了毛主席、就像现在见到江主席似的，但是他见毛主席的感觉不一样啊，他说："毛主席和我握过手之后，今天已经是第六天了，在这六天里没有洗过这只手，因为我要把这种幸福带给更多的人。"报告做了六个小时，差不多十万人冒雨六个小时没动地听他做报告。他异常激动地回忆所有细节，他特别能说。最后他说："我要把幸福转给工人朋友，转给广大人民群众。"他用这只和毛泽东握过的手和很多人握手。我对这印象非常深，虽然当时我非常小。当时我也很激动，我也受到那种蛊惑，在长久的等待之中和他握了手，我太激动了。当时那个情形，他握手，他报告，真的很像《放大》里边演唱一场戏。在这场戏里边，在这个特定的场、特定的时间，一把被踹上几脚的烂吉他突然成了无上价值的象征。安东尼奥尼无情就无情在他让这个在瞬间形成的价值，同样在瞬间就消失了。这价值突然就不存在了。跑出人群，到另外一个街区的时候，价值就不存在了。我想一个工人和全市数以万计的市民握手的宏大场面，他的那只手被赋予无上的价值，就像那吉他一样。没有一个人站出来把这个瞬间赋予的价值消解掉。当时假如有一个人，像《皇帝的新装》里的那个孩子，说一句"你的手也不是毛泽东那只手啊"，我想那么多市民争着和这个人握手的场面也许就不存在了。

类似的情景还有。班禅大师回西藏的时候，数以万计的僧众排队等候让班禅摸顶。时间长，后来班禅大师胳膊都抬不起来了，只好由那些人走过去，自己蹲下来用头顶一下班禅的手。班禅真是太辛苦了，几个小时他根本不能休息。僧众太多了。可能老百姓谁也都没有想到班禅那么快就圆寂了。宗教不比行为艺术。那些被班禅大师摸过顶的人，他们今天是什么感受我不知道。当时我是目击者，我有幸亲眼目睹了那番盛况。

那是一生再也无法重现的经历。题外话，不提。

《放大》里的似是而非随处可见。有一场很小的抽烟的戏。本来抽烟是一个寻常动作。但是在那场特殊的戏里面，女主角拿到胶卷之后突然很放松，想跟男主角做爱，结果被送螺旋桨的打断了。然后他们就听音乐，女主角点了一支烟，摄影师突然把烟拿过来，伴随着音乐竟把抽烟变成了舞蹈。他拿着烟的时候做了一个手势，女主角接过烟后也跟他一样做那个手势，用一种舞蹈的姿势抽烟。这时候抽烟也被似是而非了。抽烟这么一种寻常的行为突然也变得意义含混，变得充满某种意味。

还有一个在剧情里处于举足轻重地位的细节：女主角的最后一次出现。暗房里所有的胶卷和照片被洗劫一空之后，男主角特别迷惘，开着他的"劳斯莱斯"出去。在街上，他突然一脚刹车，停下。我们随着他回头的过程，安东尼奥尼给了我们一个视线：女主角在路边的一个大门边上。突然有人交叉，在交叉的过程中，女主角不见了。那个衣着发型，明明是她，但是她不见了。我们看电影的时候可能没那么好的机会，但是现在有录像机了，有影碟机了，就带来了便利。我专门把那个细节用慢放，一帧一帧地放过去——天衣无缝！就像变魔术一样：她站在那，一个人向左，一个人向右，两个人交叉的点正好是女主角站的那个点，等交叉完成，刚刚一拉开，她就消失了。当然我知道很简单。是剪辑师剪掉了，肯定是剪掉了，根本没有，根本不存在。但是导演真的很坏，导演借男主角的眼睛让观众最后一次看了女主角，她还在街上。他是为了她把车停在街上，去找她的时候才走进演唱会现场的。女主角的这次出现又是一次似是而非。

导演利用我们视觉上的经验，给我们太多的似是而非，给我们太多的这种开始是清晰的，最后又被颠覆的点，让观众看电影的时候没办法不似是而非。他引导我们在自己几乎不自觉的情形下似是而非起来了。他给了观众一个似是而非的故事，我们最终也只能接受这个似是而非的故事。而这些似是而非他都是通过视觉的方式给我们的。不是情节的，不是克里斯蒂的方式，克里斯蒂擅长充满悬疑的情节。安东尼奥不是，他是视觉的。

最大也最明显的一个似是而非，是片尾的那场网球赛，就不用再说了。里边有那么明显的哲学意味。幻觉是不是可以就是我们生活的真实——哑剧网球赛肯定给了我们这么一个问题。我想，有慧根的观众肯定会有所感悟。

第四，跟"似是而非"相连的，那就是"误导"。人类在漫长的生命过程里有很多惯性，这些惯性几乎都是由经验造成的。比如在没风的秋天，很多蠓虫在空中飞，很多人都有蠓虫突然飞进眼里的经验。所以我们经常会眨眼。这些都是我们在各自的生活经验里逐步养成的。一个没去过户外的的婴儿，他眨眼的时距就很长，他就不会本能地用眼皮去反应，去保护眼睛，他没有这种经验。一个婴儿没什么户外经验的时候，他不知道户外有很多会对眼睛造成伤害的东西，他没有这种意识。

在《放大》里我们可以觉到安东尼奥尼的另一个方法论：他经常让我们拥有的经验碰壁。他完全是以误导的方式去做的。比如他把镜头从这张照片摇到那张，再摇回来，他并没说："你看看这照片里有什么？"却就让你以为有什么。他的铺垫，仅仅是一个女人被拍照之后一定要拿到照片，在拍照的当场就要抢，失败之后又来到男主角家里，一定要回照片。为了照片她可以出卖色相，哪怕她已经不年轻了。他在给了观众这个情节之后，接下来的一切都是在误导，都是利用了我们以往的经验，一定要我们以为这个胶卷里面有问题。那里面真的有问题吗？谁能确切告诉我，这照片里面有什么问题？实际上我们知道那个照片本身不能说明任何问题。我们可以这么理解：照片上那个男人不是女主角的老公。也许这个女人有老公，所以她被拍了和别的男人亲热的照片，她觉得会妨碍她的生活。充其量我们能得出这个结论。这和我们从影片后边所知道的谋杀，是一点都不搭界的。或者说，假如这个照片对这个女人还有什么利用价值的话，摄影师可以用它去敲诈这个女人："你跟一个男人亲热被我拍到了，你要是不答应我怎么怎么样，我就把照片寄给你老公。"假如照片有利用价值的话，也应该是这样的利用价值。女人想要回照片在情节上铺垫给我们的是这么一个结论。但事实上，安东尼奥尼在没有任何人有作案嫌疑的情况下，他不以任何确凿的方式，告诉我们照片里面包含了一起谋杀。他完全是用误导的方式，照片本身没提供这些东西，不过是在那些黑白反差的斑驳当中好像有点什么：一个人？一支枪？一具尸体？仅此而已。而这个照片是把一英寸见方的胶卷放到那么大之后，又放了两盏聚光灯，把照片局部翻拍，再放大，然后在那些黑白斑驳当中让摄影师以为有一具尸体，让观众以为有一具尸体，有一支枪……仅仅是这样。

所以，他在核心情节的使用上几乎完全用了误导的方法，而这个误导的方法仍然是视觉的而不是情节的。他跟克里斯蒂的片子完全不同，那里面波洛的证据都是结结实实的，是观众先前也看到了只不过忽略了的证据，是确凿的经得住任何质疑的证据。而在这场谋杀里，给目击者（摄影师、所有观众）的完全是误导的结果，而不是结实的、可感的、不容置疑的证据。

第五个方面：偶发事件。这个讲故事的方式我特别喜欢。我在讲我的故事的时候通常也是用类似的方式。在常态下人类的生活几乎是不足道的。加缪讲过人生的重复。重复的无意义无价值。一个正常人一生两万多天，每天的内容几乎是相似的。真正在我们生活当中能起到特殊意义的是什么？使我们的生活突然变得有一点价值的东西是什么？安东尼奥尼在《放大》中给了一个我愿意接受的说法：偶发事件。摄影师的初衷，肯定不是要拍一个女人去偷情的证据，因为他是一个摄影师——他完全是下意识的，他在一个他觉得可以入画（镜头）的环境里顺便看到女主角，于是女主角和她男友的约会撞进他镜头。在故事的整个铺垫过程里我们看得很清楚。他只不过是在拍景的时候顺便把那两个撞入他镜头的人摄入镜头而已。但是，由于这个偶发事件，由于两个人撞入，他那一天的生活突然变得有特殊意义了。而这特殊意义就是前边说的生活当中真正有意义的部分吗？

我曾经写过这么一个小说。

一个从西藏回内地的画家，回去之后他突然发现挺没劲的。他住在他老婆家，他觉得这个不是他的家，是他女儿、他老婆和他老婆的家人的家。他一直觉得自己在那个家里是个陌生人，家对他没有吸引力，老婆的注意力不在他身上，女儿的注意力不在他身上。他是一个画家，不需要上班，没事做就跟社会闲杂人等打打小牌。怎么生活一下子堕入这种无聊到不能再无聊，没有一点意义的景况当中？他自己也不知道为什么。

有一天他心里烦，决定去一个特殊的地方：皇陵。途中他遇到一个熟人，是在西藏认识的一个女人。在西藏他也没怎么在意这个女人，但是现在使他觉得有一种亲近，于是跟那女人打招呼。然后他们就一起游皇陵。这里山明水秀，风景特别好。他们孤男寡女在这种人特别少的地方，心里有一点异样的感觉，不过也没发生什么，他们就多坐了一会儿。回去的路上，他们遇到几个流氓。这几个流氓就喊："女的留下来，男的滚蛋。"当时这个人突然就有一点冲动，他是一个人，对方有三个。他一下子来了一点灵感，因为他是那种很男子汉的人。那个时代很多人喜欢系军队里的那种武装带，他就把腰里的武装带解下来，然后他对那个他基本上都还不熟的女人说："我一喊你就马上往山后跑，喊救命。"然后他就突然大喊一声，抢着武装带冲向那三个人。他们打起来，以一当三冲上去。一个人一刀捅到他后心，他马上休克了。他睁开眼睛时已经是两三天以后，在医院里。那个女人一直在护理他，等他醒了以后再设法通知他家人。他老婆知道这件事情的大概之后肯定认为他跟那女人有点什么，他也懒得解释。在这个过程里边他突然觉得挺有意思，他突然觉得他的生命有意义了。他的生活因为意外，因为一个偶发事件突然变得有意义了。

回头看《放大》，假如他没拍到女主角，女主角和她的情人没意外地撞入他的镜头，他这一天的生活可以说毫无意义，他做的就是他日常每天在做的。但就是因为这个偶发事件，他这一天突然变得有了非凡的意义。安东尼奥尼在这个偶发事件里突然找到了灵感，他用它创造了数以亿计的票房，做了世界电影史上一个非常著名的电影，创造了那么多就业，创造了那么多价值。

第二章　希区柯克：《后窗》

　　《后窗》是希区柯克的代表作之一，是电影史上的名作。

　　这部片子并不复杂，用现在的话来说，是典型的小制作，只花很少一点钱就把它拍出来了。现在大家习惯看的好莱坞大片，完全是钱堆起来的电影。而在伟大的希区柯克时代，把很多观众吸引到电影院去用的又是什么方法呢？

　　《后窗》在当时是票房非常高的电影之一。《后窗》应该说算一部娱乐片，也就是我们通常所说的类型片。做类型片在今天看起来并没什么了不起，因为某一种电影类型出来之后就可以大量"复制"。以西部片为例：西部片在类型电影史上肯定是个大的种类。最早的西部片的拍摄需要制作者有很大的勇气——影片立志要恢复美国开创之初那段历史，这在整个电影的构思、制作上应该都不是小动作。但是后来由于西部片广受欢迎，拍摄者蜂拥而上，他们借鉴成功影片的故事构思，很多片厂也都有了自己的西部片拍摄景区。所以，西部片成为类型片之后，变成了一种投入非常低、成本非常低的类型电影。

希区柯克的电影应该就是一种类型片。有人把他这种类型的影片叫做悬疑片，但是有的电影史家更愿意把他的片子专门叫做"希区柯克影片"。可见，希区柯克已经成为他自己特有的类型片的代名词了。

《后窗》是几十年前的影片，但是它的节奏相比那个年代的电影是比较快的，比较符合今天人们的趣味和习惯。

这部电影有几个比较特殊的方面。首先，影片讲故事的视角很有意义。通常讲故事的人愿意找一个视角，比较便捷的选取是传统的全知视角。但是文学和电影在这个意义上是一个反叛，觉得全知视角什么都知道，这在心理上会有一定抵触。所以现在讲故事都用特别明确的单一视角。单一视角有它致命的局限。如果我用第二人称去讲故事就很尴尬——我讲你的所有事情都在我视线之内，这几乎是不可能的，没有一个人可以百分之百在另外一个人的视线之内。但是这部片子很有趣，它设置了一扇窗。窗有四条边，这一下子把视线限制住了，无论是主人公的还是观众的。在窗的边框之外可能有的事情我们差不多全都不得而知。另外，窗内的人被设计为断腿，也就是说他无法脱离这扇窗去看这个世界。这种规定一下子就把讲故事的自由缩到最小。

当然，希区柯克还动用了一点其他的方法。

这个故事在讲的时候有一点《罗生门》的味道，《罗生门》是在一件事情发生完以后，由和这个事件相关的当事人（包括已经死去的当事人的鬼魂），分别去把这个故事讲出来。《后窗》这个故事除了提供有四条边框的这个窗口之外，还提供了主人公的三个助手去对四条边框之外的事情加以判断。主人公有三个助手：一个是他女朋友丽莎；一个是钟点工，给他做做按摩打扫房间的中老年妇女；还有一个是他朋友多乐，是一个警察。希区柯克选择了一个对讲故事的人（也就是他自己）难度比较大的角度，他把自己放到了一个绝对不自由的空间里面。

我有这样的经验，以往的很多电影在今天都很难让人把它一次看完。这里边肯定有历史原因，因为我们现在的生活节奏远远比电影诞生的时候快，现代的人已经没有那么多耐心安安静静地等着事情慢慢地发生发展高潮然后缓缓地结尾。《后窗》是百分之百的好莱坞经典，同时，《后窗》又是今天好莱坞所完全不能忍受的。

我从创作的角度，从构成这部电影、讲这个故事的比较基础比较经典的原著上探讨一下这部电影。

在故事开始的时候，希区柯克给了我们两个角度。一个是观众的角度，还有一个是主人公的角度。影片开始的时候，我们看到了窗外的世界，镜头无论怎么运动，给我们的都是一个主人公的角度。后来我们知道，最初导演给我们的众多故事里面，很多并不是导演真的要给我们的故事，而是导演让我们脱离主线让我们障眼的故事。他给我们一个女舞蹈家的窗子：从最初露面的一瞬间开始，无论是去倒水、拿衣服……她所有的动作都是舞蹈的。她一个人独处的时候是在舞蹈，后来她跟房客相处的时候还是在舞蹈；他给我们一对很浪漫的夫妻：不在屋子里睡觉非要到阳台上去睡，要把生活中最隐秘的事放到光天化日之下；然后他又给我们一对看上去有点问题的夫妻：妻子在里面房间里卧床，丈夫在外面房间，他们老在吵架。他给了我们这么纷繁的线头，而最终他要给我们讲的是那对吵架的夫妻。他真正关心的是这个卧床的妻子和她戴眼镜的很强壮的丈夫。应该说，希区柯克选择了一个非常聪明的开端。他在开端还告诉我们，主人公是一动也不能动的——如果他脚趾痒他必须要用"老头乐"去挠。

在第一个单元里面，希区柯克就只给我们这些东西，一点血腥、残酷、悬疑都没有，就像一个日常生活的图景。我的好朋友陈村住在雁荡路，他那个房子就有点这个味道。那是一栋很老的房子，有一扇很大的窗，坐在窗前就能看到对面很近的房子，邻居的私生活一目了然。我是到上海来才见到这种生活，两家人距离那么近，每一扇窗居然都是开着的。这在我们北方几乎是不可想象的。如果大家窗对窗，肯定都要把窗帘放下来，不然会不自在。不过我想南方人可能确实是不方便这样——把窗帘拉上肯定是非常闷热的。所以，我到南方的时候总有一份惊叹，比如说到武汉——二十年前一个夏天我到武汉，发现，怎么都在街上睡觉？

我写过一个小说叫《窗口的孤独》。现在我都不记得是不是受了这部电影的影响。我写一个男孩喜欢一个女同学，他们家的窗就对着。这个男孩在许多年里边一直通过自己的窗口用望远镜看那个女孩，把这女孩从小学一直看到差不多三十岁。

　　现在希区柯克就是把我们放到了这种高度日常化的、但有趣的市井生活情形当中。他给我们设置的幻觉是一天早上钟点工来了，她来了之后，什么都变了样。因为钟点工来的时候已经是白天，而故事开始的时候是夜景。钟点工一边干活一边就点破了希区柯克交给我们的现在这种情况——一个人一动不动在房间里，他自觉不自觉就可以看到窗外的东西，他就是在偷窥别人的私生活。我是个职业的讲故事的人，我会想，很多东西是不是一定要把它讲得特别明白？假如我写这个故事可能不会让这个钟点工早早地跳出来告诉观众这是一个关于偷窥的故事。

　　这天钟点工来的时候还带出一个人物，她跟主人公讨论一个叫丽莎的女人。在他们讨论过之后丽莎就露面了，是个美女，而且她还带来一顿美味。她出现之后很短一段时间里就给断腿坐在轮椅上的主人公一个惊喜——一个专门送餐的餐馆派人来给他们送上一顿丰盛的晚餐，同时带来一瓶酒。在丽莎进入这个故事之后，这故事一下子有了弹性，因为钟点工与主人公之间还是有相当的距离的。从某种意义上讲，钟点工既不能成为主人公的知己，也不能成为主人公的帮手和同谋。而丽莎进入以后，导演借她的角度把这个故事的视野打开到窗的四条边框以外了。

　　在这天夜里。我们看到一直到最后才近距离进入我们视野的另一个男主人公——那个嫌疑犯和他卧床的妻子有一次争吵，内容不得而知。有时候编导者也会把对面的声音直接给观众，比如钢琴家房间里发生的事情，舞蹈家房间里发生的事情。我推测这个距离有十几米左右，如果开着窗只可以听到一点声音。但是疑犯和他妻子房间里的声音一点都没传出来，希区柯克让他们的窗子一直都关着，让他们的生活内容只在视觉的意义上泄露给观众，而不是在更立体的意义上。

丽莎在和主人公一起目睹了那对夫妻吵架之后便离去了，房间里只剩下主人公。这时候事情已经有一点蹊跷了，不再是最初呈现给我们的那种市井版图的格局了。现在已经把中心慢慢聚焦到疑犯身上来了。后来我们知道他是德先生。这个晚上主人公几乎没怎么睡觉，因为他发现其他窗子都安静了，只有疑犯的窗子还有灯光，这让主人公不能安静，使他不断地惊醒。他看到疑犯在这个夜里提着一个箱子几次冒雨进出。应该说，在主要人物都出现的这一天里，事情有聚焦有重心了。

次日早上，钟点工又来了。主人公首先想到的就是问她，一个人的妻子在房里，丈夫夜里冒雨出去三次，他会去做什么？钟点工是一个好管闲事多嘴多舌的女人，她把主人公内心的疑问引了出来。这个人物在故事里边看上去作用不是太大，但是如果在最初的构思里没有她，这个故事会很难讲，因为钟点工提供了一个让主人公在白天能够把他内心的疑窦，把他认为异常的事件加工、分析，然后得出结论的平台。他对钟点工提出质疑，钟点工回答，通过这个过程把事件方方面面的疑点透露给观众。

这天晚上丽莎又来了。头天夜里和这一整天疑犯的妻子都没出现在观众和主人公的视野里面，她曾经敞开的窗完全被遮蔽了。于是，主人公就跟丽莎讨论，如果一个人的妻子在房间里，他会不会一整天都不进房间？在这个时候，疑犯的妻子就成了悬念。其实我们什么都没有看到，应该说没有任何后来看到的谋杀的疑点。但是主人公的提问就使疑犯的妻子成为了一个悬念。

这时候主人公加入了一些很日常的工具，这个方式与其说是为了方便主人公的观察莫如说是方便编导者对观众的讲述。一开始他用望远镜，后来他用一个照相机的高倍数焦距镜头。这样一来，对面房间里的很多细节就被他知道了，同时也被观众知道了。我们看到这天晚上疑犯在整理很多器物的时候有一把手锯、一把砍刀（很像我们中国农村里砍柴用的刀）。我们现在不能说这些刀具被疑犯派了什么用场，因为一直到最后这个内容也没进入我们的视觉，到最后我们也不知道他到底怎么处理了尸体。

丽莎作为一个喜欢主人公的女人来看他，把自己的业余时间用来照顾他。然而，来了以后却发现他的兴趣根本不在自己身上，他的兴趣总在窗外，所以丽莎很抵触，对自己被忽略感到委屈。但是很快丽莎也被他拉到这个悬疑当中，她也发生兴趣了。在这一天里，丽莎终于第一次真正意义地拓展了叙事空间，真正冲破了四个边框。丽莎出去了一趟，然后打电话说那个人叫德，门牌号是多少，把这些信息带回来。后来丽莎甚至只身闯虎穴。

第三天。钟点工来之后，主人公把更大的发现告诉她，说有一个大箱子，已经被捆上了绳子，看上去很不寻常。这时候钟点工第一次、同时也是作为第二个人加入了扩大主人公视野的行列，把他从绝对单一的视角当中解放出来。钟点工去看抬箱子的人和运箱子的车，不过她失败了。在整个过程当中，钟点工都是个想帮忙又帮不上的小丑，她的行为、台词都比较喜剧化。

这一天，主人公已经觉到了事情不同寻常。他打电话给了他一个朋友多乐听。多乐赶了过来，也就是说主人公的第三个帮手到了。多乐是一个职业探长。他来之后，谋杀第一次作为一个明确的话题摆到桌面上来，真正的悬疑开始了。前面的悬疑是不明确的，这有一点像《放大》。《放大》最初的悬疑也是不明确的，照片一次次被放大，胶卷一次次被追讨，这些悬疑都是虚空的。观众只是知道有些事情可能发生了。而现在，悬疑第一次定位到谋杀。

多乐这个人物表面上是帮主人公分析案情，是帮助捉凶的，但事实上，多乐的设置还是一个障眼法。因为来自多乐的分析、判断、调查，包括结论都是和主人公的猜测相反的。多乐从一开始就认为主人公是无中生有、异想天开。多乐给每一个疑点更合理更日常的解释。他每次出现都带给我们一些调查的结果，而所有这些结果都在证明主人公是异想天开，都不是帮助质疑的。多乐这个人物的全部意义就是一个障眼法，加上最后主人公性命在生死一线之间的时候，他带人赶到把凶手抓住。

多乐第二次来的时候已经告诉主人公说我调查过了，他妻子出去了。主人公说你见到了吗？多乐说看门人见到的。主人公说看门人见到你没见到，那可能是另外一个女人。主人公对多乐的调查一直很不满意。但是多乐给了我们很多可以证明疑犯不是凶手的调查结果。他还说疑犯的妻子还发了封电报回来，说她已经平安到达。这一切都是障眼法，让主人公所有的判断、猜测、调查全部变得比较虚妄，像一场白日梦一样。

为了给主人公一点温馨，不让他那么孤独，这天丽莎主动留下来。当然这时候主人公的热情根本不在丽莎身上。丽莎觉得很沮丧，因为当她表示今晚可以留下来的时候，主人公一点也没表示出高兴，反而说我这里没有睡衣。让主人公无可奈何的是，丽莎自己带了睡衣，甚至连在睡房里穿的拖鞋都带了。

在有了这么多疑点之后，主人公决定不再仅仅停留在观察、猜测上，他准备往前行动，丽莎和钟点工当然成了他最主要的助手。他写了一个带恐吓味道的字条，让丽莎去塞到疑犯的门缝里。他的角度特别便当，能让观众直接看到丽莎从走廊走上来，把字条塞到门缝里面。里面的疑犯马上察觉到了，走过去把字条捡起来。等他打开房门的时候丽莎已经走了。丽莎回到主人公这边之后，他们从黄页里翻出疑犯家里的电话号码，给疑犯打了电话。电话响了很久，疑犯非常犹豫，最后终于把电话拿起来。主人公告诉他在什么地方见面。疑犯问："你要说什么？"主人公说："我要跟你谈你妻子的事情。"

我觉得这里抖包袱抖得太早了。在这时候疑犯居然已经告诉我们他是凶手了——他说："你要多少钱？我没有钱。"在这么早的时候，这个故事还可以往后展延，但他已经准备用钱去打通这个难关了，他已经告诉观众他就是凶手了。应该说这么早让凶手露出底来，是一个失败。

这片子里面有一只狗，这只狗第二次出现的时候它已经死了。在这里边编导又给我们造了一个悬疑——这狗在找什么？因为这狗死之前一直在小院里有花的地方闻、刨，曾经有一次疑犯把这只狗抓住。狗死了，编导者又给我们下了个圈套，让我们一定以为花下面埋着什么。他拿一张以前拍的照片，然后对照着现在的花圃看，反复地看，就像《放大》里边一样，一定要让我们以为那里有什么。

丽莎和钟点工两个女人非常英勇。在主人公打完电话迫使疑犯出门约会的时候，她们雄起起气昂昂地拿着工具翻墙进到院子里边。钟点工是个劳动妇女，很能干，她很快就挖了一个大坑。主人公一直在窗边密切关注她们。然后编导者给了我们一个钟点工的反切，我们看到她跟上次去看抬箱子的人的时候一样做了一个动作，表示什么也没有，把这个悬疑解决掉了。但是这时候更有热情的丽莎突然来了灵感，她决定既然疑犯已经走了，索性到他屋子里看看。于是丽莎一个人非常勇敢地爬梯、翻窗，进到了疑犯的房间。在这个过程里我们看到了希区柯克的力量——他把危机离当事人有多远的距离告诉观众，让观众跟着紧张。但是当事人并不知道。后来很多悬疑片都用到这个方法。丽莎进了疑犯的房间之后开始翻东西。她翻看疑犯妻子的珠宝包，她把珠宝包对着主人公的窗子倒过来，表示里面的珠宝已经不见了。在丽莎搜检这个屋子的时候，疑犯已经回来了。观众和主人公都知道危险临近了，丽莎成了瓮中之鳖。在当时几乎什么都不能帮助丽莎，但是讲故事的人是上帝，他总有一点办法，而这个办法应该说绝对不是办法。在这一刻，主人公打电话报警。我想希区柯克在讲这个故事之前肯定已经把结尾想好了，然后再来反推前面的情节。丽莎被疑犯抓住之后拼命地挣扎，并向主人公呼喊求救。即使到这一刻，疑犯还是没有意识到主人公是谁。为了不惊动其他人，疑犯迅速把灯关掉了，他房间里发生的事情就看不清楚了。就在这个瞬间，警察一下子压到疑犯门前。我就想，不能给讲故事的人太多的权利，他太上帝了，他让警察在一两分钟之内来到门前，这几乎是不可能的。而如果这个时间稍微拖长一点，像疑犯这样一个强壮的大汉要制服丽莎这么一个瘦弱的美女是不费吹灰之力的，他应该能在一分钟之内置丽莎于死地。他那时候已经受打击了，被人骗出了自己的房子，在他很沮丧地回来之后，发现房子被人搜查过了，而且他现场抓住了丽莎，以他此时的心情来推断，以他接下来的行为来推断，他肯定要置丽莎于死地。但是编导让这个时间延续了一分钟左右，然后警察就来了，丽莎得以活命。

丽莎被警察带走了。因为疑犯那边发生的事情，编导一直没给声音。所以我们能猜测的应该就跟主人公猜测的差不多：丽莎说自己入室盗窃，然后警方把丽莎带走。在丽莎走之前，她背对着警察给主人公打手势，这个细节被疑犯看在眼里。疑犯一抬头，看到了主人公，与此同时主人公慌慌张张地把房间的灯关掉。主人公既然能够看到疑犯的房子，疑犯自然也能看到他的房子。疑犯看到对面的窗匆匆地关灯，一切就明确了。

钟点工已经离开了，主人公房里的灯也关掉了，然后电话响了。这时候紧张的不再是疑犯，而是主人公了。他无可奈何，只能把电话拿起来，电话里一点声音都没有。我们可以这么设想：疑犯在他黑洞洞的房间里面隐隐约约看到对面黑洞洞的房间里的主人公接了电话，或者他看不见。但他知道主人公接了电话了，于是他把电话放下了。主人公的窘迫从一开始就被规定好了，他任何逃脱抵御的可能性都没有，他是一个受伤的人，穿了一个巨大的石膏裤子，连挠脚趾都要借助"老头乐"。

希区柯克只给了我们一条门缝，门缝里透过一丝亮光。希区柯克不断让我们紧张，给我们黑影，给我们脚步声，最终一个人把门推开。

我写作的时候不能在散射光下，必须得在聚光灯下，这样才会有幻觉。这跟舞台剧的道理是一样的，舞台上的灯光也能造成幻觉的效果。而电影院的银幕也有这个效果，因为电影放映本身用的就是投射光，除了银幕之外的地方都是黑的，这就把观众的注意力完全吸引到银幕上，吸引到情节当中去。所以这部片子结尾到来之前的一刻让人特别紧张，真正高潮到来的时候倒不是那么可怕，就像中国民间常说的：脑袋掉了不过碗大的疤。但是假如有某种危险在该来的时候还没来，延迟这个过程，心理的恐惧就会一下子放大好多倍。

这片子用了单一视角，然后用三个人，其中真正对主人公有帮助的只有丽莎一个人。丽莎基本上是站在他的立场上。钟点工是一个盲目的执行者，在两次帮忙上都没有起到对案情判断有积极意义的作用。多乐是站在他对面的立场上的。故事始终用单一视角，被窗户的四条边框限制住，边框之外的事情我们无法知道。他最终能把这么复杂的故事讲完，让今天的人们还能一口气看完，这个力量背后肯定有一些东西在。比如究竟发生了什么？在危机之下究竟有哪些可能性？这些东西虽然是由主人公和丽莎、钟点工、多乐在讨论中传达给我们，但事实上很多东西之所以能被我们认定是利用了我们在生活中的普遍经验。这有点像写小说，聪明的小说家就会有效地把你经验中已经有的部分省略掉，让你非常便捷地走到你自身的经验当中去用经验去补充他省略的部分。

比如，海明威最典型的经验省略：在《永别了，武器》的结尾，卡瑟琳因为难产死了。亨利要去病房看她。

"你不能进去。"

"我可以。"

"你不能进去。"

"我可以，你出去，你也出去。"

海明威什么也没写，只给了我们几个片段，但是那个屋子里面有什么人，发生了什么事情我们都清楚了。里面除死者外还有两个人，应该都是医护人员。

希区柯克在《后窗》里面利用的也是我们的经验省略。同时，他把经验省略这个特别有效的工具交给了主人公。那个时候的编导者对观众的信任不如今天，我们在看这个故事时发现他早早地把疑犯点破，而且主人公所有的推测判断没有一点失误，完全是直线地把疑犯最后变成了凶犯，这个过程在今天看肯定显得简陋。

　　不管怎么说，我从内心还是特别推崇希区柯克这部经典片。今天的电影已经完全变味了，变成了完全不相干的两个极端。一种是我们称之为"大片"的东西，完全是视觉轰炸，每一秒都要用大量金钱来堆砌。另一种好莱坞以外的能做的电影只能是一些文化片，是分地域的、分人种的、以文化内涵为重心的片子。法国曾经特别自豪，认为自己是这个世界新的艺术的发源地，法国电影一度为自己的历史自豪。但事实上法国在诞生了那么多电影大师和优秀电影之后，到上个世纪七八十年代，发现再也撑不住了，什么文化什么艺术什么哲学都经不住好莱坞的冲击。原来那么自负的欧洲人、法国人只能筑起墙来，以国家的方式限制好莱坞电影的流入。

　　虽然《后窗》曾经是好莱坞的东西，但它已经和今天的好莱坞完全不同了。《后窗》给我们的启示是，像我们这样不太发达的国家，没有很强的经济能力的人群是否能做出把观众领到电影院的、让观众喜欢的电影。《后窗》在很多年以前就给我们做了很好的榜样——只要有好的想法，即使没有很多钱也能做出好看的片子。这里面有很多潜力可挖，而最大的潜力就在希区柯克的片子所走的路线——"悬疑"里面。人类的好奇心是永无止境的。

第三章　卓别林：《舞台生涯》

　　《舞台生涯》按中国的分类法肯定要归于梨园篇，虽然舞台在片子里出现得比较晚，差不多一个小时以后舞台才真正出现。在这之前，两个人的生命中没有太多的舞台的内容在里面，也没有给我们太多的舞台。

　　在真正的舞台出现之前，出现过两次舞台。第一次是用回溯的方式，他在鼓励了泰丽莎，拯救了泰丽莎的生命，把移动门拉好之后，倚在沙发上。睡觉之前，他在那发呆，然后给了一个倒叙的镜头。那段镜头里面，他是个喜剧演员，他演的是一出独角戏，是《世界上最伟大的驯兽师驯跳蚤》——那是一个舞台。在那里面我们知道他属于舞台，他的生命是在舞台上发光的。第二次出现舞台的地方是他做了一个梦。他说："我做了一个梦，梦到和你同台演出。"这一段不是独角戏，是对手戏，他和泰丽莎的对手戏。他先过去拿一朵玫瑰花吃掉，然后泰丽莎过来。看这一段的时候我们会很习惯地认为这就是又一次舞台的回忆，但是等后边故事讲出来的时候，原来再也没有关于舞台的倒叙的回忆了。这一段是他的梦，但是事实上离他们生活中的舞台都还有距离。

我自己写过几个舞台剧。我知道舞台剧中——有很多人都没怎么看过舞台剧，因为舞台剧的萎缩很厉害——对演员而言最辉煌的一刻就是谢幕。什么也没有谢幕重要。我曾经看过一个世界名剧《凯恩号哗变》，是美国原来的那个导演赫斯特——他好像是演巴顿将军的那个演员，后来导舞台剧——到中国给北京人艺，给中国最好的剧院导《凯恩号哗变》。不说这个剧情，就说谢幕。谢幕那一刻，我们大家站到那，所有看这部剧的人眼睛里都是泪。因为我是个比较好奇的人，我的职业让我做些莫名其妙的事情——我自己很激动，但是我能出戏。我跟剧院的头儿关系比较好，他们给我最好的座位，第一排，贵宾席。当时我站起来鼓掌，眼泪"刷"的一下就掉下来了——谢幕的场面真是太辉煌了。谢幕是要专门排练的。我热泪盈眶的时候突然一下子出戏了，我想知道这时候别人怎么样。我回过头，我个子在人群当中肯定是很高的，加上剧院的椅子是渐次升高的，我一下子看到那么多张脸，在那一刻全是泪花晶莹的。这是作为观众的感受。

我自己的剧在演出结束的时候，也许场面没有世界名剧、世界名导演跟中国最杰出的话剧演员合作得那么激动人心，也许最终场内不过只有三层观众，寥寥无几。但是在他们鼓掌的时候，这些演员的那种激动——很多人不是一个剧团里的，所以不是很熟，但是那个瞬间大家都拼命地抱在一起。演戏是个特别激动人心的事情，尤其是谢幕。

那么对卡贝罗这么一个职业演员来说，什么才有意义？真的就是我们看到的电影的结尾。他那么久颓丧，那么久萎靡……像我马原一样，我现在也颓丧也萎靡。我作为一个小说家，我不能把小说写出来、拿出来，让我过去的读者、让我新的读者去认识我，现在在这里谈人家的小说……这个情形、这个心境都很相似。所以我能体会到他在萎靡多日、甚至萎靡多年一蹶不振的情形下，一个偶然的意外——他住的房子里邻近的房间出现了一个因为病痛想自杀的芭蕾舞演员，卡贝罗去救她、去教化她，在这个过程里边他被自己所感染，他让自己去体会生命，尤其是余生的意义。

卡贝罗出现的时候已经摇摇欲坠——最初的镜头是卓别林最让人难忘的形象之一——他给我们的是一个背影，摇晃，摇晃，摇晃，掏出钥匙，瞄钥匙孔，瞄半天瞄不准，摇晃，摇晃……最后他用手摁住锁孔。锁孔不会跑，但是这个小的动作里面，内心的东西多丰富啊！是锁孔在动，它不让我找到它。动的不是我，世界在动，我要用手扶住世界。卡贝罗刚一出现那个瞬间，他那种心态，那精神状态——说实在的，如果你看完了这部电影，你可能不流泪，但你很难不心酸。在他出现的那一刻，他那摇晃的背影，他拿着钥匙去找锁孔的左手，他的凄惨、他的无助、他的尴尬尽在其中。

在发生了那么多事情之后，他居然有那么一个结果，对于一个演员是多大的鼓舞啊——当时他坐在那鼓里，泰丽莎过来跟他说话，她说："现在的掌声不是花钱雇来的，现在他们是实实在在地在鼓掌。"他作为一个老演员，一辈子在舞台上，他不知道什么是真的什么是假的？雇来的观众的捧场和真正的狂热的捧场是不是一回事？肯定他比任何人都清楚。所以讨论他为什么这时候死，我倾向于是导演让他死。这时候他要不死他也没有意思，我都想不出来他活着还有什么意思。他要活下来，泰丽莎肯定要嫁给他，泰丽莎甚至告诉耐比尔自己要结婚了。耐比尔在餐厅与泰丽莎偶遇的时候（肯定是导演安排的），我们甚至可以认为是耐比尔故意在那等泰丽莎，泰丽莎就告诉耐比尔自己要结婚了。如果卡贝罗活下来就真的是一种很无趣的情形。

卓别林自己确实没在演这个电影的时候死去，他后来还活了很久。他后来的生活我大概知道一点，他选择了瑞士。他最后一个妻子叫乌娜，是大剧作家奥尼尔的女儿，卓别林比乌娜大非常之多。卓别林有过很多个妻子，有很多个孩子。他后来的生活确实像《舞台生涯》里面卡贝罗对泰丽莎说的那样："我老了，现在想的就是买一小块地，种一点东西，过一种安安静静的日子。"在筹划"纪念演出"之前，泰丽莎重新找到他的时候要他回去，他不回去，泰丽莎还用那种生活诱惑他，说："我们现在就可以过那种生活，我们可以去买一块地，可以安安静静过你想过的那种日子。"《舞台生涯》是卓别林的谢幕之作，后来卓别林就是在瑞士过上了那种日子。

我们写小说的人有一种说法：当故事写到很难结尾的时候就让主人公死掉好了。不瞒各位，我这辈子杀了不少人，我创造了几十个人，也许一百多个人，但是我起码杀掉了十几个，可能还不止。

最近在编一本《马原悬疑小说集》，这本书的责编对我的小说比较熟悉，他就在我的小说里面找杀人故事，他找了十几篇杀人故事。我随便一想就有那么多悬疑、那么多死亡。这个方法是讲故事的人最后的法宝，要不这故事真是没完没了。不然怎么继续？泰丽莎到底嫁给谁呀？她跟耐比尔看上去那么般配，跟卡贝罗一点都不般配。我认为编导无法驱使这个故事向别的方向走。二十世纪初的时候，德国的大剧作家布莱希特提出了一个方法论：间离。这也是讲故事的一个很有效、很简约的方法。编导是电影的上帝，就像小说家是小说的上帝一样，编导认为那时候主人公要死掉了，于是杀了他。

卡贝罗因为什么而死？是发心脏病了吗？心脏病的发作和抢救我都在近距离看到过，根本不是那个情形。说是受伤而死，掉进鼓里受的伤会致死？这个无论如何也不能说服我。我更愿意说，在一个辉煌的谢幕的一刻生命结束是一个最恰当的时机。

我有一个很残酷的说法，在我的生活当中、小说当中有一个很著名的事件。它著名不是因为我经历了，而是因为我写过那个小说。我个人一篇很著名的小说叫《冈底斯的诱惑》。那里面我写到一个我在拉萨时的同事，西藏电台的一个编辑，是个绝色美女。她的爸爸是个上海人，妈妈是藏族，她是藏汉混血，非常非常美。她每天上下班途中有很多男孩、男人等在路上就为看她一眼。回想一下那个时代的美女，刘晓庆、甄婷如，包括现在还给"婷美"做广告的中野良子……那些美女跟她比起来真的很逊色。当时谁有幸认识她，谁有幸跟她说过话，谁有幸知道一点她的事都会变成让周围人羡慕的人，我是其中特别幸运的一个。当时刚到西藏，我的样子可能也有一点怪模怪样的，我比现在要帅一点，比现在瘦得多。我不知道她在哪一个办公室，因为我在汉编她在藏编。我去到藏编那边办事的时候无意中就撞进她的办公室，居然就只有她在办公室里面。我当时要找另一个编辑，所以我就问某某在不在。她说："他不在，马上就回来，你坐一下吧。"我当时确实没着急走。怎么也没想到有这么好的一个机会。因为她是拉萨一个太著名的美女了，当时我们一起进藏的大学生全部跟我打听她，她叫纳吉卓嘎，每个人都要问她，她实在美得一塌糊涂。我坐下之后，她给我倒了一杯水，然后说："你是从沈阳来的？"又说："你是辽宁大学毕业的？"我当时心里好得意，我想她那么注意我啊！我没跟她报过我履历啊，没跟她报过我籍贯啊，她怎么都知道？我那个得意啊！

但是事情快到迅雷不及掩耳。在那次短暂的接触之后几天，她死掉了。她死于一场车祸，那车祸完全是人为的。据说那个小伙子很久以前就开始每天下班在门口等她。她骑自行车，那小伙子也骑自行车。纳吉卓嘎已经结婚了，她老公是自治区副主席的儿子，也就是副省长的儿子，实际是高官的家庭。要在现在肯定就有车了，不过当时还是骑自行车。那小伙子在她身边一会儿前一会儿后不停地骚扰她，她就有点紧张。当时拉萨的路也不太宽，车很多，拉萨出车祸是经常的。当时她就像花，那小伙子就像蜂或蝶一样，萦绕不去。后面有汽车按喇叭，纳吉卓嘎正好在路中间，她应该往内移动一点，但那小伙子在那，她不好移，她想冲到对面去。对面来了辆大卡车，一下子就把她撞了，前额撞烂了，当时就死了。

　　这故事我可没说是真事，是我小说里写的。我把这故事写完之后特别得意，暂时充当一下上帝的马原这时候特别得意，得意到我很难用语汇描述。我突然觉得这是最好的结局。后来我们知道当时她二十六岁，如果一个女孩子的花季从十六岁开始，那么到了二十六岁真的是快要凋谢了。现在四十岁的女人也希望人家叫她"女孩"，我们那个时代不同，那时一个女孩子结婚、生孩子之后，"女孩"这个称谓就结束了。现在想一下，纳吉卓嘎一九八三年的时候二十六岁，现在应该四十五岁了。一个四十五岁的美女很让人难过，如果现在我把她介绍给人们说："这是我在《冈底斯的诱惑》里描写过的美女，在那个里面我没用她真名。"这真难想象。一开始我写这个故事的时候我觉得挺残酷的，因为我写在她死的三四天之后去看天葬，按照时间应该是她出殡的时候。我们一路偷偷跟踪去天葬台的车的过程里边不停地在设想是不是她。我们没打听她究竟是下葬还是火化还是天葬，但是我们都是她的仰慕者。为什么我们那么强烈地希望是她，希望看到她的天葬？天葬是怎么回事？天葬是在一块巨石上，把尸体上的肉都刮下来喂老鹰。

　　后来我就想，我写这个故事的时候，虽然这是我生活中真真切切感受到的，但我干嘛要那么残酷呢？后来我发现，我真不是坏人，我想说，我差不多使她不朽。她已经死了很多年了，现在《冈底斯的诱惑》这本书还在卖，我不谦虚地讲，也许一百年以后《冈底斯的诱惑》还会卖。她是因为活在《冈底斯的诱惑》里面才得到永生，她的生命因此得到延长，而且从来没老过。谁看《冈底斯的诱惑》的时候都知道那里面有一个美女，一个绝色美女，是一个汉藏混血儿。我这么说的时候，除了有一份快慰以外也有一份骄傲，我把一个真正存在过的美女做成了标本，我让她像活着一样。

话题扯远了。

《舞台生涯》里边我还有另外一个问题：那个叫弗洛伊德的医生。这医生告诉卡贝罗，泰丽莎没有生理上的病，她是心理病，要用心理分析来治疗。卡贝罗是听了弗洛伊德的话，用心理分析才治好泰丽莎。里面涉及到弗洛伊德学说里最核心的部分：心理障碍、潜意识。

那里边出现的弗洛伊德就像我们看《阿甘正传》里边的"猫王"一样。又比如在《黑暗中的笑声》里面，纳博科夫讲主人公碰到了一个作家——康拉德！这是西方盛行的创作方式，欧美一直有这个传统——他们的文学、艺术中，个人总是和历史相遇。

《舞台生涯》中，卡贝罗刚把煤气中毒的泰丽莎放到楼梯上，推门出去，下一个镜头就是他推门出来。观众会有一个疑问，之前他摇摇晃晃上楼梯开门，那应该是个高出地面之上的门，这次他出门怎么是从地下上来的？但是马上跟着一个字幕：药店。他不是从那套公寓的大门出来，他已经去了药店，现在是从药店出来，后面就跟着弗洛伊德。弗洛伊德在里边居然就是一个药店的老板，多有趣！《阿甘正传》里面也用到这个手法，把美国那三十年（二十世纪六十年代到九十年代）当中发生的重大事件都串到阿甘身上了，就是让个人与历史相遇，这时候原来哪怕不那么大的故事也因此而大了。那个医生究竟是不是弗洛伊德，我们知道他不是那个弗洛伊德。在电影里他是药店的医生弗洛伊德，但是这个弗洛伊德居然也跟我们讲心理分析。

今天我们看这个电影肯定会觉得节奏有一些问题，比如里边有非常多的演出。电影的历史是最短的，比舞台剧的历史要短得多，所以电影最初总是离不开传统的表演，因为那时候它对自身的潜能还没有充分地挖掘，那时候电影人还处于一种不太自信的阶段。

《舞台生涯》是典型的早期电影，在这里面我们还能看到大量的舞台演出。我们回忆二十年前最早受欢迎的电视娱乐节目是今天我们最不屑看的一个节目——相声。另外一些节目因为电视的潜能逐渐被挖掘而出现，比如小品。小品在过去的舞台演出里边占的分量特别小。后来我们东北的笑星主宰了电视，很大程度上是因为小品历来是东北民间的一个传统节目，就像广场戏一样，它有个称呼叫"拉场戏"，就是大伙往那一围，跳二人转，在里边又唱又跳。我说点民间话叫"耍狗砣子"，就是耍活宝的意思。事实证明在电视这种媒质上它特别容易展开。原来特别适合在舞台上展开的比如相声，在电视上的活力、可能性相对就更小了。所以相声严重萎缩，它在娱乐里边占的比例就非常小。还有另外一种娱乐小节目"双簧"，几乎已经消失了。因为它不特别适合今天的媒质——电视。今天我们看，事实上歌舞这种节目并不适合电影这种媒质，但是在电影的初期和中期，电影还是大量地借用舞台的传统表演模式。

《舞台生涯》里边特别脱节奏的是那几场舞台表演，包括卡贝罗的回忆和梦境，还有泰丽莎舞蹈的几场戏。这些戏尽管编导者在最初设定的时候考虑到让演出不脱离整个电影故事的剧情，但事实上它是特别脱节奏的。计算了一下，每一场戏大概都有四五分钟，甚至六七分钟，最长的那场戏（卡贝罗饰小丑给病榻上的女孩表演，紧接着泰丽莎独舞）有十几分钟。这个在现代的电影观念上简直是不可想象的，特别脱节奏。这些情节导致这部影片看上去不像今天的电影的节奏那么丰富。你看了不会觉得它是今天的电影，一看就知道是昨天的电影。

尽管今天从纯粹欣赏、纯粹娱乐这个角度上说，那些戏应该算一个缺陷，但是我愿意为卓别林辩一句：事实上不是。就像十九世纪、二十世纪上半叶的小说一样，那个时候人类的生活节奏远没有现在这么快，人没有匆匆忙忙一定要看快节奏的东西，一定不耐烦地坐在电影院里边、坐在剧场里边，不是拿着遥控器不停地换台。遥控器的选择真是最残酷的选择了，所有拍电视节目的人最恐惧的东西就是遥控器，遥控器换台太便捷了。原来只有八个台，要用手动去换台，要从沙发上、床上跳下来，爬起来，走过去，要按一下，这样才可以把台换掉。现在用遥控器，平均一秒钟可以换两个台。现在生活的节奏，人们对视觉上的要求越来越快，到最后哪怕是电影发源地的欧洲都不会做电影了，全世界光剩下好莱坞和香港会做电影了。所以，在一个相对平缓、相对心平气和的节奏的年代里面，这个电影一点也不是我们今天看到的这么让人不耐烦、让人打哈欠，甚至中途离去。

现在的电影经常拍得像MTV一样眼花缭乱的。像最近的《花眼》据说就是拍得像MTV。还有我们同济了不起的绿洲剧社的同学们做的那个在大学生电影节上获奖的影片……都是快节奏的，会眼花缭乱的。我敢说这样的电影拿回到《舞台生涯》那个年代大家完全是糊涂的，搞不清楚那么快的节奏里究竟说了些什么东西。现在看音乐电视都觉得太不算一回事了，可是最早中国电视上出现的音乐电视还是西方经典音乐，都是十九世纪的大作曲家的一些大家耳熟能详的作品配上一些欧洲的非常美的环境，流水、天空、牧场、古堡……那个节奏已经舒缓到不能再舒缓了，可我当初第一次看的时候就看糊涂了，这是想说什么呀？我都没明白它要说什么。后来我才知道人家那是给音乐找的画面。

严格地说，《舞台生涯》是另外一个时代的产物，不一定特别合今天观众的胃口。我作为一个过去的那个时代的见证人，很愿意找一点问题来讨论，但是我都确实没有能力挑出几个能让大家反复质疑的问题——这个电影我看过多次了，可是很难找出破绽。

卓别林在电影史上是一个戏剧大师，这是早就有定论的，他无论做导演还是做演员都是一个喜剧大师。在卓别林诸多对电影的贡献里边，首先是他特别精通视觉和人内心之间的关系。我记得当年很著名的一个影评家写卓别林，说卓别林有一个特别著名的镜头：他抽泣的背影。那个背影那么打动人，你甚至觉得你都快哭了，只有内心有巨大的悲痛的人才会抽泣成那个样子。但是镜头调过来一

看，他其实是拿一个东西在搅水。他那种让情感、让情节化入视觉
的转化能力几乎是非凡的，真的很难想象。在《舞台生涯》里边，
卡贝罗开导泰丽莎的时候，他学"微笑的花"、"哭泣的花"……那
种手势和表情，我真不敢去试一试。我要做那鬼样子一定会把大伙
吓到，但是卓别林太厉害了，完全不是用语言可以描绘的。还有我
前边说到过的，他去找锁孔。他用手去扶锁孔这个手势里面的含义
真是妙不可言，世界是晃动的，他要用手把世界扶住。

　　卓别林多部电影都是自己作曲。他除了是最卓越的演员、导
演、编剧之外，还是个最卓越的音乐家。他好多音乐作品在音乐史
（不是电影史）上都是不朽的杰作。那旋律一起来，全世界的人都
熟悉。还有他的舞蹈，他甚至可以在一个圆桌面上轮滑——轮滑最
早的大师肯定是卓别林，在那么小的桌面上轮滑得眼花缭乱，完全
是第一流的杂技演员。他既可以是一个地道的琴师，又可以是一个
疯狂的艺术家。他在他的演出到了最疯狂的那一瞬间时就成了一
个——用我们现在的话来说就是——充满了表现主义表演意味的艺
术家。

　　接下来我从剧作上把《舞台生涯》梳理一遍。

　　可能在无声片时代，电影的剧作有很多即兴成分。但是到了以
讲一个完整的故事为目的的有声片时代，电影剧作部分就开始变得
重要起来了。我们知道电影实际上是一种工业，而有声电影是电影
真正走进工业化的一个标志。在有声片时代，电影的剧作、制作、
发行都已经和市场化全面连接在一起了。

《舞台生涯》比较长，两个多小时。电影到了已经成为人类主要娱乐内容的时候，慢慢变得更合乎观众的心理节奏，后来长度都控制在我们今天习见的九十分钟左右。据搞电影科学的人的说法，人在一次娱乐过程里面（特别是在电影院、剧场里面），最好的时间长度应该是九十到一百分钟。包括话剧也力求把长度限制在九十分钟里边，超过这个时间人们就要打哈欠、不耐烦。但是早期电影还没那么科学化，没有把各个指标都量化，所以我们看到的早期电影长度都比较乱，有的长有的短。我想这是制作者根据故事本身的需要，根据自己讲这个故事的内心需要来限定电影的片长。

《舞台生涯》里边有一些我们今天看起来比较沉闷的部分。比如那几场舞台戏，总括起来几乎有半个小时之长，这在今天是不可想象的。但是不能说那几场戏都长得没有道理，有的还是非常必要的。比如那场泰丽莎的独舞。当时卡贝罗也参与了那出舞台剧，在两场戏的间隙里边，泰丽莎突然又觉得自己的腿不能动了，卡贝罗打了泰丽莎一个耳光，泰丽莎特别吃惊，尖叫着跑开，实际上卡贝罗是把泰丽莎的心理病一巴掌打飞了。那么接下来的那场戏中戏肯定是既不脱节奏也紧凑有力——它本身就是推动情节发展的。尤其是结尾那出"音乐妙韵"，卡贝罗辉煌的告别演出，那是全剧结构当中最高潮的部分，是强有力的部分，肯定是必要的。其他的几场戏中戏应该说都是比较沉闷的，按今天的眼光看可能都要砍掉。假如我是制片人——虽然它是卓别林大师——把它们砍掉我一点都不可惜，因为它不再符合今天我们看电影的心理。

在最初的十几分钟里面，醉鬼卡贝罗从外边回来，遭遇了一个自杀的女孩。他撞开门，把女孩扛到楼梯上，然后去找医生。他买柳丁汁回来时碰到女房东，用带一点调情意味的方式说服女房东让泰丽莎留下来。这么几场很紧凑、节奏很快的戏构成了第一个单元。到这的时候，我们完全不会觉得这片子冗长，今天说《舞台生涯》是带很强古典主义色彩的电影。可是前边这部分很像现代主义电影，节奏快，有强烈的喜剧色彩。

第二个单元在今天看完全可以砍掉。是卡贝罗回忆自己演的独角戏，表演驯跳蚤。我们今天仍然要佩服卓别林的喜剧天才，几只不存在的跳蚤怎么从袋子里出来，怎么在他的两个手背间跳跃，怎么在空中翻跟头……他都以形体的方式表现了出来。但是即使在片中，这也是一场让观众不能忍受的表演。他表演完之后一下子惊呆了，因为整个剧场里边一个人都没有，真是尴尬到了极点，职业的尴尬、人生的尴尬。应该说这一段的用意在这里使用得比较成功，但是我仍然觉得那场戏中戏是不堪忍受的。

卡贝罗悲凉的现状是这个单元的主题，他夜里醒来，在床上瞪眼发呆。在他回忆之前是那几个流浪艺人在街头的镜头，他们在后来的戏中也出现过。

下面一个单元大概有十分钟。卡贝罗和泰丽莎形成一种新的关系。泰丽莎不能驱使自己的行动，她既是一个心理瘫痪又是一个生理瘫痪的女孩。老卡贝罗和她同住一个屋檐下，这个事实是不得已而为之，因为医生说泰丽莎身边必须有人照顾，卡贝罗担负起这个使命。所以他们开始做假的夫妻，这是卡贝罗告诉泰丽莎、告诉房东，也是告诉观众的。在这里面我们知道了泰丽莎自杀的一些原因。她是学舞蹈的，腿却麻痹了，不能站起来了。这就像是搞音乐的人失聪，搞绘画的人失明。这时候我们看到的是一个乐观的卡贝罗，没有人会认为他是一个自身已经濒临绝境的人——一个酒鬼，一个过气的演员，还是一个有心脏病的老人。实际上他个人的生命已经在一种特别的危机之下了。但是在这场戏里面我们见到的卡贝罗完全不是那种情形。

我以前写过一个小说，一个从西藏回内地的男人，发现生活变得没有意义了，生活节奏失重了。这时候只有意外，只有完全在常规之外的事情发生，才使生活突然有了意义。因为他深深地介入到与他的生活不相干的事件里去，他的生活才突然有了意义。

卡贝罗和泰丽莎这么一种特殊的状况让卡贝罗本来已经绝望的生活突然变得非常有意义、非常积极。比如他问泰丽莎生活是什么，泰丽莎说这太深奥了，卡贝罗就说生活不过就是一种愿望，人活着就像动物和植物一样，是为自己的某种愿望而活。泰丽莎往后的生活还很长，她的可能性几乎是无限的，但是由于某种特殊的疾病带来的心理压迫让她突然绝望，甚至自杀。在这么一种状况下，卡贝罗撞上了她，卡贝罗的生活就因此有了意义。救助泰丽莎，让她重拾生活的勇气，成了卡贝罗这个行将就木的老人特殊的生活意义。

在他们俩的关系里面，应该说卡贝罗至少是个君子。泰丽莎跟他同居一室，是个漂亮性感的女孩，但卡贝罗对她没有一丝非分之想。但我个人分析，情形并非如此。卡贝罗有两次露出马脚，后一次就是在他掉到那面大鼓里面，被大家抬到后台的时候，泰丽莎那么紧张、那么难过，卡贝罗安慰她。在那个瞬间我还是看到了，哪怕是一个老人，他仍然是一个男人，仍然憧憬着有像泰丽莎这么一个漂亮的女孩做他的女人。因为在那场演出里面，他真正恢复到他的巅峰状态，真正让观众鼓掌、激动，这时候他心里突然有了信心，对自己和泰丽莎的关系突然有了想法。他说了一段有点自负味道的台词，他说："我们两个环游世界（他说的是'我们两个'，这一直是他们之间一个不切实际的话题），我演喜剧，你跳芭蕾。而他呢（指钢琴师），在月光中向你求爱。"在这个瞬间我突然意识到，卡贝罗作为一个男人、一个艺术家，内心还是深藏着一种渴望，他还是喜欢泰丽莎的，他希望这个女孩是自己的女人，希望和她之间会有共同的生活、共同的故事。而前一次露出马脚是在接下来的一场戏里边。

下一个单元也是我认为可以砍掉的，哪怕它可以透露出卡贝罗内心的秘密。在这里边，卡贝罗做了一个梦，在梦里他是一个喜剧明星。他去田野上摘了一朵花，用特有的喜剧动作把花瓣一口一口地吃掉。接着美丽的泰丽莎出来，他们之间进行了一场非常具有喜剧色彩的对白。在那个时候，泰丽莎对他而言还不是一个舞蹈家，她仅仅是一个村姑。我自己人到中年，深有体会：不是只有女人渴望年轻，男人也一样。我看这场戏的时候就能觉得，老之将至，内心仍然渴望年轻、渴望美好。在他的梦里边，他的扮相是年轻的，是流浪汉查理（卓别林早年在无声片里塑造的角色），是那个有活力有幽默感的卓别林。当时泰丽莎挽起卡贝罗的手臂时，他突然看看自己的指甲，然后在泰丽莎的胳膊上蹭了蹭，典型的流浪汉查理的动作。那个动作本身是很年轻的、很调皮的，是男孩的动作，它居然发生在老年卡贝罗的梦境当中。

我记得卡贝罗当时开导泰丽莎，用一条鱼做道具。他说人在生活里总是需要玩具，对不同的人、不同的动物来说都有玩具。而人的玩具从根本上说是在头脑里。而且头脑是所有幸福的源泉。玩具是由你自己创造的。我们看到一个本来离死神很近的老人正在劝导一个青春勃发充满活力的生命，位置是倒置的——生命最有活力的反而轻生，而一个行将结束的生命在开导年轻的生命。然后卡贝罗告诉泰丽莎说，实际上我自己的问题也不少，我有心脏病。而且我酗酒，没有酒就没有灵感。但是我认为我找到的灵感，事实上并不是真的灵感，我的喜剧再也不能使我的观众发笑了。事业上的失败、身体上的衰败、创造力的衰退形成了恶性循环。卡贝罗在讲这些的时候，都是在让泰丽莎振作，告诉她应该抓住生命、抓住活力、抓住创造力。在这时候我们还可以把卡贝罗所说的看做是他拯救泰丽莎的一种手段，我们并没意识到他人生的窘迫有多严重。故事接下来讲的才是命运的残酷。

卡贝罗收到一封电报，叫他去试一个节目，他去了。制片人对他说这是一个小的演出，不要用他的名字。卡贝罗说自己的名字是金字招牌。制片人说，得了，我真不忍心告诉你。你是票房毒药，只要你的名字一出现，观众准会被吓跑。一开始我们看到的卡贝罗是个非常谦和的人，但是到了制片人那故意装腔作势的，好像要维护自己最后一点尊严。但是制片人说了那句话之后，他一点尊严都没有了。他说那他们需要我做什么？制片人说，哪里是他们需要你，他们实在是看我的情面，给你一口饭吃。这时候卡贝罗的悲惨、窘迫，我们一下子看得清清楚楚。

从泰丽莎对卡贝罗说的话中我们知道，她原来是个学舞蹈的女孩，她和姐姐两个人一起生活。突然有一天，她和同学一起在街上撞上她姐姐，发现她姐姐是做妓女的。她当时特别受打击，她知道姐姐卖淫是为了供她学舞蹈，所以她突然对舞蹈厌烦得不得了。她不觉得卖淫是个社会问题，她想的只是姐姐卖淫来供她学舞蹈，所以舞蹈这东西脏死了。于是她就辍学了，而她姐姐为了让她心理平衡离开欧洲到南美去了。后来泰丽莎在一个小文具店里当售货员，一个很穷的钢琴家耐比尔经常来买曲谱纸，每次她都多给他几张。有一次泰丽莎知道耐比尔身上只剩一点钱，于是她像往常一样卖给耐比尔曲谱纸之后找给他五毛钱，耐比尔说我没多给你钱呀，泰丽莎说我不会弄错的。这时候老板出来问有什么事，泰丽莎说我应该找给他五毛钱，他不记得了。老板就让耐比尔把钱拿去。后来老板一数钱箱里的钱，马上发现了问题，立刻就把泰丽莎辞退了。

卡贝罗听了泰丽莎的叙述就说，你马上就能重新站起来，你会成为一个出色的舞蹈家，而他会成为一个出色的钢琴家，你们在皇室的晚宴上相遇，你穿一件粉红色的晚礼服，他告诉你他爱你，这时候你告诉他你就是曾经在文具店帮过他的那个女孩。卡贝罗给泰丽莎描述这么浪漫的爱情，他希望泰丽莎能有痊愈的信心。他的描述后来果真灵验了，当然这是很戏剧化的，是编导者有意为之。然后卡贝罗说你一定可以站起来，他带着泰丽莎跳舞。卓别林本身就是一个高超的舞蹈家。接着卡贝罗对泰丽莎说，因为对你的说教，我自己的生活也变得有意义了，我在说服你的同时也在说服我自己。

当时他们交不上房租，面临被房东赶出去的局面。有一个细节很有意思：房东太太来催房租，卡贝罗跟她调情。一个老头跟一个肥胖邋遢的老太婆调情，那真是很恶心啊。

卡贝罗终于还是去了咖啡馆的演出，他老调重弹，又吃到了苦头，观众起哄、离场。对一个演员来说，最可怕的就是这个，真不如杀了他。这次打击突然把卡贝罗和泰丽莎的位置换了过来，绝望到极点的卡贝罗回到家后颓丧不堪，一直被他开导的泰丽莎反过来开导他，想让他重新对生活充满热情。泰丽莎当时虽然生理上还没站起来，但是心理上已经清醒过来了，在开导卡贝罗的过程中，她突然自己站起来了，她自己都不能相信，她在一个很慢的节奏之下居然说了七次"我会走了"。真是不可思议，一件可见的事情用嘴去说，演员在一个特定的环境里面，一句台词说了七次，而且不是连续地说，是有间断的，这在电影史上差不多是绝无仅有的。泰丽莎实在是太兴奋了，她在精神上复活之后，躯体也一下子站起来了。这个瞬间，两个人的位置来了个彻底的大调换，回到了正常的自然法则之中，有活力的年轻的生命给不再有活力的生命支持、激励。

由于生理上的彻底恢复，泰丽莎突然对生活充满了信心，她马上表态说我们一定要一起生活，这是她第一次向老卡贝罗求婚。泰丽莎重新登台后一下子就获得了成功，这时候电影基本上走到一半的长度。在一半之前，两个人的位置是颠倒的、不自然的、和造物主一直是相扭曲的。但是后一半变成了一种我们习见的情形。

成功以后的泰丽莎年轻、美丽、充满活力，但是她有一个家，家里有一个老人。当她演出完回家的时候，家里正有一场流浪汉的音乐会，是卡贝罗和在梦境那场戏之前出现的那三个街头流浪音乐家一块搞的老年音乐会。而在这个时候还有一个很有趣的细节：房东太太进来了。一个年老的过气演员，一个应该说是社会底层的老太婆，他们才是同类，他们才应该凑到一起。而卡贝罗和泰丽莎在一起是特别不和谐的，既违反常情常理，也违反自然。

几个人看见泰丽莎回来都知趣地离开了。泰丽莎就对卡贝罗说你身体又不好，应该好好休息，现在生活好转了，我不是找到工作了吗？下面的戏很感人。年轻美貌的舞蹈演员泰丽莎给刚刚还在和一群流浪汉鬼混的老人脱鞋、给他吃药。我们可以看到，卡贝罗并没有因为泰丽莎的振作而改变，相反他再次显出老态，因为泰丽莎不需要他了，他的生命重新回复到从前那种无意义无希望的状态中去。所以这时候的卡贝罗眼神特别悲惨，一点欢乐都没有。

后来有一次，卡贝罗陪泰丽莎一起去试镜，去的时候卡贝罗兴致蛮好的。但是去了之后才发现，泰丽莎在舞台上才是光芒四射的，她成了中心人物。而坐在舞台角落里的卡贝罗完全没人理他。那时候还有另外一个配角：耐比尔，他给泰丽莎伴奏。当时泰丽莎的魅力一下子就把他吸引住了，于是他试图跟泰丽莎搭话，但是他很羞涩。然后，一帮人出去了，把卡贝罗那么凄惨地单独留在舞台一角，他的全部凄惨达到了顶点。卓别林不会让这个角色完全被忽视、完全被打倒，最后是已经走出去的泰丽莎又回来了。她离开簇拥她的那些人自己回来，然后和卡贝罗一起回家。那时候她又一次非常强烈地向卡贝罗求婚。这是给了完全无望的卡贝罗一点温馨，也是给观众一个可以接受的格局。

我们看一个年轻女孩向一个老头求婚，心里肯定会不舒服。紧接着下一场戏是在餐馆里，刻意在等泰丽莎的耐比尔装做和她偶然相遇，然后两个人坐下来吃饭，同时道出了对泰丽莎的仰慕。泰丽莎说出自己就是当年那个文具店的女孩，耐比尔就说我是觉得我们见过面。在这里我们看到的是高度的和谐、高度的美感。

由于泰丽莎已经成了明星，她对演出方有一定的支配权，所以卡贝罗在她的戏里边承担了一个小角色。那场戏确实是很沉闷的，我个人认为以今天的观赏标准，那是一场绝对要砍掉的戏。在前半段我们看到卡贝罗仍然是可有可无，甚至是绝对可以没有的那种情形。后半段就是前面提到过的，卡贝罗用一个耳光治好泰丽莎的心理病。

一场演出完了，泰丽莎大获成功，大家都围在她身边祝贺，但泰丽莎要找卡贝罗。卡贝罗这个时候正在外边找酒，他挽救泰丽莎的使命已经彻底结束了，他知道自己对泰丽莎全部的价值和意义就到此为止了。卡贝罗一个人先回去了。镜头切到卡贝罗的时候他已经是在公寓的大门内醉倒了。因为找不到卡贝罗，泰丽莎就由耐比尔送回家。在公寓门口，耐比尔正式向泰丽莎求爱，泰丽莎说不行，我马上就要结婚。耐比尔说你根本不是爱他，你是同情他。耐比尔马上就要去参军了，所以一定要把心里话说出来。他们的对话全部被门内的卡贝罗听见了，应该说这段对白等于是真正宣判了卡贝罗的死刑，虽然泰丽莎拒绝了耐比尔。从这一刻开始卡贝罗从泰丽莎的生活里消失了。

前边还有一小段戏。卡贝罗表演完之后从剧院出来，碰到了一个老朋友。因为卡贝罗的表演实在太差了，所以制片人就打电话给他这位朋友说你能不能来顶一下这个角色。他碰到卡贝罗的时候就跟他说了，说者无心，听者有意，他根本不知道人家要他顶替的人就是卡贝罗。这真是要了卡贝罗的命。

卡贝罗消失以后，泰丽莎悲痛欲绝。她后来在欧洲许多国家巡回演出，她成了天王巨星。与此同时，卡贝罗过着另外一种与他目前的景况相适应的生活，他在街头卖艺。

一次，在一个咖啡馆里卖艺的时候，他意外地遇到了从军的耐比尔。耐比尔正要把钱往卡贝罗的帽子里放，一抬头认出了他，惊呆了，下意识地就要把钱收回去。我觉得那场戏特别好，因为它把卡贝罗内心的演变，由以前的绝望到今天的平和坦然的心态刻画得特别出色。卡贝罗说别拿回去，放下。耐比尔把已经缩回去的手重新拿出来，把钱放进帽子。耐比尔是来这跟制片人谈合同的，那制片人也看到了卡贝罗，卡贝罗也让他把钱放下。接着他们就像老朋友一样聊天。我们看到卡贝罗已经度过绝望了，已经真正地再生了。他不再是舞台艺术家，但是他是一个有日常乐趣的老人。

既然耐比尔碰到了卡贝罗，泰丽莎也就很容易找到他了。泰丽莎还是说要跟他结婚，要他回去。她为了安慰卡贝罗，说我们要为你安排一场演出。泰丽莎安排一切，甚至把票买断，花高价请人来看戏。她内心其实已经对卡贝罗绝望了，她还不知道，一个新的卡贝罗从死亡的阴影下站起来了。当时卡贝罗说我有一个新的点子，要排一出戏剧叫《音乐妙韵》。泰丽莎和制片人帮他弄好一切，实际上在观众心里，卡贝罗这个艺人早就不存在了。卡贝罗同意搞一场演出的时候想的跟泰丽莎完全不一样。泰丽莎说你回来吧，他说不，我必须往前走，这才是进步。

后来的情形就是我们看到的，一开始卡贝罗在演出中按照他原来的经验出场，台下是买来的掌声。但是后来卡贝罗回到他的顶峰，演出他那么绝妙的《音乐妙韵》的时候，虚假的掌声逐渐变成真正的发自内心的欢呼和震耳欲聋的掌声。于是就有了后来我们看到的那一幕——他拉着小提琴，失足掉进鼓里，被人抬着做了一生中最辉煌的谢幕。

应该说卓别林选的这个结尾是非常之美的：以为没事了的泰丽莎，在卡贝罗的纪念演出中，为她心中敬爱的卡贝罗做一场压轴芭蕾舞独舞的时候，在那么美的旋律当中，卡贝罗被蒙上白布。

《舞台生涯》到此结束。

第四章　让－雅克·贝奈克斯：《37°2》

电影极圣荣誉奖与激情片

当今世界上影响最大的电影奖项可能就是奥斯卡奖了，一部影片如果得了奥斯卡奖就等于有了票房保障，基本上花多少钱都能赚回来，这也是现在的电影越拍越大的缘故。

电影奖项中的另一个特例就是戛纳电影节金棕榈奖，一般来说，得金棕榈奖的电影拍摄可以不赔钱，中国唯一一部得该奖项的就是陈凯歌的《霸王别姬》。这是一部大制作，光宣传费用就花去了三千万港币，拍摄只用了两千万港币，堪称中国电影历史上"第一"。

我多说几句是为了让大家更好地了解戛纳，它是艺术类电影最具权威性的大奖，很多获得这个奖的影片在电影史上都是经典。以前在课上讲的《放大》就是获奖影片，不久之后，拍过《教父》、

《现代启示录》的大导演科波拉看过《放大》之后，特别兴奋，他说那才是他想要拍的电影，然后，他大言不惭地说，他要拍一部和这同样伟大的电影。结果，他拍了电影《对话》，请了奥斯卡的影帝老哈格曼，是把声音放大。他拍完《对话》后，这部公然宣布是模仿之作的作品也得了当年的金棕榈奖。这个奖项产生了很多伟大的作品。

按理说，每年的奥斯卡和戛纳奖项都不会空缺。我们都知道一个常识，大师不可能永远有，杰作不可能永远有，偶然的因素很多。但是，颁奖的习惯应该是宁滥毋缺的惯例，即使没有这样水准的作品，也会评出一个来，我们看到的《37°2》应该说不在此列。

这是一部激情片。

就我所知，获戛纳奖的电影很少是激情片的，因为激情片要想拍好很难，但是，这部作品没有因为是激情片而被轻视，全世界很多导演都愿意向它学习、借鉴、揣摩，并把它当成一个蓝本。

激情片主要是靠激情戏来推动情节，吸引观众。就像这部影片刚开始放的时候，本来还有同学在聊天，电影开始以后，谈话声就戛然而止。影片一开始就是全裸的床上戏。我和我另外一个同事聊天时，他说他讲课时讲过这个片子，但是没敢在课堂上放映观摩，因为床笫戏太多的缘故。虽然我有点冒天下之大不韪、有些冒险地在课堂上放映这部片子，但它确实是有探究的价值。

我想，如果这部电影把激情戏的部分拿掉，还会是一部这样好的电影吗？因为我本人正在筹划一部电影，周围的朋友对我的提议就是让我参照《37°2》，也拍成一部激情片。但是，我从备课到和你们一起观看的过程中（至少看了六七遍），我发现这种愿望很难实现。首先，我们要有一个像贝蒂这么出色、这么有激情的女演员，她的一颦一笑、举手投足都那么有视觉冲击力。我们教室里有一半男生，看的时候面对这么一个鲜活的女孩，不免会有些冲动，有些心动。

我在想，激情戏里两个人赤裸相见，这种场景我们拍得出来吗？况且，拍得出来也难符合中国的国情。在中国的电影中，情侣们的闺房秘事还是会有所遮掩，讲究含蓄。不会像国外影片肉体和灵魂来得那么坦荡。所以，我觉得，用中国的演员拍中国的故事，影片中的人物即使有高超的表现力也不会那么敞亮地放出来，这样这个故事就又打了一个折扣。从性格上来说，中国现在可能有一部激情片吧，有谁能给我举个例子。

"关锦鹏拍的《蓝宇》，被截掉了四十分钟。"（学生）

啊，这是部新影片吗？我没有看过。但是，如果《37°2》被截掉了四十分钟的激情戏就什么都不是了，只是一个很没有特点的感情戏了。所以我个人就放弃了激情戏的想法，既难拍又难拍好。

激情与极端的演绎

贝蒂这个女孩的性格太极端了，每次我看到她在用手把玻璃打碎那场戏之前的眼神，我都感到很震撼，那看起来像笑，但仔细看就发现不对，有巨大的危机在她的眼神中。贝蒂可以用梳子把编辑的脸划破，用宾馆的叉子插到顾客的身上，这些情景，中国人拍肯定会觉得夹生，因为这样的情节和情绪不太中国化。关锦鹏的电影截掉了四十分钟，如果《37°2》也截掉了那些部分，就会变得平庸。

这个故事基本上分成三个段落。

第一个段落，是把故事放在了一个和社会隔绝，搭满了木房子，没有任何背景介绍的地方。查格是这个木屋的油漆工，这是一个很虚拟的空间。需要夜景，就去拍夜里的天空，很诗意的感觉；需要人的时候，就会出现一些人的场景，他们什么都不做，就做查格和贝蒂的背景。

有一场戏特别美，就是查格和贝蒂说，我漆这里，你漆那里，于是两个人空间参差开地往房子上爬，旁边一对老夫妻在看他们，那场景非常地美。但是整个故事的空间完全是不可感的，不真实的。在这个段落当中，他们那种奔放的爱，给我们的是一个非常浪漫的场景。除了这些，我们还看到了贝蒂极端的性格，在整个和查格老板的交锋中，得到充分的展示，她对自己行为和情绪的控制力特别差。

真是不能轻看查格老板，他虽然是个配角，但是，他在影片中的作用是很大的，是他激怒贝蒂，把自己身体隐私的地方对着他，并且大喊你看吧，看吧，看个够。在整个的电影史上，电影的女一号对着镜头，做出这样的表演，这可能是绝无仅有的。

查格很累地睡着了，贝蒂温柔地抚摸着他，那么温馨的夜，我们怎么也想不到是这样的结局。这部影片的美学结构基本是放射性的，不是收缩性的。所以，在最后，它虽然没有把最刺激的一幕——贝蒂把自己的眼珠抠出来——呈现给观众，但她在查格老板刺激之下，进行着整个电影中最极端的表演，也就是，把她和查格居住的房子烧掉，搬到巴黎居住。

说老实话，虽然这些细节已经在不断地告诉我们贝蒂性格中的一些极端性，但是我们也仍然很难看出故事的结果会是那么残忍。我总是被贝蒂那种敢作敢为的性格吸引，觉得她的极端的行为——把房子烧掉，只会使生活越来越美好。

第一段落的最后，贝蒂把卧室里的家具往外面扔，只剩下最后一件东西的时候，查格拦住她，说，这个不能扔。争执之下，从纸箱里掉出了一堆笔记本，引起了贝蒂的兴趣——那是查格原来创作的长篇小说。这些东西吸引了贝蒂，贝蒂热情很高地阅读着那些手稿。从人物性格上说，这个细节不重要，但从情节上走就非常地重要了。这些笔记本的意义非同小可，查格的另一个身份露出来了——一个小说家。由此导致了贝蒂后面故事中的很多极端行为。

如果这只是部情感戏，那么，第一个阶段是他们生活最美好的日子。当他们在为一些微不足道的小事拌嘴时，这些细节都是绝对的美好，都是两个人在一种绝对放松的心态里，爱意的显现。

第二个段落，他们从那些木房子中走了出来，走到了人群当中。人们都知道法国有巴黎，一部法国电影里如果没有了巴黎，就太遗憾了。巴黎实在太美了。记得在巴黎游历的六天里，我基本就没有睡觉，我一直不停地走，巴黎能走到的地方，我都要走到。为什么要走啊？巴黎实在是太美了。在我离开这座城市的时候，我和我的朋友说，你给我三天巴黎的生活，我还你一个故事。巴黎连空气的分子里都充满了灵性。

巴黎这部分的故事里，它是一对恋人平凡的生活，喜怒哀乐什么都有。住在哪里？做什么工作？身无分文到了巴黎，要解决生计问题。从一个没有人间烟火的木屋环境里来到了充满烟火的现实世界。

这个单元的戏，导演给我们的就是堕入人间的恋人的戏。他们来到了情侣中的四人世界，是非常温馨的。但是，这个四人世界在中国人的眼中一定是非常不正常的。

查格夜晚坐在厅里写作，他的生活习惯就是赤裸着身体，贝蒂的女友从外面回来，明明知道他赤裸着身体，还走到跟前来，她居然可以面对好友男友的赤裸。后来那个走进他们生活的艾地（贝蒂女友的男友），和他们在一起的时候永远穿着一个像睡衣的三角裤，再亲密，贝蒂也是个女孩子。这四个人在一起的感觉是那种既温馨又怪诞的氛围。

在这个回合里，重点是贝蒂在为查格的稿子奔走，影片中我们也看到贝蒂开始打字的水平和我差不多——"一指禅"，她打字的时候，我特别有认同感。她居然就用这样的速度打出了那么厚的一本书稿。

有一天，贝蒂把查格的稿子全都打出来了。贝蒂现在要做的事情基本就是在为这本书稿奔走。每天她都要查看信箱，常常因为空空的信箱失望而归。实际上我们知道，查格每天都会比贝蒂早一步去看信箱，因为他知道那书稿没戏，而且，他不想让贝蒂因此而情绪激动。我们记得一天早上查格和艾地正在看书稿被退的信时，贝蒂走进来，艾地紧张地把信塞到了嘴里。

后来，终于还是有一封退稿信落到了贝蒂的手里，而且，这封信相当不客气，把一个资深编辑对一个新作者的傲慢全部都体现了出来。

巴黎的生活基本上都是在围绕书稿展开。

我们后来知道贝蒂因为这些书稿惹出很多事来。她先是找到那个资深编辑的家，伤害了这个人，然后被警察拘留。查格为了搭救他，遇到一个也是个文学迷的警察，他也写小说，查格有如找到了知音。

贝蒂出来之后，这件事情并没有完，因为那个编辑已经起诉贝蒂，伤害别人在法治社会是件挺严重的事情。查格为了贝蒂以恶抗恶找到那个出版人，威胁他，最后，他撤诉了。

在艾地店里打工的戏挺有意思的，他和贝蒂在一起挑衅那个刁蛮女客的情节——查格从垃圾筒里拾食品组成一盘子菜给那个女客端去。当然这都不是这段戏的高潮，女客在买单的时候，不改刁蛮本色，贝蒂终于忍无可忍，把叉子叉进了那个女客的身体里，我不知道你们是什么感觉，反正，那场戏，我感觉真是太爽了。实际上在第二个段落里，她已经开始呈现出一些可怕的性格特质来，但是，还是没让我们特别为她担心。

第二个回合里结尾也很怪，他们四个在家中纵酒歌舞，大笑狂欢，场面很热烈，这四个人的世界那么欢快，这其实也就意味着这个四人的世界要结束了。我是一个一辈子都在讲故事的人，我知道一个故事都会在很近的地方有个了结，这个故事的结束就是用一个电话来打断的——艾地的母亲去世了，乐极生悲。突然就把一段高潮戏戛然而止。

这也就很自然地过渡到了下一个段落，贝蒂和查格要离开巴黎了。

导演很巧妙，他利用了这个情节把故事巧妙地引到了第三个段落，显然故事的结尾只能放在那个小镇，它不适合发生在巴黎，那样巴黎就太阴郁了。这个小镇就是艾地妈妈住的小镇，他的妈妈开了一家钢琴店，交给了查格来打理。我们很难知道一个选择开钢琴店的人的心情。据我所知，上海的钢琴店的生意和电影中一样都不是很好。反正，这样一个小镇上有一家钢琴店，请他们打理。四人世界的段落里，他们是非常要好的朋友，我们可以理解为艾地把店送给了他的朋友。在小镇的段落里，导演开始反复使用另一个道具——奔驰车，这辆车好像也是艾地妈妈的，它停在了房子下面。实际故事讲到这时，贝蒂的性格已经表现得差不多了，故事也该结尾了，这个结尾是漫长的。

他们第一个回合是在奔驰里做爱，第二个回合是开着车在山冈上庆祝贝蒂的生日，特别地浪漫、有激情。但是，这个我们基本上可以看做是他们两个人生活的回光返照了。当时的贝蒂已经走到了性格的边界，那时，房间里有一堵墙特别碍事，贝蒂希望查格把它打掉，查格打电话给艾地。这个细节显示了贝蒂性格的非理性，尤其是查格砸墙的时候，贝蒂就坐在墙的对面，让那些土和碎块溅到她的身上，她在那尖叫，体现出了她强烈的破坏欲。第三个用到车的回合，就是贝蒂刚拿到车就开始飙车，车在她手里变成了怪物。

一天晚上，他们出现了很严重的问题。查格在外面的房间看报纸，贝蒂在里面的房间总是有一些声音，查格非常不满走过去把门关上了，贝蒂立刻跟了出来，端个盘子，东摔一下，西摔一下。查格却没有理她，很没意思，然后贝蒂继续在里面摔东西，然后，查格终于忍无可忍，隔着门对贝蒂说，你到底怎么了，找什么事？这个时候，我和大家讲的那个让人难忘的表情出现了，贝蒂仿佛在笑，然后，这个笑变形、凝固，手突然从玻璃穿过去，血一下子就喷出来了。那真是刺激，导演抓得很好，一定也是演员演得好。

贝蒂朝着大雨滂沱的夜跑了出去，然后警察警车都被吸引来了。那场戏告诉我们贝蒂已经走到了生命的尽头。虽然离闯线还有一段距离，但是，镜头已经到了。导演还是给了我们另外一些惊喜，他没有把戏继续推向高潮，而是用一些情节让它缓和下来，让我们感觉生活还是有希望的，不至于那么绝望。

一场粉刷的戏，查格在钢琴店的玻璃上粉刷一些类似于广告的东西，这些细节事实上带动了贝蒂重温他们最美好的时光，去回望美好的生活，回到粉刷的心境中了。导演给了我们一个可能有新的开始的假象。查格自己在钢琴店里弹钢琴,与钢琴对话的戏,多么动人啊:他正一边弹钢琴一边在说着什么,阳光透过窗子照进来。这时,贝蒂让他过去的声音传过来,查格对着镜头说,让女孩等待吗?不,不,不。诗意一下就出来了。

这些细节都让你觉得特别美,真的又好了,柳暗花明了。

超越想象的悲剧结局

事实上却不是这样,贝蒂的性格越来越极端,查格的压力也渐渐大起来,耐心也渐渐失却了。贝蒂的崩溃导致了查格内心的焦灼,他常常体现出心烦意乱。他们邻居鲍伯的插入,稍微打断了他们之间的剑拔弩张。导演把鲍伯的生活拉进了他们的生活,或者是说把他们生硬地拉进了鲍伯的生活里。他们解救了鲍伯的孩子,鲍伯老婆的性压抑等等。

这些细节,会让你感觉到他们之间好像没什么问题了。鲍伯的孩子把自己锁在浴室,他因为恐高症不敢爬上去,查格做了。鲍伯本来是个没有什么幽默感的人,但是,在教训孩子的那一刻,他变得特别的幽默:这小子一天到晚地胡思乱想,上一次,他把自己关在冰箱里,就以为自己是北极探险家了。这真的是很大的想象力,才会有这样的对话。

这段时间在平和的日子里,查格不太沉浸于两人的世界,查格开始在夜里写东西,不再没完没了地缠绵。

故事的高潮用了很强烈的情节链——怀孕，是通过怀孕这件事引出来的。贝蒂很为自己可能怀孕的事情激动，查格也送出了两件小孩的衣服。有一句流传很广的谚语：对一个女孩最大的恭维，就是求婚。他送孩子衣服的时候，实际上我感觉他是在求婚。这个情节的温情，为后来的结局做了反衬铺垫。

贝蒂最激烈的行为都是以结果的方式展现给观众的，查格从外面回来，看见被贝蒂剪碎的小孩的衣服，他看见了没有怀孕的化验单，贝蒂也不见了。等他回到家中，看见了把自己搞得乱糟糟的贝蒂。没有怀孕这件事真正摧毁了贝蒂。他为了安抚贝蒂，他们去游泳，可是贝蒂满脸麻木，她扑在水中，在那么美的环境里，她像一个死人一样浮在水面。我一直觉得那场戏特别阴森。

这时候，一直以来非常正常的查格去打劫了一个金融押运公司，等他回来又找不到贝蒂了。在车里，他给她看他打劫的钱，他带她到一个疗养胜地。那时候，查格好像还没有意识到贝蒂的崩溃，就在那次，碰到了一个小男孩的贝蒂把这个孩子劫持了。这次查格意识到大事不好了。到这时候，我们以为故事差不多要完了，结果结尾出乎人们意料。

当查格已经筋疲力尽的时候，回到家他发现家里出了更大的事情。鲍伯后来告诉他，贝蒂把自己的眼珠挖了出来。结局，不用我讲了。

对于查格来说，他的人生峰回路转，他的小说出版了，在贝蒂不懈的努力之后终于出版了，而事实上，这个时候贝蒂已经不存在了。精神崩溃的她在精神病院里，像个植物人，她已经完全不认识他了。当他的书出版的时候，他的第一反应还是和贝蒂分享，但是，转而却发现，这个曾经对贝蒂来说是天大喜讯的消息已经什么都不是了，毫无意义了。

查格面临抉择了。

电影有个规则，就是任何道具在电影中一定是出现两次。

查格后来第二次男扮女装，走进疯人院，结束了贝蒂的生命。

第五章　曼彻夫斯基：《暴雨将至》

　　马其顿导演曼彻夫斯基的这部影片是他的处女作。非常奇怪，很多导演的处女作品都不会选择这么宏大叙事的题材，而以一部处女作就享誉世界的导演则更不多见。本来就是前无古人，他拍了自己的第二部作品《尘土》之后，就向世界宣布这是他的封山之作。一个导演一生只想拍两部电影，真的是很奇怪，他能不能信守这个承诺就不得而知了。今天的课由我和同学一块来讲与讨论。

标题看似"莫不相干"

　　这是一部形态很复杂的电影。我看很多同学来不及看结尾就走了，事实上，结尾没看就等于前面都白看。这部电影是十年以前完成的，我先请学生谈谈他/她的观感。

　　（学生：开始看的时候，我总是想着电影最后想要揭示什么东西，觉得三个标题很有意思，它一开始就告诉我们影片是分为三个部分的，分别是语言、面孔和图片，它想要揭示的涵义是什么。我看完之后的第一感觉是希望知道他为什么给这些部分起这样的名字。）

第一部分，很有意思叫"语言"，当中的男主人公教士是许了哑愿的，片中除了无关紧要的对话，他什么都没有说，但是相反的是这个部分有语言的地方恰恰都是充满暴力和伪善的，包括那些神父，都是说的是一套做的又是一套。相反，片子中这个什么都没有说过的教士出现的部分却是充满关爱和真实的部分。

他的第一句台词就是谢谢你神父。因为他撒谎亵渎了神灵，主持神父要逐他出门，要他滚蛋又要他保重。后来，他和这个阿族的女孩逃出来之后，在她被哥哥打死之前，他跟这个女孩说，我们可以去找我叔叔——一个著名的摄影师。也没有明确说是谁，我们觉得好像是后来二、三部分的那个男主人公亚历山大。片子中一号主人公没有台词，在"语言"的整段戏里，他是没有多少台词的。

而且，特别有意思，在那个阿族的女孩子死之前，他想和她说什么，但是，那个女孩挣扎着用手指放在嘴边，示意他不要说，似乎他们之间的友情和爱情就是在这种沉默之中产生与发展出来的。所以我觉得"语言"这个标题就非常有特色，通过没有语言的方式来表达一种真和善。

（学生：第二个部分叫做面孔，我看的时候就一直在等待"面孔"被说出来，但是直到这部分结束的时候，女主人公才说出"你的面孔"。恰恰是当那个长得非常光洁的男人的面目被子弹打得全然模糊和恶心的时候，才说了这么一句话。）

我不理解为什么起这样一个标题。我的解释是这样的：

"面孔"代表着每一个人，当暴力发生的时候，它面对的不是一个个体，而是全部的人类。所以"面孔"在这部分里不是很重要的东西，也就是说个人不是很重要的，它在隐喻着我们都要面对的"暴力"。有些牵强，我很想知道大家是怎么想的。

我想问问，这第二个故事，在我们整个影片里究竟意义何在？第一个故事和第三个故事中的人物都是贯穿的，是完整的，开始出现的人物，我们都在第三个故事中看到了。我们在读这个影片的时候，我们会把第一个和第三个故事放在一起。

它究竟有什么意义呢？

（学生：它是起到一个倒叙的作用，因为，第一个故事里的片段成为了第二个故事中出现的照片。）

这是结构上的，究竟有什么作用呢？照片是道具，对剧情的推动在哪里？

这就是我们接下来要讨论的，这也是这部电影奇特的地方。

第一部分结尾的时候，那个女孩被打死之后，男孩想要坐在她身边的皮箱上，在这里镜头被截断，开始了另一个故事的叙述。可在第二个故事里出现的相片中，这个男孩坐在了这个皮箱上，也就是说拍照片的瞬间，这件事情已经发生，是既成事实。那么，第二个故事是第一个故事时间的延续，而第三个故事非常清晰地显示着是接着第二个故事时间的延续。我们看到男主人公亚历山大和女编辑分手之后离开，打车去了伦敦的机场。而在第三个故事里，他回到了故乡。导演用一些点告诉我们这个故事的时间是向前走的。最后这个故事的结尾又接到了第一个故事的开始。

这个故事的奇特在于他对时间做了一个怪圈，就是埃舍尔著名的版画里做的那个怪圈。他实际上是个哲学画家，他的版画里表现了一个怪圈，成为世界上很多人愿意谈论的一个话题。常言说，人往高处走水往低处流。这个怪圈就是水往高处流，在图里，每个阶梯里水都是往下流的，但是走来走去，它最后回到了它最初的源头，而画中是一点破绽都没有的。这幅画出来之后，中国曾经出过一本书叫《一条永恒的金带》，是整理国外对这个怪圈的一些说法的。这本书中提到了音乐里也出现了类似的情形，巴赫的《卡门》就是可以这样无限地循环下去，当然这里面有很多玄妙的东西。

所以，这个《面孔》，好像是为了倒叙才出现的。而事实上，这个用词是不准确的。它所提供的时间顺序是顺时衔接的，时间是向前的，并没有向前走。情节一直是接续的。学生看出了在博扬的葬礼上，第一部影片中女摄影师安妮也出现了。她仅仅是个旁观者，几秒钟的一个镜头。

（学生：第三部分图片我是这样理解的。

图片是一个翻版，在第三个故事中的很多人物、手法和第一个故事是相同的。首先第一个感觉，就是它是第一个故事的延续。看这个部分就会觉得这个影片讲的是一个全世界的暴力问题。和马老师谈的时候，我有一个想法，我觉得第二部分是和当下和观看者身边世界联系的纽带。为什么这么说？第一个故事和第三个故事都是在一个特定的环境里发生的，只有第二个故事，它发生在一个我们熟知的常态环境里。

可是，影片接着追问了，在这样的常态里是否你就是安全的呢？后来我发现有句很经典的台词，当汉娜的父亲和男主人公亚历山大对话的时候问道：世界上其他地方的人都怎么过日子？——这句话有点莫名其妙，初听好像是井底之蛙想要了解外面的世界，实际上却不是。

他回答道：跟这里一样，只是他们自己不知道。

关于这个片子名字的解释，上面是我个人的看法。昨天和马老师聊了以后，我被三点打动了。

第一，他告诉我不要一定想它在揭示什么。也许这和我们的教育有关，从小就在想着中心思想之类的东西。

第二，回到叙事本身。

第三，故事用了一个把戏，导演在时间上做了些技巧，其中有一句话是贯穿始终的，就是："时间不逝圆圈不圆。"马老师给我举了一个保险经济的例子。

保险是一段列车，无论是做保险还是买保险的都不知道这次旅程的终点和起点在哪里，只是上下车的关系，都不知道这列车从哪里来到哪里去，你只知道自己在哪上的车，并不知道别人是怎么上车的。

按照惯例，我们都希望知道故事在哪里开始和结束。而这部影片不是，从整体上看，这个故事中的每一个人从自己的角度看到的时间都是不一样的。影片中哪个故事发生在前和后都是成立的。

事实上影片给大家提供了一个新的看待时间的方式。是不是事情一定是按照你看到的视角和时间继续发展下去？不一定。你的故事从这里来到那里结束，但是别人的故事却不一定。）

我还是愿意从第二个故事来讨论。

从情节链来说，第二个故事是可以不存在的，它不在情节链当中。影片结结实实给我们的故事是两个不断冲突的民族他们在马其顿同居一地，偶然间一个阿族的女孩到塞族的居住地来玩，一个塞族的色鬼男人想要非礼她。他被这个小女孩杀掉的原因，影片自始至终都没有说明，始终是由观众自己的经验在这里猜测。故事片中只出现了两个小女孩的背影，之后博扬马上就跟出去了。之后他的妻子过来问他去哪了，他们说他刚刚出去，而那个背影中有一个肯定是阿族的女孩。我基本上是在用读小说的方法在看这部电影。

故事整个的结构就是一个色狼想要非礼一个女孩，结果被杀死的故事。而这件事情引来了后面事件的升级，纯粹个人的事件被升级成了民族矛盾，甚至有可能成为一场战争。这个片子是一九九四年完成的，七年后真的发生了战争。故事的核心就是一个强奸案。

第二个不在情节链当中的部分，如果被去掉，我们刚才复述的故事将是一个非常平庸的故事，无论它节奏把握得多好，拍得多美，它都不会是一个杰作。这个核心问题其实就是怎么拍，方法论决定了这部影片总的基调。假如没有方法论的意义，"面孔"是可以不存在的，整个故事对整个影片起到的是结构的意义，因为有了这部分，时间的圈套才得以完成。因为第二部分的插入，才显示出了整个故事特殊的意义。如果只是一、三部分，博扬的葬礼、凶手、报仇，假如说影片只讲了这么个故事，就很像刚才一个同学说的是时间上的倒叙。

第一个故事讲了一个修道院的神父为了救一个年轻的女孩被逐，在两个人追求自由和爱情的过程里女孩又被杀死，成为了一个非常独立的部分。

第二个故事又成了另一个人的故事，因为其中照片这个道具的出现，将两个故事之间的联系建立起来。第二个故事里有四个人，安妮、摄影师和安妮的丈夫和杀人者，安妮绝对是主人公。杀人者和安妮的丈夫都不重要，重要的是摄影师，我们在第二个故事，能够让我们和第一个故事衔接的绝对是这个男摄影师，于是第二部分才生出意义。

第三个故事等于是把我们拉回了第一个故事，男主人公是在第三个故事中走进了第一个故事的环境中的。但是，它讲的已经是另外一个故事了，时间虽然向前了，而故事却回到了最开始的环境和背景人物中，故事并没有接住第一个故事，那个修道士在第三个故事中基本上是不存在的，两个故事中最重要的两个角色没有发生关系。

多意义空间有待填充

我们有个猜测，被杀的小女孩也许是男主人公亚历山大的女

277

儿。

汉娜曾经来找过男主人公亚历山大，她对他说希望他像保护自己的女儿那样保护她的女儿。男主人公亚历山大听了这话之后有一个很奇怪的反应：他在黑暗中到处寻找，他找的是一包香烟。前面影片一直在强调他戒烟了，这里的表现仿佛他做了一个人生很大的决定似的。因为在这样的情况下去救这个女孩有点必死无疑的感觉。

这是一条不归路。

他二十四岁走的，十六年之后，他回来之后一直在问汉娜怎么样了，然后就冒着生命危险去对方的地盘上看望她。看到的结果就是汉娜给他端着盘子，他喝了口水，说了几句不咸不淡的话。

汉娜好像是他走之前的恋人，她对他好像非常重要。他为了她拒绝了送上门的女人，那场戏看似在讲他和那个女教师之间的关系，实际上是在讲述汉娜在他心中的重要性。汉娜是很重要的角色，但是，导演挺残酷的，导演连说话的机会都不给他们。她好像是个道具，但实际上又不是。汉娜的一句话——"你要像保护自己女儿那样保护她"，成了酿成整个悲剧的动因。

我们知道，这个阿族的女孩已经被抓住了。亚历山大从两个持枪的人的手中把她拦下来了，他把那个拦住他的人摔在了地上，对方说，你不能这么做，否则我开枪了，他说，你开吧。他被击中，让她快跑，她就跑到了那个修道院——整个影片和故事的开始。

你们看，它整个的发生都是源于汉娜的那句话。

所以我说这个故事的"核"是个爱情故事，全部的情节链都是因为那场曾经在十六年前发生的爱情。

（学生：我一直在想，那个阿族女孩为什么要跑到塞族的地盘？可能她就是为了和影片中只出现过背影的塞族女孩一块玩，也许起因就这么简单与细微，最后就引发一场引起几个人丧命的悲剧。）

你这么说有点像第一次世界大战。俗话说一根火柴不点三根烟，否则非常不吉利，世界大战的第一枪就是因此爆发的。我的意思是再大的事情如果没有一个契机，它也许就过去了，而不会最终爆发；他们说整个滑铁卢战役时间错一点可能都不存在了，历史都要为之改变的。我们可以做个假设，把整个后来科索沃战争的最初引发点追逐下去，也许真的就是这么一个简单的起因：一个小女孩找另一个小女孩玩。

我和大家讲的都是依据电影提供给我们的片段来推测的，实际上，这部电影中的很多东西是不明确与不确定的。根本就没有博扬强奸小女孩的交代，太多的细节都是根据我们的经验在进行推测。

电影在用海明威写小说"留空白"的方法让读者去填空，他用情节在故事之间"画点"，聪明的读者会在这些点之间画上虚线，添上根据自己思维而来的细节。这和我们看星座是一种方式，我想和你们说的是这种方式就是海明威和该电影导演提供给大家的方式。这些点之间的"连线"根本不是事实存在的，每一个"点"之间不是散在的关系，而是最终通过自己的经验建立起"点"与"点"之间的逻辑和联系。

第六章　菲利浦·考夫曼：《布拉格之恋》

　　《布拉格之恋》是米兰·昆德拉的著名小说《生命中不能承受之轻》改编的，一部不太能看得特别透的电影。

　　马尔克斯说过，一流的小说不能改编成电影，三流的小说最适合改成电影，这话有它的道理。他说的意思，指的是一流的小说背后要表达的意思和想法很多，作者的想法会非常丰富，不是特别适合影像把它再现和重现。但是，这个电影已经算改编得比较好的了，这部小说本身就有很强的电影性。

　　当代的作家都特别善于用电影的方式来表达和写作，而昆德拉是受到当代各种艺术影响的一个作家，受到各种流派影响还是挺多的，所以电影和他小说之间的差距不是特别大。很多名著改编成电影后，都会碰到小说内涵被简单化的尴尬局面。

何谓轻重与孰轻孰重

你们上我的课你会发现我是一个特别重讲故事的老师，一个好的电影脚本一定有个好的电影框架，这就是好故事。但是，说老实话，如果读小说，你仍然会发现它比电影更丰富。因为小说本身的结构不是特别清晰，而改编是一个把它清晰化的过程。

我很想知道你们觉得这部电影是个什么类型的故事。

（学生：我觉得有意识流的东西在里面，是部不是悲剧也不是喜剧的爱情片，看了挺郁闷，不是很爽的故事。）

（学生：我觉得它是一部放在历史阶段的爱情片，从个人反映时代的影片。）

这里面的主角是谁，我想再问问。

（学生：男医生，托马斯。）

（学生：因为改编自小说，我觉得是女画家莎宾娜，和医生托马斯及特瑞沙，还有就是女画家认识的那个工程师。）

如果就"轻"和"重"的主题来说，我觉得你说得挺有道理，莎宾娜的轻和特瑞沙的重形成了鲜明的对比，他们两个对生活的倾斜显得特别不一样。特瑞沙相比较于托马斯，生活是"重"，如果与莎宾娜相比较，托马斯仿佛又是那么"轻"了。比如，托马斯从国外回来的时候，他曾经写过关于俄狄普斯王的像论文一样的东西，别人让他改，他不肯，其实他身上有很重的一些东西在，当政府的人让他表态，签一份像自白书的东西时，他是拒绝的，这说明在他身上还是承载和坚持着一些东西的。

如果从"轻"和"重"的意义上看，特瑞沙是主角；如果从故事类型上来看，我有不同意见，我觉得托马斯是主角。也许你们比我年轻，在阅读的时候，你们还是喜欢探究本质和真理及内涵。

人到中年，有时候会比较没出息，首先想到的就是想把那些和故事无关的东西剥离开，所谓的本质和内涵都放到一边去，我只看"表"，我觉得这是个老套的浪子回头的故事。你们想一下，故事的开始就是从托马斯到一个小镇上无聊之余寻找桃花运的细节开始的，他们两个生命交结就是从这里开始的。

托马斯在一个小镇行医，看一群老头在游泳池边下棋，一个身材姣好的女孩子从池边跳到水中，一个男人在泳池上用目光追随着这个身影，连她的脸都没有看见过，只有脊背、雪白的大腿和手臂，他就盯梢马上跟出去了。导演很照顾观众，我们都知道更衣室不可能弄得像皮影戏一样，换衣服像剪影一样，什么都那么清晰地透出来，后面还有投射光，表面上是给主人公看，其实是在给观众看。

托马斯在外面偷窥，跟着她不停地走，他还是没有看清她的脸，她的身材从我们今天的审美来看，并不是特别美，十六年以前的一部电影了。女主人公是名满世界的朱利亚·比诺什。

一个风流男人，从片子一开始我们就知道这是个对女人有魔力的男人，片子的最初就是他在办公室里叫他的女同事把衣服脱掉，他的名言就是"把衣服脱掉"。刚一露面，从门外进来，一副漫不经心的样子嘟囔了一句把衣服脱掉，他的同事问："什么?"于是，他又对着观众和这个女同事清晰地说了一遍："把衣服脱掉。"

当时，很多的同事隔着玻璃看着他们。导演喜欢玻璃、镜子这些东西，不断地给着我们兴奋点和刺激。

一个这样有魅力和魔力的男人在小镇跟踪一个女性，发现她是个女招待的时候，要了白兰地的同时，告诉她我在六号房间。很简单，就是找风流嘛。

其实，他们没有太多的机会，因为托马斯马上要离开了。

在"阅读大师"课上，我曾经讲过米兰·昆德拉，他是所有作家中最善于写男女调情与爱情的作家，所以他自己肯定也是个情场高手。其实像左拉他们一直都写妓女，但是，他写得不是很在行，据说左拉一辈子都没有去嫖过妓，所以写起来肯定不会很在行。很多作家不写，就是因为他们没有这样的经历。

昆德拉的小说中曾经专门讲过如何约女孩，如果总结，昆德拉的小说中可以总结出约女孩一百法，他自己肯定曾经是个很厉害的角色，成功率肯定很高。

托马斯是把这个女孩吸引了。

这个女孩是自己送上门的，大家一定还记得。

看到这里的时候，大家一定觉得这是个浪子嘛。

托马斯和沙宾娜的几次约会的情形，又同特瑞沙一起经历了那么多的苦难，下了乡，当了拖拉机手，还是色心不改啊。当擦玻璃的工人，女主人主动邀他进屋，什么都没有影响他和改变他。

所以我觉得这个故事的类型是个典型的浪子回头的故事。

托马斯或许也算"好男人"

备课的时候，电视里正好在放王晶的电影，我看的时候，王晶的时代出了很多赌王啊之类的名字，我由此想到我们这个男主人公应该可以被称为"情圣"。

托马斯后来真的变成了一个好男人。

导演和编剧给我们故事的时候特别人道，我不知道他们最后到的是什么地方，但是结尾的时候，他们的镜头也是在六号房间结束的，这个地方是不是他们当初相遇的地方。他们的故事开始在六号房，结束在六号房。

而且，我在当中还看到了另外一个老套的故事。

最后，两个人归隐田园，仿佛达到了幸福的境界。不知道为什么很多的作家都对乡村和田园生活情有独钟，这是我从中看到的另一个老套的故事。对工业文明有非常强烈的抵触，昆德拉在这里的抵触是另外一些东西。

一九六八年，苏联入侵捷克，在座的没有一个出生的。当时，我已经都是个大人了，差不多十五岁了。当时苏联是老大哥，围绕着它还有很多的小社会主义国家。我们这代人是看着这个老大哥一步一步变化走过来的，捷克事件给当时的世界留下了特别深刻的烙印。谁也没想到和帝国主义相对立的社会主义会做这样的事情，当时都觉得什么侵略和战争都是和帝国主义的名词挂钩的，不是社会主义的事情。看来我们是有些幼稚的。

一个国家开着重型坦克开进另一个国家这些都是真的。

昆德拉现在七十左右的样子，一九六八年，他应该是四十岁，正是人生思考比较成熟的阶段。他是世界上少数在文学上有影响，又能在政治上对苏联入侵毫不留情进行反击的一个作家。这个事件在他身上留下了非常深的烙印。

人和人可能真的是要讲缘分，在特瑞沙出现之前，托马斯没有留过任何人过夜，也从来不在别人那过夜，这是他的原则也是习惯。但是特瑞沙来访的时候，还是老一套，"把衣服脱掉"。紧接着我们看到，天亮了，特瑞沙依然留在他的身边，她刚来就留在他的家中过夜了。

导演让编剧给我们这个故事的时候，他先给了我们他们的缘分。

有一天，特瑞沙醒来的时候，告诉托马斯，她做了一个梦，梦见他和莎宾娜做爱。

从气质和价值观上来看，其实托马斯和莎宾娜才是真正的一对。我想说的意思是，特瑞沙的那种直觉特别厉害，在梦里，她预感到了真相。

这里面，特瑞沙是一个相对来说比较传统的女人。但是，从小我就知道酒能乱性，那时候，我看我们中国很有名的小说《红旗谱》，里面有个女大学生革命者，喝了酒之后就有些乱性，等她酒醒之后就对自己说，一个女人放纵自己喝酒是一生的耻辱。我小时候就牢牢地记住了这句话，人名我已经忘记了。

但是，特瑞沙是听了音乐，跳舞之后就容易乱性，就变得格外性感。她跳舞的时候加上她的表情，非常迷人。

有一场戏，特瑞沙从托马斯说她跳舞的语气中感受到他吃醋了，然后，托马斯要解释什么，又没有说，接着就要从沙发站起来，他一站起来，她就又把他推回去，站起来就把他推回去，前后有六七次之多。

这场戏给我的印象特别深。

我不是说过，导演通常会对戏里的情节相对地用两次嘛，结果这场也被用了两次。

在乡间里，他们办的那个小舞会，乡下的小伙子称赞特瑞沙是个漂亮女孩，在舞会上把她从托马斯的手中抢了过来。

托马斯总是有一个盯着她跳舞的视线在。在故事的视角里，特瑞沙的性感其实不是全知的视角，是托马斯的视角。事实上，又是导演在给我们看的视角。托马斯为什么在她跳舞的时候，为什么会总是有种醋意和关注以及内心的感触？

狗是影片第四"主人公"

在这个故事里，同学说有四个人物的时候，我特别高兴，但是你们说的又不是我想到的。你说第四个人是那个大学教授的时候，我挺失望的。

还有一个重要的角色就是那条叫卡列宁的狗。在戏里，它肯定是个人物。它也给自己找了一个伴，就是那只叫曼非斯的猪。

他们之所以给狗起这个名字，是因为托马斯说我遇到你的时候你在读托尔斯泰。

特瑞沙说，没有，我在读安娜·卡列尼娜。

这狗蛮有意思的，故事快结束的时候，特瑞沙对托马斯说，有时候我觉得我爱它甚过于爱你。确实是这样，你们看特瑞沙离开托马斯，她一点都不费劲。要是我写肯定不敢这么写，因为没有那么强的心理逻辑。

在日内瓦毫不犹豫地就走了。那时候看的时候，我心里是有疑窦的。小说是二十年前看的，电影始终是没有让我找到支撑她这么果决离开的情感逻辑。

她回到了捷克，但是，她仍然带着卡列宁。

卡列宁得癌症，葬狗那场戏真的是很心酸。

我从来没有养过宠物，因为生活不稳定，时间不长就要托付给朋友，回来以后，它已经不认得我了，又养成很多坏习惯。

我不是特别了解养宠物的人的心理，但是我确实知道很多人都把宠物看得比人重要。我有个朋友家里有三个孩子，两条狗，家里的排名是老大、老二、老三，两条狗是老四和老五。

我在二十年前写过一篇小说叫《海边也是一个世界》，讲的是一个姓陆的小伙子，他养的狗就是陆二。他们是知青，有个知青叫二狗，是讨人嫌的一个小角色，他看到主人不在踢了陆二一脚，主人回来之后刚好碰到，过去就给了二狗一个耳光，嘴里说着，打狗你也不看看主人，狗东西。说来说去，你就不知道是陆二是狗还是二狗是狗了。

养宠物经常会有更多的人生经验在其中。

所以，卡列宁这条狗在电影中倒真是第四个人物。

有些镜头可多维解读

说起来，再怎么说你还是无法离开这个故事发生的背景。这个故事留下了太多时代的伤痕在里面。你切菜切到了指甲和肉，在那一瞬间，你的切肤之痛比谁当国家主席和总统的意义大得多。这个切肤之痛只对你自己有意义，对你的兄弟姐妹父母孩子配偶都没有那么大的意义。

所以看这个故事，我们无法离开它的背景，那些历史事件给人们留下了阴影。和大的背景比较起来，个人的命运和情感的起伏都成了小事情。

那场戏是什么意思？特瑞沙和莎宾娜互相拍照那场戏，你们觉得呢？有同性恋的暗示吗？

（学生：我觉得对于特瑞沙来说，莎宾娜应该是她的情敌，可是对于莎宾娜来说，特瑞沙是她的一个朋友。两个人的心态是不一样的。在这个过程里，有一个她们互相的窥视和审视对方的过程。

通过这个过程，她们都看到了那个男人托马斯。）

你没太说服我，我还是想知道导演把这段戏放在这的意思是什么。因为两个女人在一起是会有意思的，开始她们是有距离的，可是接下来我们看到了另外一些东西。她们越拍越兴奋，越来越高兴。无论如何，这场戏拍得很有质感。但是，那场戏到底意味着什么？还有谁能说说。

（学生：我觉得有同性恋的东西在里面。而且，她们互相之间肯定是有好感的。我觉得放这场戏，故事在讨论"轻"和"重"，莎宾娜是谁都没有选择的，有可能她最后的眼泪是为特瑞沙流的，她爱的是她也不一定。）

我也有点这样的感觉，因为你们看莎宾娜对托马斯根本没有爱的感觉在，他们三个连三角恋都说不上。

电影的最后，镜头切到莎宾娜在美国海边的镜头。她收到一封信然后出门，在屋外流泪了。从性格上来分析，莎宾娜这个人物是很难掉眼泪的，托马斯对于她来说是有很愉快没有也很愉快的关系。如果昆德拉确实在生命中找到了那份"轻"，那么是莎宾娜来代表这份"轻"的。所谓的"轻"其实就是不以任何责任来压迫自己的生命。但是，作家用责任来压迫托马斯，他平时看似很轻，实际上，当民族啊这些东西过来的时候，他已经在承受了。

这么一说，比较有利于理解那场戏，但是，有时候导演拍戏也不是为了真的说什么，他把暗示放在那，你可以这样理解也可以那样理解，但那场戏做得真是很漂亮。

生命不能承受之"重"

说起来挺有意思的，特瑞沙的一次红杏出墙是在和托马斯讨论之后发生的。男人们总觉得自己做得手段高明，其实只是对方不说破而已。如果相知很深的两个人，一个人说了谎，另一个人是肯定会知道的，甚至于你是哪个部分说了谎，甚至是大谎小谎，只是因为没有办法去求证或者不想说破而已。

特瑞沙是一个性格比较简单的人，她想到、感觉到了，她就要去说。她对苏联入侵事实的记录，因为她生命是重的倾向的人物。丈夫一而再、再而三地找外遇对她来说不是件很轻松的事情。很奇怪，她跳舞的时候，很放纵和性感，但是离开那个"场"，她就完全回到自己了。

真正给她红杏出墙机会的还是政治，因为捷克是一个密探特别多的国家，她被一个密探盯上了。《好兵帅克》里对密探进行过描述，密探这个职业在捷克是非常发达的，而且那时候也没有什么录音机，所有的事情都靠人嘴的两张皮。特瑞沙在酒店当女招待，一个青年求爱者要酒喝，因为没满十八岁，特瑞沙拿给他一杯果汁。事实上，她没有往里面兑酒精，而密探过来非说她兑了酒。

旁边的工程师解救了她。密探给了她对托马斯以外男人好感的机会。因为这个男人的英雄救美，当特瑞沙想要试一试没有爱情只有性是不是能行得通的时候，她就想到了这个男人。

事实告诉我们，对特瑞沙这是行不通的。

第七章　马丁·贝斯特：《闻香识女人》

　　《闻香识女人》是一个老套的故事，其实是查理周末奇遇记。

　　这个贝尔中学的学生，人生怎么会遇到这样的事情，他完全是在一个招工栏里看到一个广告，然后发生了那么多事情。好像这个故事发生在双休日，从周四开始，到周一结束。当其他几个学生在讨论周末如何过的时候，他决定去打工。周四的晚上，他在图书馆里值勤，查理是个配角又是故事的大主角。我们影片的主角，是退伍军官——中校弗兰克，但是要讲述这个故事，一定是围绕查理的。

　　我们回到故事本来的脉络时，要回到周四的晚上，查理和同学锁了图书馆之后，两个人目睹了夏利率领另外两个同学要羞辱他们的卓校长。有几个人物虽然出场不多，但是，整个故事却由他们贯穿始终。比如，星期四晚上出现的从事事务性工作的洪太太，卓校长等等。

　　也许这就是现在电影的一个趋势，聪明的导演们会有故事的主干。在学校里，导演交代了故事将要出现的人物群落。在这里，故事的主人公之一查理，走进了电影的主人公弗兰克的故事。电影的主人公和故事主人公通常不是一个人。这也是应该引起我们注意的一个电影现象。

主人公外强中干

故事开始的时候，电影的主人公并没有走进来，他走进来的时候，是以一种非常讨人嫌的面目出现。查理到弗兰克家的时候，情形真是尴尬至极。一个年轻的男孩突然被一个陌生的男人在家中呼来喝去，并且问他的家底：你妈妈是干什么的？你爸爸是干什么的？然后又恶言恶语讽刺他。一个小伙子被别人这样带攻击性地说来说去的，一定不舒服到极点。而且，弗兰克的说话方式常常是在平静的语气里突然加进很激烈的语言，增加他这种语言的犀利。

他在羞辱了查理之后，又话锋一转说：穷鬼，你还没走？

然后，他用了一个绝对是军人的方式说，解散！你想想他对于一个来帮助他的人这样的态度！查理是弗兰克的亲戚——他哥哥威利的女儿罗太太找来照应他的。罗太太贴布告，查理来应招。

在这个细节里面，一下子把查理推到了困境当中，被雇主赶走，这个工作还能做吗？但是，紧接着，出现了揭露这个撑着做硬汉的弗兰克虚弱、可怜、真实一面的细节。他本来是坐在沙发上，说这些话的时候，他的身体始终是前倾的，脸在阳光之下，说完这些话后，他以为查理离开了，开始慢慢靠到椅背上，缩到阴影里。

然后，有一个生动的细节，他抖着手去拿酒，那只手露出了他全部的破绽。呈现出来充满威严的男人实际是一个非常无助可怜，需要帮助的男人。那个瞬间不是一次出现，在后面的过程里，这个细节出现多次。

当天晚上，查理准备做这份工作后，回到学校，当天晚上遇到了他同学在卓校长停车的上方挂了一个盛满了石灰浆的气球，查理和乔治目睹了全过程。卓校长这个人物的出现从最开始就非常漫画化，从一出现，那张脸以及表情举手投足你一定都不会喜欢他。我想不是我不喜欢，全世界的观众一定都不喜欢，开了一辆美洲虎，那种架势。事实上，针对他的恶作剧是深得人心的。当他捅破了气球那些石灰浆，砸到了他汽车上的时候，很多观众的心境在导演的指引下，一定都很开心。

第一个考验来的时候，查理面对的还只是一个温柔的考验。在台词中，我们发现查理所在的学校是美国私立名校，出过两个美国总统和许多在美国举足轻重的人物，学校是有传统的。在这样的学校里查理的情况肯定是非常惨的，别的同学都在讨论周末去哪里旅游，要花费一千二百美金，这对大多数中国家庭来说都是不可想象的。而查理要去做工，工钱是三百美金，而其他的孩子在这两天中是消费一千多，除了是一所名校也是昂贵的学校。

校长在发生了这件事情之后，给他的第一个考验是温柔的，只是说，哈佛每年会给我们名额，我已经推荐你了，只要我们推荐，哈佛会免掉学费住宿费。那么，对一个为了求学给自己的家庭带来巨大经济负担的穷孩子来说，这差不多是梦寐以求的事情。中国有本书叫《哈佛女孩刘亦婷》非常热卖，在一个十几亿人口的国家，出一个上哈佛的女孩都会成为一个大新闻，在美国的情形也差不多。

当时校长还不冷不热地告诉他，在他面前有两个选择，要么上哈佛，要么前程毁于一旦。查理出来的时候，乔治在等着他，许下两个人之间的誓言——不把发生的事情和家人讲述，保持口供一致，不出卖朋友。我们知道乔治并没有遵守他的诺言。从一开始就被老军官弗兰克看透了，他向查理追问整个事情经过时，对乔治进行了分析，在电影一开始就给了我们这样的一个预言。

故事走到这的时候，被放下了，电影的主脉络被放到这里，导演根本不管关心这件事的观众怎么想，他的镜头一直对准了弗兰克。关于夏利的恶作剧以及连带发生的事情，都在这里停滞，但是卓校长给了观众一个期盼：周一的时候，学校的纪律小组要对这件事情做彻底的调查。

我们知道两个半小时的电影中，有两个小时的情节都和这个故事无关。查理去上班了，从那一刻开始，故事的主脉被搁置了，开始进入电影真正的主体。

弗兰克后来要带着查理去纽约的时候，查理非常惊讶，因为他认为雇他的人是罗太太。但是，罗太太并没有再出现在故事里，唯一与她有联系的就是她留给查理的一张字条，字条上写着出现紧急情况可以联系到她的电话，这张字条被弗兰克吃掉了。他说了一句特别有意思的话，他说她的电话号码和布条一样乏味，我们想也想得出来，一张纸肯定是难以下咽的。

我们开始一定和查理一样认为查理是受雇于罗太太的，其实，我们都没有想到查理其实是受雇于弗兰克，最后，是弗兰克给了他三百美金的工资。

到了纽约，一切都让查理感到惊讶。弗兰克在纽约订了一个非常豪华的饭店，坐的汽车都是豪华房车——加长的林肯，吃的是大餐馆。他让查理帮他读菜谱的时候，查理大吃一惊，一个三明治要二十五美金，就是麦当劳里卖的东西，夹肉的烧饼，中式汉堡西北肉夹馍。

任何人都会看出来这当中有不对劲，他们两个陆陆续续的对话特别有意思。对弗兰克来说要用的一切都要最好，而对查理来说，一切都不对了。他觉得弗兰克怎么会这么有钱，他很早就问过弗兰克是不是要自杀。当一个家庭成员开始花费超过他的家庭开支的时候，肯定有事情要发生。一个工薪阶层到马克希姆餐厅吃一顿，别的家庭肯定会觉得他不想过日子了。

罗太太曾经对查理说过要控制弗兰克喝酒的数量，不要超过十四杯，给他倒酒的时候，要掺水。第一个回合的时候，在酒店的大厅里，查理给侍者一个示意，让他掺水，他刚一比划，弗兰克就说不要这样。弗兰克是个瞎子，但是我们看到在整个过程中，弗兰克对查理的行动了如指掌，有很多类似的例子。

这些都应该是发生在星期五的晚上。

刚开始的时候，弗兰克有些向查理炫耀，仿佛他每次来纽约都住这家饭店的同一个房间。在中国也是一样的，所有的富人在大饭店都有自己的固定房间，这仿佛是一种特权。我有个老乡就是这样，在几年以前，他是中国最富有的几个人之一，当时他在海南，做着中国梦。他在豪华宾馆里住222房间，这是有钱人的玩法。

这些事情展示的都是弗兰克的排场。

周六，查理第一天上班的早上，他被弗兰克的声音吵醒。当时弗兰克正在指挥着一个高级裁缝给他缝制衣服，并且让他给查理也做一件。

性情特别而可爱

弗兰克性格真正得到体现的一场戏就是他到哥哥家吃晚饭。他能够根据一个女人身上的香味判断出她用了什么香水，他能不记得自己侄子云地的名字吗？他故意在云地开门的时候假装不知道他是谁，讲错他妻子的名字。导演总是以这样的方式和细节来表现弗兰克的一种错位，他是在故意羞辱云地，人物性格就这样刻画出来了。面对云地的时候，他充满敌意，他们第一次碰面时，弗兰克的敌视已经是很明确的了。

在这两个镜头里，我特别喜欢看查理的表现。本来一个盲人很长时间失去视觉之后，其他的感觉是非常敏感的。弗兰克完全有可能在看到他哥哥的时候主动去找到他的手，但是，他却说，威利我的手在这，他要哥哥来主动握他的手。后来，他见到自己的嫂子的时候，弗兰克把她用力拉向自己的身体，她在他怀中挣扎，这明显是弗兰克在招惹是非。在这些回合里，我们会觉得云地真的是很无辜，后来他对弗兰克的攻击完全是在忍无可忍的情况下发生的。他对弗兰克的攻击刻毒，但却句句属实。

但是，我却感到奇怪，为什么弗兰克这么讨厌的人物，我自始至终那么喜欢他。这么多年我都无法真正忘怀这部电影，阿尔·帕西诺在演《教父》的时候曾经名满天下，这部影片是个小制作，只是给一个性格演员提供表演空间的小戏，却让他赢得了奥斯卡最佳男主角。我一直不明白为什么这么一个攻击性很强讨人厌的小人物，却让我一直非常喜爱。喜欢他的，不止是我，还有戏中的查理，虽然他在开始就被弗兰克羞辱，因此查理在这场戏中的反应特别关键。

最终不可避免的一幕爆发了，弗兰克以迅雷不及掩耳的速度，卡住了云地的喉咙，那一刻，他可以置他于死地。这是很可悲的时刻，一个老人来看他所有亲人最后一面，作为一个男人，他受到了来自自己最亲近的人的羞辱。我真正难过的是在这场戏之后，他突然放开了云地，头发乱了，那种脆弱与潦倒就显现出来。

整个影片中，弗兰克头发乱了都不是无意的，那一定都是在他最无助的时候。他放开了云地，所有人都在关注云地怎么样的时候，弗兰克不知道自己要干什么，站在那，对着走上前来的嫂子说，如果明年她愿意邀请他来吃火鸡，他会来的。事实上，我们都知道，这是他见家人的最后一面，他能来吗？到了这刻，他必须得走的时候，他对着哥哥低声说，是我不好。

云地对他最重的一句侮辱就是：他原来是个王八蛋，现在是个瞎了眼的王八蛋。

接着是手枪的这个情节。在查理的坚持下，他给了查理子弹，而他玩了个小花样，留了一颗子弹在枪里。

很多年，当我想起这部电影的时候，进入我脑海的就是他和那个叫当娜的女孩跳探戈的片段。也许，这段戏导演的意图也就是，让所有的观众在那样的一刻都爱上这个女孩。这场戏太动人了，她很美，但是使女孩更美的是阿尔·帕西诺。他现场在教查理，实际上是在教全世界的男人如何向一个漂亮女孩献殷勤。

他对那个女孩说，你一定用的是奥嘉香水。女孩说，不可思议。他说了一句，令人不可思议是我的专长。

整个这场戏的韵律、诗意以及它的肢体语言都是无与伦比的。

这在整个故事里是一场高潮戏，虽然不是情节的高潮戏，但是，它是电影整个场景的高潮。多年后，你们对这部戏唯一的记忆也许就是这场戏。

我说全世界的男人都有可能会爱上这个女孩，那是因为这女孩回过头的那一瞬间，爱上了"你"。她被等到的男友拉走，回头看弗兰克的时候，眼神分明就是爱上了他，但是，事实上，那个女孩的眼神是抛给观众的。

那天晚上，有一个特别激动人心的瞬间，弗兰克到纽约是为了一场约会，他在赴这场约会的时候，不断地问查理，我头发怎么样。从始至终都没有正经的弗兰克，在出发的时候，突然变得很正经地说，我出发了。等约会回来的时候，眼神呆滞，没有高兴也没有非常不高兴，他只说了一句：真是个美人啊。

导演就通过这么一句话，让我们去猜测那期间发生的故事。

极端的行为表现内心的温柔

当他那种兴奋状态完全消失之后，他再也没有过充满激情的时候，有过激烈但绝对不是激情。

一场戏是飙车，查理已经意识到弗兰克的回光返照已经结束，就是因为准备赴死之前，那种兴奋已经过去。在那个时候，查理提了一个很奇怪的建议。之前，他们一直在讨论女人，他觉得女人和性是这个世界上唯一让人兴奋不已的事情，除此之外，排在第二的就是法拉利车。因此，在那样的时候查理提出飙车，是为了吸引弗兰克对这个人世的留恋，因为查理知道能够刺激他的就是法拉利。

我们看到在法拉利的车行里，弗兰克充分展示了一个成熟男人的魅力，他把那个卖车的男人玩于股掌之间，一个瞎子开法拉利激动人心啊。查理一直在和他说向前，他说开车没有转弯总是向前有什么意思。我是法拉利车队的车迷，他那里面对法拉利的赞誉，以及法拉利到处跑的那种动感和马达的轰鸣，在影片中激动人心。

在飙车这场戏中，我们能记住的台词就是"我要转弯"。整个这场戏都是悲哀的，在这之后，人面对困境的时候，用刺激的办法是没有办法帮助他出来的。从法拉利下来之后，我们看见弗兰克再也没有那种兴奋。飙车之后，从车上下来，他失魂落魄，把查理甩开，快速穿过车流高速行驶的公路，不顾车流，查理吓坏了。画面充满刹车和尖叫，弗兰克穿过之后，扑倒在了垃圾箱上，查理把他扶起来，他马上就要把裤子解开，想要小便。

因为想要自杀，所以他竭尽所能地挥霍。实际上，这就是那个男人最终走向毁灭的过程。我们知道一部真正的好莱坞电影是不会让人绝望的。很多知识分子都喜欢法国电影，他们认为好莱坞电影不是艺术，但是我不这么认为，事实上，一步一步走向死亡的男人，他最终还是会有希望，这就是好莱坞的电影。

我们知道他不是一无是处。我想说的是最后一场戏，他本来和查理道别了，根本看不出后面还会有什么发生。如果戏到此真的就结束了，我不知道你们怎样，反正我心里是觉得非常沮丧的。查理当时自己处在困境当中，又要安抚弗兰克。他们道别的时候，弗兰克想要真正记住查理，他用手去摸查理，那场戏特别生活。我们知道一个男人去摸另一个男人不能用手心，那是很奇怪的。特别生活，特别有质感，你会觉得那真是儿子和父亲之间的亲情。

抛开这场奇遇之后，查理马上面临一个学校的纪律小组当着全校的师生的面对他做出裁决。现实是非常残酷的，坐在那，我们看到他的同学乔治非常舒服，他的老爸陪在身边。我们从台词中获知，老乔治曾经为贝尔中学搞来很多钱。查理孤零零一个人坐在另一边，君临天下的卓校长站在那。那时候，查理的孤单和无助，最需要帮助的时候，导演一定不会让我们失望的，这时，弗兰克坐到了查理的身边。

当卓校长发言的时候，虽然你不喜欢他，但是你听不到他的话里有多少破绽，整个是冠冕堂皇的，没有一句是错的。但是，如果你把他说的话都跟弗兰克说的一一对应的话，你就会发现有多虚伪。弗兰克说得非常简单，但是却非常有力量。幸好美国人民不是傻瓜，纪律小组给予评判的时候，他们被弗兰克插入的精彩表演震慑与征服了，在掌声响起和讲演结束之间，有好几秒的停顿。我在想，第一个把手举起来鼓掌的人一定是有些顾忌的，因为，校长站在那。

掌声响起的瞬间，假使观众在电影院里，很多观众可能都会跟着他们一起鼓掌，那一刻真是激动人心。乔治开始模糊地指出了是哪三个人在搞恶作剧。校长宣布要褒奖他，而那三个人要受到惩治、很无辜的查理却要承受被开除的处理。接下来的冲突是整个剧情的高潮。

我记得在故事快结束的时候有个细节，就是在宾馆中有个服务员进来问"要开床吗？"弗兰克邀请她进来坐下，查理说不用理她。其实，这是有些调戏服务员的举动。弗兰克接着说，美丽的声线。查理笑着说他，你脑子里就这些事。弗兰克说，不然还有什么事？后来他说，他今生最大的愿望就是有个女人可以抱紧他，醒来之后，她依然在身边。他们分手之前，有这么一段台词。

弗兰克的出现挽救了查理，但实际上真正挽救的是弗兰克自己。在这个瞬间，走向死亡的他有了价值、意义和存在下去的理由。但是，他热爱生命的理由还没有。所以，刚才的那段台词，是他要的另一个他继续生存下去的理由。导演连这一点也没有忘记，因此在故事结束的时候，导演让一个有些阳光的中年女教师，突然来到弗兰克的身边，导演用光用得很美，表示了对他的仰慕。弗兰克故伎重演，说出了她用的香水的名字，仿佛遇到知音了一样，特别讨她的喜爱。

在那个瞬间，弗兰克又有了机会。对所有关注弗兰克明天与未来的人，都会知道这才能重燃他生活的希望。

第一个回合是查理救了弗兰克，第二个回合是他救了查理，而第三个回合是这女教师，还有第四个回合，就是他与那个总是在家中与他捣蛋的小女孩和好。

第八章　王颖：《烟》

小制作大内涵

《烟》这部影片获得过柏林电影节银熊奖。

严格地说这是一个小制作的影片。现在的电影越来越往大制作上走，越来越比拼资金，比拼特技。我们国家虽然很大，现在经济也比较强大，但是在电影这个产业上，我们与欧洲日本那些经济大国同样没有能力搞大制作大投资，去跟好莱坞比拼。

《烟》是一部可以为我们所借鉴的影片，我之所以选它，除了它是华裔导演王颖执导的有世界水准的影片以外，还因为它是一部小制作，对中国的电影人来说应该是一个非常好的范本。因为里面更多呈现的是智力、智慧和创意，不像好莱坞那些大片比拼的是特技、资金和大牌明星。

应该这么说，像这么一部杰作在我们中国人手中，在没有很多资金，请不起大牌，没有太多特技手段的前提下也可以实现，而且这样的影片也比较适合我们这个国家。想想当年张艺谋获得柏林金熊奖的影片《红高粱》，实际上里面遵循的也是一种内容的、地域的、文化的方向。《烟》实际上也是一种追寻地域文化的影片。

我没看过王颖的《喜福会》。《喜福会》是华裔作家谭恩美的作品，小说我也没读。我知道这部小说曾经上榜，影片也曾经在世界范围内广受欢迎，是一部华人祖先题材的影片。《烟》这部电影应该说除了王颖有华裔背景以外其他跟我们华人没有太多关系，它是一部地道的西片。从表面形态看，这是一部高度日常化的影片。它日常到跟我们每天的生活距离可能都比较近。

我们住在一个社区，我们可以在一个不大的范围里面见到一些常见的人，我们会在这些熟识的面孔里面看到一些背后的故事。每天一个面孔高高兴兴地从门口经过，有一天这个面孔上突然阴云密布，它的背后一定发生了什么个人的喜怒哀乐。《烟》就是这么一部有强烈的俗世的喜怒哀乐色彩的影片。

稍微往影片里走一点，我们会看到这部表面上看似平常的影片里面还是有很多不同寻常的地方。我自己是一个写故事的人，也尝试着和一些电影人合作写电影，所以我个人有感触，我想导演或者是制片人抓住这个故事一定是有它特殊的契机，这个契机可能就是结尾的那个圣诞故事。

这个情形我曾经遇到过。前几年为了一部影视作品我到加拿大去，当时美国的《读者文摘》，全世界发行量最大的刊物之一，刚好登了我涉足的一个故事的始末。那是一个患血液病的华裔小孩寻找骨髓捐献者的故事，非常曲折。这件事在当地（多伦多）沸沸扬扬。当时孩子的父亲对我说，"马老师，如果你早一点来我更希望你写这个故事。"

一个作家的小说要是上了像《读者文摘》这样知名的美国刊物，他的知名度就会瞬息升到最高点，这对很多写作的人来说都是一次机会。而《烟》的结尾我觉得就是编剧个人的经历，也许不是，也许是编剧找到的一个寂寂无名的作家在某个刊物上一下子蹿红的点，从这个点进去找了这么一个故事。从一个同行的角度，我觉得这可能是导演或者制片人要拍这部电影的契机。

我的很多朋友在看这部影片的时候都觉得影片开始挺平淡，但是越看越有味道。这电影也经常在各个大学里被老师拿出来作为范本读解。我说它不同寻常是因为它几乎不太以现在时态为主，而是一个以过去时态为主的片子。这部电影的现在进行时经常是被打断的，在整个现在时态里究竟发生了什么事情，很难说。看电影的过程中你和电影共同发生的可能是一个特别简单的故事。

故事中套故事的双线交错的叙事结构

（一）现在时态叙述为导引背景

这故事一开始有两条线，一条是作家本杰明，另一条线是香烟店的老板奥吉。开始本杰明不过就是奥吉的一个顾客，奥吉可能每天会看到他。本杰明的线相对而言不算复杂，而跟本杰明相关的那条线实际上已经是影片现在时态的主线了。

本杰明在偶然情况下认识了一个黑人孩子，据那孩子说自己叫拉辛。拉辛在本杰明家短暂停留了一下，然后因为互相干扰离开了。拉辛走后，他姑姑找来，她说拉辛有另外一个名字叫汤玛斯·柯尔。她讲了一个拉辛的故事，这个故事已经不是现在时态了。通过这位姑姑的讲述我们知道现在时态里的事，拉辛在离开本杰明之后到一个非常荒僻的地方的一个汽车修理厂去找爸爸了，找到后又不肯把自己是他儿子这个事实告诉他。之后拉辛又回到了本杰明的住处，然后被本杰明介绍给奥吉。

这段时间奥吉那边也没有什么故事发生，无非是一些日常的聊天，聊棒球比赛、暴力等等。但是有一天奥吉的生活里突然来了一个独眼女人，后来我们知道她曾经是奥吉的情人，她叫露比。她来找奥吉的目的是要奥吉和她一起去见女儿，据她说是他们俩的女儿。奥吉对此表示怀疑，他不认为那会是自己的女儿。但是他还是跟露比一起去看了那个女儿，吵了一架。不过如此。

本杰明把拉辛介绍给奥吉之后，两条线才真正发生了一点联系。在这个联系里面我们知道了拉辛曾经在某次特殊的机缘中得到了一笔钱，而这笔钱刚好够弥补他在给奥吉打工过程中闯下的祸——他做卫生的时候不小心把奥吉五千美元的雪茄烟都泡坏了。说到这的时候这个故事差不多就没有了，再想不出来在现在时还发生了什么故事。

在现在时态里的故事简单至极，而且是少冲突的、日常的。如果说有一点冲突，那就是拉辛先闯入了本杰明的生活，然后闯入了他父亲塞洛斯的生活，又从本杰明这里闯入了奥吉的生活，而这些闯入都不是具有很强戏剧色彩的冲突事件的。

片子里大部分还是展示人跟人之间的冲突、矛盾，哪怕它非常日常化，但我们还是看到了一点温情的东西。跟那笔钱有关的两个恶霸的追杀使拉辛再一次跑到塞洛斯的汽车维修厂去。在他打工的时间里面，他的两个朋友本杰明和奥吉去看他。

在他们的敦促下，我们见到了一幕特别能撞击人内心的温情，一场认父的戏。之前通过拉辛姑姑的讲述，我们看到拉辛对他父亲的存在是充满敌意的。在认父的最初一刻塞洛斯接受不了，因为他新的生活已经建立起来了。他特别冲动，先把拉辛揍了，又连带着把善意的本杰明和奥吉也揍了。但是接下来的画面就特别让人感动了：在草地上，一张桌子，几只椅子围在桌子旁边，一个慵懒消闲的诗意场景。作为客人的本杰明和奥吉坐在一边，塞洛斯坐在长桌的一端，他的妻子抱着小娃娃坐旁边，旁边是拉辛。

前面拉辛正干活的时候突然停下来，他看到塞洛斯的妻子开着车来了，塞洛斯从车里抱出一个婴孩，一派父子之情交融的情景。而现在，在那个诗意的时刻，拉辛伸出手轻轻地抚摸他继母怀里的小孩——也就是他弟弟——的头。那个画面我觉得把人跟人之间的紧张关系做了一个特别好的消解。

接下来的镜头是这个城市局部的一个远景，有高矮不等的很旧的楼房，有高架路。在高架路上，远远地驶过来一列车。那列车从无到有，从远到近，然后出画消失。这个过程被非常有耐心地完整保留下来。这个片断使整个充满暗涌和紧张感的故事被抚平，有了一次徐缓的消融。

（二）过去时态叙述为主流内容

我上面所讲述的基本上是这部电影全部现在时态发生的故事。这部电影差不多三分之二的篇幅都是过去时态，都是故事——故去之事。

影片开始出片头的时候，本杰明作为一个顾客来香烟店买烟，和奥吉聊到雪茄烟的时候，讲了一个关于英国伊丽莎白女王和一个把烟草引入英国的爵士给烟称重的故事。差不多也是因为这个故事，这部影片才有了一个听上去挺奇特、有点费琢磨的片名：《烟》

本杰明在片子里面给我们讲了三个故事，本来他是要讲第四个故事的，实际上第四个故事已经跟观众讲了。他有一台打字机，他曾经在打字机上讲过一个拉辛的故事。

第一个故事是关于雪茄烟的。

第二个是关于滑雪运动员的故事。这个滑雪运动员的父亲在二十五年前死在雪山里，二十五年后他成了一名滑雪家。有一次他在雪山上滑雪，途中坐在一块大石头上休息，突然在旁边发现了一具尸体。他看那具尸体的时候感觉就像看到了镜子中的自己，而且他觉得这面镜子里的自己比镜子外面的更年轻。

第三个故事比较奇特，是讲另外一个作家的故事。那个作家被判了死刑，在等待死亡之前他手里有很多烟草，但是没有卷烟的纸。当时他有一部自己的手稿，似乎是他一辈子最重要的财富。但是对他来说，这个时间不好打发，香烟在那个瞬间突然变得非常重要，所以他就用自己的手稿去卷烟。我不是个烟民，不知道没有烟抽的心情。我也不知道假如有一天我落到故事里那个作家的境遇当中，我会不会用生命中最后一部手稿去卷烟。

前三个故事是本杰明在影片中讲给别人的，也是讲给观众的，而第四个故事是在打字机上完成的，他没有讲，不过观众看到了这个关于拉辛的故事。

本杰明的第五个故事是个圣诞故事。这个故事最终不是由本杰明讲的，是奥吉讲的。奥吉在影片里面不止讲了一个故事，最后一个就是圣诞故事。在这个一百一十分钟长的片子里，差不多有十二三分钟完全在讲那个圣诞故事。圣诞故事事实上已经完全离开了这部电影现在时态的故事主干，它完全是一个游离于主干之外的故事。编剧还把这个故事放到了整部电影最重要的地方，用它来结尾。

奥吉还讲了一个故事，就是照相的故事。本杰明到店里买烟，看到柜台上有一个照相机就问他是不是顾客忘在这的。奥吉说我自己的，然后就给本杰明讲了一个关于照相的故事。后来我们知道圣诞故事就是照相用的那个照相机的故事。照相的故事我觉得也是编剧和导演的高明之处，这个故事居然那么巧妙、那么不留痕迹地一下子把奥吉和本杰明联系到一起了。

这个故事也充满了很特别的意味，某种哲思，不是简单层面上的故事。奥吉告诉本杰明，在十年里边他每天在一个固定的时间站到自己的小店对面用五分钟拍一张照片。这真的是一个非常了不起的想法。

那个时候没有摄像机，画面不能活动。但是我们知道，在电影史上有很多类似的例子，比如，一个聪明的电影人可以几十年不间断地把镜头对准某一个人。

我们设想一下，假如我们拿一个摄像机有意识地对准一个初二的学生十年二十年，会是怎么一个情形。在一年以后他将中考，他也可能考上最好的高中。也许他运气不好没考上高中，那么他在一年之后就要面临一个抉择，是要考职业高中考技术学校，还是复习一年以后再考一次高中。四年以后这个孩子终于有机会考大学了。在此之前的几年里面，我们大概就能知道这孩子有什么样的生活理想，而他的生活理想和他最终被录取的那个专业是不是能吻合，假如没有吻合会怎么样。

我在生活中经常碰到这样的朋友，他们学医或者学理，但是喜欢的是文学。对他们而言，用四年或七年那么长的时间学了某一门非常专业的专业，比如是造汽车，最终他却没去造汽车而成为了一个撰稿人。这种例子太多了。然后这孩子大学毕业了，于是他又面临恋爱，面临婚姻，面临当父亲。他还要在社会当中寻找自己的位置。就这样，如果在十几年的时间里面，镜头一直跟着一个人，这肯定是一部非常非常大的纪录片。这片子会比这个人本身的意义价值更大，因为很多人都能在里面找到自己的兴奋点。

所以奥吉的拍摄有他特别了不起的地方。他利用技术上的发达，把四千多天里每天固定的一个场景压缩成一个平面。我愿意把那四千多张照片看成一个平面。而在这一个平面里面我们一下子就找到了和另外一个主人公对应的东西。在前面一次本杰明买完烟出去之后，大家曾经议论过这个人。由此我们知道本杰明的妻子是在某一次意外事件中被打死了，甚至有人是亲眼目睹的。

那个时间对于众人都过去了，没有意义了，它的全部意义仅仅是充当茶余饭后的谈资，帮人们打发三秒到五秒的时间。但对于本杰明来说这件事是长久地留在生命当中的，是一个剜不去的痛。就是这个痛，居然被一个毫不相干的喜欢拍照的人留住了——一张照片上有本杰明妻子打着阳伞从雪茄店门口走过的身影，清晰得不能再清晰。想想，本杰明和奥吉是邻居，所以肯定不止一张照片上有他妻子，有的上面可能还有本杰明，也有其他在片子里出现的次要角色。

奥吉的第二个故事非常精彩，导演用了让当事人对着镜头口述的方式把这个故事完成，并且在片尾字幕里面又把刚由奥吉口述的故事用黑白片的方式迅速地走了一遍。奥吉口述的时候非常细致，很长。这在电影里是个忌讳，好像早期电影有个不成文的规定，一个人的讲述必须在某个长度以内。

卓别林在《大独裁者》里面突破了这个禁忌，一口气讲了六分钟，用的是讲演的方式。香港的优秀导演陈可辛有部作品，是个温馨的三角爱情故事：《双城故事》，也是得过世界大奖的，那里面也有曾志伟对着镜头长时间地说故事的部分。曾经得过奥斯卡奖的好莱坞经典名片《蝴蝶梦》里面，关于曼德丽庄园女主人的故事，也是由男主人公用很长的时间讲述的。

而王颖的处理就特别有味道，他让奥吉用嘴啰里啰唆地讲述了那么长时间，而且在视觉上也并不好看。之后他又迅速地在两分钟里面回溯了一遍，那段黑白片看来是MTV的方式，而且在回溯的时候甚至都做得不彻底。比如奥吉讲的是一个很多年以前的故事，但是王颖用的居然就是现在的演员，年龄看上去跟现在一点都没年轻。他懒得再找一个演员，也懒得用化妆技术去让奥吉看上去年轻一点，就这么去倒叙了照相机的来历。实际上照相机本身已经不重要了，重要的是一个青年的一次劣行，而在劣行的同时又做了一件非常感人的善事。

前面导演曾经给过我们一个关于这个圣诞故事的小小提示。故事刚开始不久有一个片断，大伙正在雪茄店里聊天的时候，突然有一个男孩把什么东西塞进衣服里，奥吉喊了一声，那男孩回头怔了一下，然后夺门而出，奥吉马上追了出去。在现在时态里有过这么一件小事。而圣诞故事也是这么开头的，一个很胖的黑人男孩从杂志架上偷了本杂志之后夺门而出，奥吉追出去。

这里面应该说还有第三个主人公，就是拉辛。他在故事里更多的是承担着现在时的功能。但是拉辛仍然给了我们另外的故事，他每一次出场都给了我们简短的小故事，有时候是一句话，有时候甚至是几个字。他总在不停地编谎话，他有很多不同的名字，他张嘴就能编出故事。

有一个故事他讲了两次，当他第二次到本杰明家里被本杰明拆穿上次关于身世的谎话以后，他讲了一个身世以外的故事，关于那笔钱的故事。那笔钱被本杰明发现了，在此之前本杰明问过拉辛是不是遇到了什么问题才离家出走的，拉辛就讲了一个外号叫"爬虫"的恶霸抢钱的故事，但是他略去了自己跟这件事真实的关系。本杰明发现那笔钱之后再次追问拉辛，拉辛才说那笔钱偶然到了自己手里，他知道"爬虫"不会善罢甘休所以才到处躲藏。

还有另外两个重要的人物，都是配角，戏份不多。一个是奥吉的旧情人露比，她讲了一个关于女儿的故事。这故事一开始就没让听故事的奥吉当真，奥吉拒绝了去拯救那个女儿的建议。但第二个回合露比再来找奥吉，她开着车找到在街上散步的奥吉要他上车，于是奥吉还是被露比拉进了这个关于女儿的故事当中。

最后，那笔由歹徒"爬虫"抢到被拉辛意外带出又来到奥吉手上的五千块钱被交到露比手里，奥吉把它给了想拯救女儿的露比，为她解燃眉之急。这时候女儿的故事突然崩塌了，因为奥吉把钱交到露比手上使她有能力去救助女儿之后，奥吉问她女儿到底是不是他的。露比的回答模棱两可，她说百分之五十，也许是你的也许不是。这句话等于是把这个女儿的故事让讲述者露比自己消解掉了。

另一个重要的配角就是拉辛的父亲塞洛斯·柯尔。

以前我不懂，为什么影片要弄出些看上去特殊的人，比如让塞洛斯独臂，让露比独眼。后来我知道了，这是这个行当里的一个窍门。

在我的一个话剧上演的时候，里面有一个配角，演一个父亲。那个老演员就跟我说，马老师，我就一句台词，你能不能给我加点特征？你让我的角色是个瘸子好不好？至少我一瘸一拐地上台观众会多记得我一点。我这才知道了这个窍门。所以我觉得导演让塞洛斯独臂让露比独眼就是出于这个目的。露比的独眼并没有成为一个故事，我想这不是编剧的疏忽，因为按照这部片子的结构式，每一个点都会找出个故事去呈现。而塞洛斯实在没有别的故事可以讲，因为他是以一个父亲的身份进入到这个故事里来的。所以导演帮他找故事的时候就找到了那条独臂，于是他的特征就变成了一个故事。

于平淡处抓故事

我想说的是，这部电影的结构式就是让常态的故事一个接一个呈现。这部影片不是讲一个故事，而是讲了很多个故事。露比讲了女儿的故事，塞洛斯讲了独臂的故事，拉辛讲了"爬虫"与钱的故事。奥吉讲了两个故事，拍照片的和结尾长达十几分钟的圣诞故事。本杰明就是一个职业讲故事的人，他自己讲了三个故事，还有一个故事撞到了他的笔下，就是拉辛的故事。在一个标准长度的影片里，在一个大故事的框架中插入这么多小故事，这事实上是这部影片的基本格调，甚至也是我们今天很多电影的基本样式。类似的电影应该很多，现在已经是屡见不鲜了，特别有名的比如《暴雨将至》、

《新男欢女爱》等等。

　　生活在我们这个时代，战争时代已经过去了，之后的冷战时代也过去了，过去生活里面那些严肃的种族、国家、地域冲突的题材逐渐远离了我们，今天的生活里面有太多的日常状态，我们甚至可以用一个词：非冲突。非冲突的生活状态已经慢慢地笼罩了我们。在这个生活里面我们怎么尝试着去抓题材，怎么用我们独到的眼睛去发现可以做电影的故事，怎么把这些故事整合起来成为一部好看又有价值的电影，我们看《烟》这部电影应该能得到启示。

第九章　了不起的成长寓言：《阿甘正传》

温馨的大制作

《阿甘正传》这部电影拍了有十年了，再看觉得真是精致到极点，做得十分讲究。当时的美国大片能有那么好的票房现在看也是个奇迹。这部片子看上去也不怎么煽情，我就在想它怎么会有那么高的票房，四亿多美金啊。现在的超级大片的票房也就一亿到三四亿这个水准。当时说它是大制作，一片羽毛据说就花了有四万美金，阿甘演讲时的人群就是用电脑制作的。

实际上你现在认为它是大制作也没什么道理，说他是大制作可能是演员的缘故，那里面有两大影帝、影后——阿甘和她的母亲，汤姆·汉克斯的出场费当时排全球第一，光这一笔开销就可谓是大制作了。

现在看来温馨得不得了，你看那一个轮回，阿甘的妈妈送他上校车时的场景和阿甘送自己儿子上校车时的场景是一模一样的，特别温馨。还有那句特别动人的话，阿甘和珍妮实际上只有一些断片，他们没有真正的故事，最初的断片都是坐在树的横干上，影片快结束时阿甘很煽情地说："我把你葬在我们的树下。"台词全都是箴言，整个片子充斥着这种让人记住的台词。

两次原则

我很早就发现电影有一个两次原则。《放大》里面就严格遵守这个原则，你比如说里面的道具、环境、事件都是以两次方式出现的，文物店出现过两次，公园里插纸的老头是两次，哑剧是两次，这是电影里一个很有意思的原则。因为电影和电视剧不一样，电视剧特别在意的是强调，它不惜三次五次。

电影不会，电影基本上就两次，因为电影是一次性看完，而电视剧尤其是连续剧就不用说了，有时甚至要几十次才能看完一个戏，所以在一部电视剧里面，一个有用的镜头会被使用很多次。刚才那个轮回就用了两次，还有一个轮回也用了两次，就是阿甘说："这是我见过的最美丽的东西。"第一次他是对珍妮说，第二次他是对自己的儿子说。这些部分真是妙。

以历史作为题材的一种写作

实际上我个人最欣赏的是影片的另外一个部分——虽然它是一

个描写个人的故事，但它的高明之处就在于它同时是以历史作为题材的一种写作。我们过去说，你可以写一个故事，但是你要是足够聪明，你就把它融入历史。就像危地马拉地震你可以去写。我也写过地震，就是唐山大地震，在我写之前有一个拉美作家他也写过有关危地马拉地震里面死里逃生的故事，像泰坦尼克的那种故事。

你看一个寻常故事放到一个特定的历史当中，这个故事的分量立刻就不一样了，整个故事的弹性也就不一样了。《阿甘正传》当时给我最大的冲击就是，它居然把那么大的一个历史，几十年的历史，一下子放进片中，用我的话来说就是个人在不经意当中与历史相遇。实际上通过这么一部小电影，全世界的观众看到的是美国三十年的编年史。

成长小说

也是这个缘故，我自己的那本成长小说一直没写，一直留着。我和作家出版社签约都有二十多年了，很多作家都有成长小说，我也希望有一本自己的。像毛姆的那本叫《人性的枷锁》，狄更斯那本叫《大卫·科波菲尔》，福楼拜有一本叫《情感教育》，几乎每个作家都有一本关于个人成长的小说。我写过一个《零公里处》，是一个中篇，我是写串联里面十几天的事，那也是个典型的成长小说。

我最早想把我这个成长小说叫《混沌不死》，也就是我在一九八四年跟作家出版社签约的时候。我是由《庄子》的"混沌篇"想到的。"混沌篇"写的是混沌的朋友们发现他没有五官：没有眼，不能看；没有耳，不能闻；没有鼻，不能嗅；没有嘴，不能说。混沌的朋友觉得混沌憋得慌，于是就有了一句我认为是人类历史上最了不起的话"日凿一窍，七日而混沌死"，给混沌凿窍，每日开一窍，用七天的时间把七窍凿出来了，混沌死掉了。我觉得这话特别神秘，特别了不起，从某种意义上讲比"上帝要有光，于是就有了光"这句话还要伟大。

所以那时我就想，成长的过程其实就是给混沌开窍的过程，一个人是这样，整个人类也是如此。现在的人觉得没有自己不明白的事，实际上今天肯定是人们最糊涂的时候，人类从来没有像今天这样毁灭自己的家园，毁灭自己的生存环境，毁灭自身。人类开始研究基因，克隆自己，人类最明白的时候真的是人类最糊涂的时候，认为最开窍的时候，人类已经走到自己的末路。这个死亡期可能会很长，我认为人类从破坏环境开始就已经进入死亡期。"日凿一窍，七日而混沌死"，西方有句格言跟它特别像，"人们一思索，上帝就发笑"。

西方和东方竟不约而同地提到"七"这个数字，我们过去没有星期的概念，但在两千多年以前庄子就说"七"怎么怎么样。很多古代故事中也常说"山上方七日，世上几千年"，还是说七天。这很奇怪，就好像上帝用七天造了世界一样，我在想这个"七"是不是与人的五官有关。

我自己的成长小说就想写给混沌开窍，叫《混沌不死》，但是后来我的想法变了。因为我儿子出生时在一九八七年，他出生时发生了一件特别奇怪的事。看过我散文的人都知道，我儿子出生前几个月，我写了一篇小说，小说里写渤海。从地理上讲渤海是个海湾，冬天北方的海滨很荒凉，所以我到海边突然就发了一点感慨，说"你们真该看看眼前这片海水，看看大湾"。鬼使神差，我不知道是谁抓着我的手在写"看看我儿子，他从他妈肚皮里钻出来整整十斤"。三个月以后，我儿子出生，落地就十斤，这个概率本来就是趋于零的。我用的不是克，不是公斤，而是斤，整整十斤，他连九斤九两都不是。

所以我说儿子的出生是一个特别大的奇迹，他妈妈是一个很苗条的人，一米七〇高，一百零几斤重，你们可以想象一下，从概率上说，她几乎没有可能生出一个十斤重的儿子。但就是因为我在三个多月之前预言了"儿子从他妈肚皮里钻出来整整十斤"，他偏偏就十斤。在那之后我的想法突然就变了，儿子出生之后我曾经考虑过几个方案（名字），原来想过叫"马大哈"，因为只有姓马的才可以叫马大哈，而且它有趣。中国人不是常说"难得糊涂"，人们知道真正意义的马大哈是不得了的。可我还是起了"大湾"这个名字，因为它是早被预言了的——"大湾从他妈肚皮里钻出来整整十斤"，不是别的，是大湾。

在这之后，就这件事情我还写了一个随笔——《想象的甜蜜》，写的是儿子出生这一系列的奇迹。虽然我经常懊悔为什么自己预言了大湾出生的这件事，但是天意不可违，不可以跟上帝作对，我不知道是什么力量，这近乎零概率的预言竟然应验了。

在这之后又有几年，我心里一直没放下我那本成长小说，我的

《混沌不死》，但是想法有变化了，我发现没有一本书的名字比"马大哈"还好，如果写成长小说，我为什么不写一个叫"马大哈"的成长小说。虽然我没给我儿子取名叫"马大哈"，为什么不可以写一个我自己的成长小说，让小说里的这个孩子叫"马大哈"呢？我们在生活里面不能实现的事情，有时候可以在想象里面尝试一下，所以后来我就把我的《混沌不死》的标题改成《马大哈》。

"阿甘的一生都是游戏"

跟你们聊这件事实际上还是跟阿甘有关，我看了电影之后，又找来了这本小说Forrest Gump，它是美国的一本畅销书，这本小说让我特别吃惊。

在二十世纪即将结束的时候，美国广大读者居然会喜欢一本充满了寓言色彩，特别高级的小说——有关一个弱智的男孩长大几十年遇到各式各样好玩的事情。看的过程中我就在想我的《马大哈》一定要向这本书的方法学习，首先它是好玩的，另外我这个人是个马虎的，"马大哈"这个词汇就有这个特定的含义。阿甘的智商是七十五，但是长官却说他的智商有一百六十，就像《好兵帅克》里的帅克也是这种智商——最高的和最低的智商都集于一身，阿甘也是。

阿甘的一生都是游戏，阿甘受勋当了美国英雄，他凭什么当了美国英雄啊？是因为他的黑哥们布巴。布巴从看到他的一刻起就总是提到虾的事情，所有布巴的台词全是跟虾有关的，结果"出师未捷身先死"，作为船长的布巴先死了。阿甘仅仅是因为黑布巴，使他无意中当了英雄，如果布巴不死，阿甘什么都不是，所以布巴必须得死。

　　阿甘的性格用我们民间的话来说，叫"一根筋"。拿打乒乓来说，别人告诉阿甘要做的唯一一件事就是把球给打回去。教乒乓球多费劲啊，中国乒乓球里做出多少名堂，但你教"一根筋"就一句话，就是把球打过去就行。这还用说吗？就像你教刘翔也罢，教刘易斯也罢，就对他们说"你就跑前面去呗"，本来这种话是屁话。但对一根筋的阿甘来说就是教导，他只做一件事就是把球打回去，这就是美国佬。阿甘之所以可以无往而不利就是因为他脑子不转轴，跑啊跑啊，也是两个回合，第一个回合让他获得新生，第二个回合让他成了全美国的楷模。

"了不起的寓言"

　　我看过电影再看小说，觉得它是一本真正了不起的寓言，寓言是这个星球上曾经有过的最了不起的一种文学样式。可以这么说，文学里的最高样式是寓言，被引用最多的是《圣经》，它完全是寓言体，尽管你也可以说它是编年史体，但它之所以被反复引用绝不是跟它作为编年史体有关，而是跟它作为寓言体有关。

　　《阿甘正传》中几乎每个部分都是寓言，同时它又都是游戏，没有哪个故事是当真的。美国总统接见他时，总统的幽默感被阿甘放大了，总统客套地问他伤在哪。阿甘说在屁股上，总统跟他幽一下默说"我倒想看看你的伤口"，阿甘的举动立刻把一个特别严肃的事情变成了一个特别滑稽的事情。

你看影片稀释历史的功夫多神，尼克松总统问阿甘住在什么地方，说"我来帮你安排"。这一句话又惹大祸了，水门事件竟是阿甘揭发出来的。越战就更不用说了，首先他是越战英雄，受勋后又被反战裹挟进去了，所有的历史都被他用游戏的方式消解了、稀释了，同时所有的历史又都在其中。

我想我的那本《马大哈》要写我这一代所经历的事情完全可以跟阿甘相提并论。我少年时期最了不起的一件事是文化大革命，文化大革命有多了不起你们谁也想不到，全中国的学生可以随便坐车，到任何地方不花钱。我们那时候可没有一丝一毫贪小便宜的心理，完全是为了去北京学革命理论，接受伟大领袖毛主席检阅。当时我们停课闹革命，接着复课闹革命（一九六六——一九六九）。后又发生一件大事，跟你们也没关系，上山下乡，当时全中国有八千万知青。后来的唐山大地震我也赶上了，震后还去了唐山，还写了最重要的小说叫《白卵石海滩》（又叫《夏娃可是可是》）。

影片的声音系统

一个战士在战争中攻陷一个目标时的那种感觉，可能跟交响乐的高潮相似。我比较认同把影片的声音作为一个系统来考察，因为声音在整个作品当中的结构意义特别要紧。传统上，我们用声音一个是表意，还有更重要的是营造气氛。

一个聪明的导演，他会把整个声音系统（音响、音乐和对白）结构化，让它在整个结构当中有意义。比如说，用声音作为剪辑点就是一个典型的结构方式。如果在这上面你用了心，首先观者就会注意到有声音的剪接和无声音的剪接的差别。我们常规意义上看到的剪接大多是视觉的，而不是听觉的。类似这种很简单的衔接手段——将下一场戏的声音提前带入上一场戏，就很常见。

即便这种方式我们今天已经习以为常了，但在结构上它仍有特殊的意义。我愿意从另外一个角度来说，我们曾经研究过这部影片，但是在哲学的意义上，不是在操作的层面上考虑。你在结构上产生了新意，在构成上与原来的构成方式有一个变化，这时候可能你就取得了小小的胜利。

阿甘是个透明人

正常人存在就一定会在场，但事实上正常人是很难在场的。就像卡夫卡说过"女人对男人天生就是个危险，这个危险就像陷阱一样，她张开了等着你落到陷阱里，但是男人如果习以为常了，这个陷阱就不再是陷阱。但是如果男人以为可以习以为常就去战胜她，这个陷阱就又是陷阱，危险就重新存在了"。

阿甘这个人物是一个挺奇特的现象，除了创造历史的人，按说一个平凡人是不可能创造历史的。为什么我们总是看到伟人和皇帝是历史的主角，这个原因就是皇帝是可以与历史相约，伟人是可以创造历史的。但是普通人不能。因为小人物即使在历史当中，但相对于历史他们仍然是不存在的。

历史不会因为小人物的在场而发生丝毫的改变，但历史会因为一个伟人、一个帝王的在场形成历史本身。历史是由事件构成的，去掉事件，历史基本不存在。美国的历史，是世界的历史，因为美国的事情全世界人都知道，美国的事情都是当代史。所以你去做美国历史的时候就不需要过多的解释，不需要把前因后果都拿出来。尤其是我们中国观众，大都了解中美外交。如果你不知道越战，不知道中美，不知道肯尼迪被刺，估计你会看不懂。

有趣的是，导演选择的是一个智障的人，因为有智障的人他是透明的，他是可以在现场的。丹上校虽然是阿甘的上司，但是没有用，因为他就是普通人。阿甘在现场，因为他是透明人，所以观众可以透过阿甘看历史，但是不可以透过丹上校看这段历史。黑布巴和丹只能是阿甘的道具。因为智障是透明人，所以他在现场并不妨碍历史，本身也不会去创造历史。比方说历史是一幅画，那么他在画前路过的时候，他不影响历史的进程，但是你通过他可以看到历史。

电视机创造两重时空

过去说故事的套路——画中套画。从屏幕中看屏幕（电视机），导演同时提供给我们两重时空。就像有的导演特别喜欢用电话一样，这部片中电视机的运用的确特别多，并通过这个空间把那个时代发生的事情和人物联系起来，多做了一层平台。我们看到阿甘个人也有机会进入搭建的那层平台，当尼克松幽默说想看看阿甘受伤的地方，阿甘脱下裤子，结果镜头一拉就变成了大伙围着看电视。

我写过一篇小说叫《比特心情》，所有的信息是由比特构成的。我当时人在海口，父母给我打电话告诉我儿子离家出走。作为父亲我当然感到很紧张，马上开始想该如何寻找，于是打电话给我妹妹，给儿子他妈，商量该如何寻找。整篇小说就是一直在打电话，通过若干个电话就把这个故事讲完了。

整个故事看起来什么都没发生，因为只有比特。一开始我跟我父母是通过比特这种方式来沟通的，后来我跟我儿子也是通过比特来沟通的。总之，一切都是以比特的方式存在，在现实生活中什么也没发生。看这篇小说，你会觉得主人公没发生任何事，但该发生的又都发生了。所以我说今天的手段——信息产业，实际上已经极大地改变了我们的生活。

"艺术是刻意的"

影片中丹上校跟阿甘开始在一起时，不是心存善意的，很霸道，是以骂人的方式出场。奇怪的是所有对阿甘友好的人都先后死掉了，唯独丹，这个对阿甘不是很好的人，只是阿甘身边这个跟他产生争吵的人还活着。谁要是对阿甘好，准没有好下场，你看他妈妈、布巴，导演和编剧毫不犹豫地将他们灭掉。你们不要小看这些，一个作品的力量正是由这些方面形成的。

影片用的是回忆的方式，导演让阿甘坐在站台的椅子上似乎在讲他的一生（实际上不是讲），而是为了方便导演的叙述，把故事说完。人来了一拨又一拨，阿甘是在自言自语，导演还是借用了传统的倒叙形式，所谓回忆的方式。因为要让大家知道你的意图，最好用最易于表现的方式去表现。

让大家感觉阿甘是在讲（实际上他根本不是在讲），因为他的对象是变化的，如果是讲的话，他应该给任何一个人都从头开始讲。阿甘在等车的时候，是在等待变化，是对变化的期待，因为车是动的。阿甘在等了很久之后，老妇人告诉他其实不用坐车，走过去就可以了，这本身就是个寓言结果。整个影片就是个寓言结构，同时又是一个典型的《圣经》结构。

我自己本身是从事艺术的人，说艺术是刻意的，绝对不是随意的，她要是随意的就奇怪了。艺术要是不刻意，她怎么会是艺术？蒙娜丽莎这幅画达·芬奇画了四年，他要找光，设计光的方向，让模特要坐到他认定的位置上去，不刻意就没有艺术。

正是因为编剧和导演如此刻意地去做一部片子，处处都有琢磨，影片才有了艺术价值。阿甘做事没有不成功的时候，他做任何事情都会成功，真正在生活中有这种人，但是阿甘肯定是造出来的，他一定是人为的、刻意的。就是因为他人为，他刻意，他才有那么大的涵盖性，他才能为那么多人所瞩目，被那么多人记住。

第十章　在文学与影像之间游走：《现代启示录》

体验与旁观

　　一开始主视角是带着读者或观众一块进入欣赏的视角。从莎士比亚开始，以及后来十九世纪的大师都是一种体验的视角（带入情感的视角），但是从布莱希特开始，他发现有时候艺术会以一个更轻松的方式进入，那就是旁观。

　　我自己经常奉行旁观视角，我觉得这样比较有力感。有了旁观，你才可以坚固，就是说你可以带着你的读者、观众跳进跳出。

　　现在想来，这部电影假如不是选取了旁观视角，而是取了一个体验视角的话，那么它在全球的知识界不会有这么大的反响。大家都知道它的票房惨败，差不多导致科波拉破产。这部四千万美金的大制作，在当时是创纪录的。也许它失败也失败在旁观，因为不是体验的角度，所以它不是特别能带观众进入。像我们看到的许多经典的故事大部分是以体验的方式，而不是以旁观的方式来完成的。

当训诫与游戏面对票房

《现代启示录》中将"启示"放在首位，可能是因为它更加重视文学里面的训诫。因为古往今来的各种文本总是不忘训诫，过去叫"文以载道"。

像今天的电影，它最大的本事就是把所有的细节都给游戏化，像周星驰的电影就能有那么大的市场。我们异地的观众，没人关心这部影片的票房为什么惨败，实际上我想也许就是因为它将训诫放到了最中心的位置。

如果一部影片它的目的只是在训诫别人，启示别人——让人们反省人类的存在，反省人类内心当中的一些罪恶，通过让人们回忆许多不愉快的瞬间来产生共鸣，那么它的票房可想而知。一方面我们看到《现代启示录》把利益和重心移到一个闭塞的地方去，另一方面我们也看到所谓的"灵魂"已经不再了。

我从心境上是欧洲的——精神的，闲适的，田园的。在欧洲，那些认识的和不认识的人，见面全在咖啡馆。你可以想象一下如果一个人日常总是置身于咖啡馆，他的心境会是怎样的，难怪欧洲总是生产思想。

所以欧洲人不能理解美国人的思想——拼命挣钱、拼命玩。欧洲人就觉得好笑，玩还用拼命吗？急急忙忙去玩，那还叫什么玩？

玩是什么？是散心，是放松，让心完全浸泡在慢节奏的、诗意的氛围里。科波拉是个非常商业化的导演，可以说《现代启示录》是他的一个惨败。

电影之于文学：贴近还是挣脱

在突围的历史里面，文学是有病乱投医。当它想找到更为丰富的表现手段的时候，感到乏力的时候它找到了心理学，找到心理学后才出现了独白。在小说的历史当中，独白的运用是小说的一大败笔。现在我回忆一下，就没有哪一部以内心独白作为主人公的叙述手段的小说是真正成功的。

从另外一个意义上来说，画外音是另外一种旁观——把观感拿出来，以声音的方式讲述影片。我认为这部电影的画外音很差，就是因为它运用了文学的手段当做电影的手段，而画外音（内心独白）作为文学的手段是失败的手段，把它移植到电影中就是个更加失败的手段，就会特别不好看。因为电影首先是视觉的，声音当然也很重要，但声音永远是作为辅助手段出现的。一旦一部电影的声音部分成为主角，那就不是电影了，它可能是广播剧。

如果声音作为配角也有点喧宾夺主。电视剧里面用画外音是最多的，但它是媚俗的东西，再有因为电视剧制作很小，编导也不耐烦用很多时间去琢磨怎么将画外音的内容外化，变成视觉的东西。所以我说画外音是这部影片惨败众因素中的一个。

电影最初的确是从文学中走出来的，它跟文学最近的部分是叙事。但是如果电影在它的黄金季节里面还与文学贴得太近，那就会很悲惨。实际上现在说，无论是它内心独白的大量运用，还是它的结构和导演自身的利益出发点都还是重蹈了文学的覆辙。因为文学是它自己的事情，文学自身在不停地修订。

电影实际上是努力与文学脱离，在卓别林时代卓别林做得就很好，他的电影无声线，辅以简短的字幕，就是尽量离开文学。背景会为我们的阅读提供很好的帮助，背景会提供给我们文本之外的电影与文学的紧密联系，从这上我们也能看到为什么这部电影票房惨败。

在文学上我不喜欢做深刻状的东西，因为这样你就排开了很大层面上的读者，但在电影上我还是喜欢所谓特别深刻的电影像《辛德勒名单》、《公民凯恩》。这部电影的深刻东方神秘主义的东西很容易刺激西方的经济影像，但是当他们真正面对东方神秘主义的时候，又有一点画虎不成。

做得比较好的，英国有位作家叫吉卜林，他一辈子只有一部长篇《吉姆》，写的是一个小流浪汉在喜马拉雅山藏区的故事。但《末代皇帝》我们就觉得是个败笔，虽然它也获得了奥斯卡奖。东方神秘主义确实有一些能吸引他们的东西，但是他们是否能把握好这个度，确实也是个问题。

散淡目光与音效

　　说到影片人物的目光方向，谈到那幅名画《最后的晚餐》。我想世人关于犹大的记忆纯粹是由于视线的缘故，画中犹大长什么样我们不记得。在一个画面里，一个人物的视线如果不是聚焦对着镜头，不是对着观众，而是向旁侧看，就让我们知道在旁侧有事件发生，有吸引人物视线的事情。

　　我现在在想，如果把《现代启示录》剪成一个九十分钟的版本，也许就好看多了。但它是三小时以上的电影，那么很可能很多事都出来了。

　　音效是科波拉这部电影特别有成就的一个方面。在残酷的场面不出声音，这点在《辛德勒名单》中也有体现。让音画分离形成所谓的震撼。包括片中瓦格纳的音乐，也被以后不少的战争片所使用。

第十一章　表现主义绘画的电影实践：《亚当斯一家》

《亚当斯一家》这部电影有一些奇怪，有点像《迷墙》那种，但《迷墙》主要奇在观念，还简单一点。而《亚当斯一家》看上去总的感觉是很搞笑，虽然片中他们还有那么一段背井离乡的故事。

大概一百年以前，也许还不到一百年，绘画上有一个特别重要的流派——表现主义，主要盛行于德国。实际上早在这一流派之前，德国的版画就已经有那么一种我们后来称之为"照片理论"的美学思想——强烈，特别有视觉冲击力。这部电影是好莱坞拍的，制作上来看要花很多钱，但我猜它的票房不会太好。

我看不懂的奇幻故事

不怕你们（学生）笑话。这部影片就我个人来讲，看不懂，真是看不懂。你们能看懂还真是厉害，也许是因为在你们的生活中充满了那种像《哈里·波特》、《指环王》之类的幻想。我曾经跟儿子讨论过：过去我觉得所有的故事都能写，这世界上就没有不能写的故事，也没有看不懂的故事，因为我一直挺迷童话的。过去我们分类时曾把《哈里·波特》归到儿童文学里面。

就《哈里·波特》而言，我可能比较悲惨，硬是看不懂，不知道欣赏它的乐趣在哪里，更不知道它还有什么别的优势竟使得它如此畅销。实际上我们现在看到的《亚当斯一家》算是《哈里·波特》的前奏了，影片的规模很大，而且有很多奇幻的情节，因而充满极其强烈的奇幻色彩。

说老实话，我从一开始看这部电影就根本没怎么看明白，虽然也知道它好像也不是那么复杂。我儿子在很小的时候，他就很迷变形金刚。每次我带他去沈阳太原街（相当于北京的王府井、上海的南京路）上的中兴百货，他都会跑去看那里的机器人。大概在他五岁的时候，要么就是六岁时，我终于把那个被他看了无数次的机器人买下来送给了他，虽然当时它的确很贵，具体的价格我已经记不清了。

在那之后我经常能看到儿子把机器人举得老高，嘴里还振振有辞地玩得起劲儿。说到这，不妨跟你们吹吹牛，我小时候属于那种脑瓜儿特好用的，也就是说有点"神童"的概念。比如说，一个早晨就能把《愚公移山》给背下来，而且从小学到大学我一直配合着老师做公开讲课。

我是长大了以后才变得不会说话的，小时候可以说是伶牙俐齿，真是聪明绝顶。我好像从来没被什么事情难倒过，可以不客气地说是鲜有对手，比如说在下棋这件事上我就很有天赋。

有一种叫做"拼图"的玩具，相信你们小时候一定都玩过。最初看到拼图的时候，我觉得它对我来说应该是小儿科，我不会字谜，但我觉得拼图这种东西肯定特别容易。那时候给儿子买了很多拼图，我也尝试着拼，却发现一点都不得要领。后来我才发现，拼图和变形金刚可能是有些异曲同工。当儿子拼图的时候，我也在一旁拼着，就是想看看有没有他拼得快。我认为自己的记图能力以及判断能力应该远在他之上，况且我也不觉得儿子从小有多高的天赋，但奇怪的是他能一边吃着东西，一边将随手拿起的一块块拼图放到准确的位置上，好像想都不用想，不知要比我快出多少倍，我完全不是对手。后来，我也跟他讨论过这个问题。

你比如说现在的电脑、手机这些东西我都玩不来，于是我发现实际上从机器人（变形金刚）开始，这个世界出现了一个新的语汇。这个语汇，对你们来说稀松平常，因为你们从小就在这个语汇当中长大。但是对我而言，这个语汇接受起来特别困难。不怕大家笑话，即便到现在，手机的功能、电脑的功能我也是知之甚少。

我不知道这是为什么，可能是这个世界出了点差错，把"我们"和"你们"这两代人远远地隔开了。或许叫"代沟"什么的，一定有这么个东西。因为我发现那种让我们大家可以面对面、畅通无阻交流的语言已经不在了，或是起了变化，也就是说你们熟悉的语言和我们熟悉的语言出现了明显的断层，这语言的断层真是很可怕。

就是说有些东西我不是真的能理解，这类童话电影就是其中之一，像后来的《勇敢者的游戏》我都看不怎么懂。现在身为教授，出现了问题我就必须知道这问题出在哪里。

我和很多比我年轻的同辈人（你们父母一辈的人）聊起这个话题时，我发现他们也遇到了同样的问题，他们也看不懂《哈里·波特》，看不懂《魔戒》。说到《亚当斯一家》这部片子，我就很想拿来跟大家探讨，遇到自己不懂的时候，我很想听听大家的看法。这片子我看了五六遍，课上也讲过，当然都是从故事、影像入手，但我想既然你们看得懂，那么你们的所得应该比我要多。

我能看懂的是它在讲述一个老套的谋财害命的故事，但说老实话这部片子的故事跟情节关系不大，更多的是视觉的。就像周星驰的《功夫》也没有完全走他以往片子的路线（靠无厘头台词来取悦观众），而是用了很多特技处理，使影片更加视觉化。《黑客帝国》这种片子就是完全走向视觉，它的所谓"知觉"部分已经退得很远了，即使有也不大。

读书观影的快与慢

我喜欢看书，课上讲过的书我都看过好多遍，像《永别了，武器》、《红字》算是看的遍数最多的。

我认为看书一定得看到第二遍、第三遍的时候才能看出味道。小说也罢，电影也罢，如果你想往前深入就必须反复地看，一遍是看不出什么的，最多只是看了一个故事。要是你想看它背后的构造和肌理、闻它的味道、拿捏它的节奏和韵律，实际上是要看到第二遍、第三遍才能完成的。因为只有当情节对你已经不起作用的时候，细节、构成、质感，也就是所谓的"品质"才慢慢地变得要紧了，这时故事本身已经不重要了。

但我想你们既然是在这个快餐时代长大的，可能就没有这个习惯——宁可用五天时间看一部电影，不用一天时间看五部电影。我们学习的时候，也就是所谓练本事的时候，我们会拿出特别多的时间去研究一样东西，一点一点地抠，这也是为什么今天我还可以大段地背诵小说和诗歌，因为当年确实把工夫下到了。没有真功夫，想做成一点事都是万难。很多东西看上去都显得不难，但你要是真正做进去，细到去研究它的分子、原子、质子、中子的时候，你会发现任何存在都复杂透顶。

好的电影、好的小说更是如此，它们背后的技术含量实在是太高了。

比如说你们看《放大》这部片子，可能最多也就只用了两三个小时，我自认为智商不比你们差，而且阅历多于你们，但我在这部片子上花的时间绝对超过五十个小时。我一直坚持认为：应该花更多的时间去面对同一个主体。因为往往你从一天看五部电影，五天看二十五部电影中所得到的东西，一定没有你在五天看一部电影中所得到的多。这只是我的见解，我知道用五天时间来看一部电影，对你们来说几乎是不可能的，因为处在这个时代，大家心里都已经很慌了，做什么事也都很急。

游戏化给观众减压

《亚当斯一家》给我的感觉更像一部戏，不太像一个故事。是不是有些像现在的电脑游戏。

（学生：我觉得片中许多血腥的画面让你不觉得恐怖，反而非常搞笑。譬如说，两个孩子在台上演出时，从断臂中喷出的血把台下的观众弄得浑身都是，但看上去却觉得很痛快。）

导演安排这场如此血腥的戏，两个孩子竟能泰然处之，实际上他是给观众减压。因为血腥的压力是作用于观众的，他要把压力先给舒缓，那么观众感觉到的血腥似乎也就没那么血腥了。电影史上曾出现将枪口对准镜头扣动扳机的画面，它被称为历史上第一个恐怖镜头。

日后在我的课上你们要更多地想一想，如果要你去拍这部电影你会做些什么，事实上就是去想导演会做什么。导演在整个故事之下，什么是属于他的。我感觉如果在法斯特（剧中人物）身上再往前做一点探讨的话，应该还是很有戏的。

"反逻辑而行之"

是不是因为世界上很多事情在传统意义上都应该按照逻辑来

做，但这部电影很大成分是不按逻辑来做的，所有人做的事都是反逻辑而行之。

比如说，那个女主人在修剪玫瑰的时候，她不剪枝，而是剪花，然后把枝插在花瓶里面。而且片中所有不太像人的人都是好人，所有像人的人都不是好人。像那个小女孩拿着刀走过去，她妈妈问她是去对付弟弟吗？接着把刀拿走了，相信所有人看到这都会认为她是要阻止女儿，可实际上她是换了一把更大的斧头给她。这就是影片让你惊讶的地方，它所有的事都是反逻辑的。

福克纳之所以名满天下，一半要归功于他的短篇小说——《献给艾米莉的玫瑰》。这篇小说讲述了一个贵族老处女杀害了她的情人，并与腐烂的尸体相伴，度过了生命的最后时光。它成了这个镇上过去历史的证明，人们对她怀念，觉得她不可侵犯。这个老处女的行为实际上是一种恋尸癖。

早期有很多类似《探索发现》的节目报道过这类事情，前两天还看到报道，说在一个女人家里有一个巨大的窖，她把杀的每一个人都放在缸子形状的棺材里，被杀的人都是她的情人，她跟她的情人去棺材里约会。好像很多电视剧、电影中的女人都有恋尸癖。

（学生：我认为这是一种终极占有。）

在爱情里面，女人可能比男人更爱走极端，更执著。

中国以前不是有部影片叫《火烧红莲寺》嘛，讲的是一个教主把一些年轻貌美的女子做成标本。总感觉这好像是从外面引进的情节，不是中国人做出来的，中国人对美的追求可能还没到这么极致的地步。

国外有《恶之花》，它诞生于当时法国的历史体系之中。但中国人在读过《恶之花》之后会觉得它有一点矫情，好像是故意要耸人听闻。

中国的鬼，大都是冤死的人变的。而欧洲的鬼，比如说吸血鬼的形象，它不是因为冤死才变鬼的，而是本身就有这么一个家族，而且每年都有万圣节。中国的鬼节只是为了祭奠，但西方的鬼节就是大家来狂欢大家来做鬼。

我是觉得导演将道具运用得非常好，可以说是把道具用活了，让你感觉它不是道具，而是变成了一个角色。比如片中的那只"手"，还有铺在地上的熊毯等许多道具都会在你意想不到的情况下，突然动起来，给观众心理接受上一种冲击。再有，导演对道具的使用会让你觉得有一种反逻辑的倾向，文艺学上有个术语叫"陌生化"，就像刚才提到的玫瑰，孩子们的早餐，这些都非常违反常理。

空间怪圈

导演在片中设置了那么多陷阱，开始的时候都会吓你一跳，但结果总是有惊无险。在道具运用上还有一点，他的空间（属于广义的道具范畴）也很让人疑惑：一开始你感觉兄弟俩好像是到地下去了，到地下以后他的空间仍然可以继续向下，向下又回到原来的平面。这就有点怪圈的味道，就像埃舍尔的《瀑布》，水明明是一级一级向下流淌，但最终又回到了瀑布口，真是不可思议。

巴赫在《音乐的奉献》这部作品中充分发挥了形式上的技巧，有趣的是，在这种登峰造极的技巧中也包含着怪圈。本片导演在空间上的这种安排，说起来简单，做起来可就难啦。特别杰出的导演他们在道具、空间的使用上总是能出奇制胜。片中城堡的结构示意图你就画不出来，它的几个主要空间：走廊、房间、通道，仿佛就形成了一个怪圈。

我的第一部话剧改编自米兰·昆德拉的小说《为了告别的聚会》，那台戏结构特别复杂。当时导演就说我写的场太多，空间转换难度比较大，他提出把空间虚化，虚化的方式实际上就是运用高低的方式，因为当事物处在不同的高度时，在观众的视觉上就会产生空间的错乱。于是导演在舞台上做了七个表演区，让它们分别处在不同的高度上，彼此之间也就隔了两三个台阶的高度。

这样一来当我站在这个位置说话，另一个演员站在那个位置说话，尤其再加上灯光的效果，就显得特别有意思。这时候在观众看来，演员们便不在一个空间里了，即便他们同时在表演，各说各的台词，各做各的动作。所以回想一下本片，导演对空间的使用，他是将空间魔幻化之后，使你对整个时空感到模糊，让你觉得向下向下再向下，但是这个过程居然又回到原来那个地方了。由此可以看出导演的意图，同时也证明他有别于其他导演的空间安排法方法奏效了。

将人物偶化的戏剧化表演

（学生：我喜欢这部电影的表演。喜欢每个演员那种夸张的舞台剧似的表演。片中有一场戏是在拍卖回来的车上，亚当斯一家看到法斯特不会使用夹指钳时，每个人都开始怀疑，表情完全不同，表演得都很到位，十分符合各自的身份和性格。

片中的音乐我也很喜欢，男女主人公结婚至少已十多年，但感情还是热恋般地如胶似漆，这时导演选择了用古典抒情的小提琴曲来烘托气氛，恰到好处。片中手的拍摄同样值得一提，特别是它拼命去抓车的那场戏拍得真是漂亮，虽然只是一只手在表演，但总感觉胜过一切人物的表演，这种拍摄技术含量应该很高，难度也是很大的。

同样让我惊叹的一个镜头是在拍摄高尔夫球飞到法官饭碗里，先是高速旋转的球占据了大半个画面，接着法官家的背景一点点显露出来，视觉上很有动感，虽然我搞不清楚这是如何做到的。）

那只手是用遮罩的方法做出来的。就是说把手的动作在蓝色的幕布背景下先拍好，然后配上各种需要的背景。至于球，是先要有一个实拍的镜头（里面没有球），也就是模拟拍摄球飞到法官家的路径，然后通过电脑将高速旋转的球放进拍好的镜头，同时将背景虚化。

（学生：以球的方式或者以子弹的方式迅速接近一个空间的拍

摄我感觉很复杂。）

你拍的时候可能是一个大场景，通过特殊的滤镜效果，就像用放大镜把某个镜头浓缩一样。

表演是这部影片的一大特色，把人给偶化了。我个人比较喜欢的画家是意大利的波提切利，像他的《自由女神》、《维纳斯的诞生》都为大家所熟知，他的画多为壁画，在教堂经常会看到。就像意大利文艺复兴时期的米开朗琪罗的画多为教堂天顶画，他的大量作品也是将人偶化。当时的美术三杰的伟大实际上是在艺术上把神人化，尤其是拉斐尔的《圣母》。

而在文艺复兴之前，美术作品都是把人神化。到十九世纪末二十世纪初的时候，许多画家又重新把人变成人偶。他们用到的方法一个是人物的造型，但更多的还是通过表演。当下话剧是一门彻底死掉的艺术，逐渐变为一种闹剧，为了市场先是逐渐演化成歌舞，后又转变成音乐剧，着实流行了一阵。我曾去过多伦多一个专门上演《剧院魅影》的剧场，一部剧上演了二十多年，现已成为多伦多的一道风景，如同那里的五大湖一样出名。

我们看电影和看话剧的最大不同就在于话剧的表演可以放大，可以夸张，从演员的发声就可以看出这种造作，这种造作更体现在他对肢体和台词的处理上。可能正是因为它跟我们今天的生活已经剥离得特别厉害，所以本片的导演才会想到从话剧中汲取营养，运用话剧的处理。片中空间处理上很自由，但在整体表演和台词的处理上就显得特别话剧化，这也是这部电影最富特色的要点之一。

这部电影如果没有表演风格上的特殊趋向的话，那么它的整体风格可能不复存在。电影相对于话剧也是从假到真，从造作到自然这样一种趋向。虽然本片又走回了做戏的方式，但是你会被其中主人公之间的感情所打动，这点可能要归功于片中的音乐，它总是在最恰如其分的时候对故事情节起到合理的烘托作用。

不同人物作用各异

我觉得片中在法斯特由假变真的过程中，两个小孩子的作用是很大的，因为正是在他们玩击剑女孩倒下的时候，法斯特突然意识到游戏应该怎么表演，儿时做游戏的那种感觉仿佛找了回来。一直到后来他跟他弟弟一起跳玛玛莫斯卡舞的时候，动作很自然地记起来了。所以我认为这两个小孩是法斯特自然找回感觉的第一步。

其实片中有的人物就是道具，包括女主人及其母亲、仆人、孩子、手等等。观众是被星期三（剧中人物）误导，从星期三的视角怀疑法斯特是假的，但这种误导实际上也不真。这个故事虽然是一个辨真假的故事，但奇怪的是他真的时候也不真，假的时候也不假。所以当星期三目击了法斯特和其养母的谈话，发现法斯特确实是假的的时候，法斯特开始追赶她，但你不会觉得星期三会有任何危险，这就是我说的导演在做真的时候也一点都不真。

看过《闪灵》的人都知道，男主角在追击自己儿子的时候真的会令人很紧张，担心他真的会将儿子砍死。这便是本片导演的厉害之处，当你稍稍感到血腥时不会马上排斥，因为他将整个故事游戏化了。

多种手段实现空间转换

（学生：我觉得片中作为道具的书架起到了扩大空间的作用，书架里面是一个世界，外面又是一个世界，这让我联想到中国古墓中也经常设置一些机关，所以觉得这一道具的使用好像是中西相通的。）

金庸的小说中经常出现你说的机关。我看他的小说总体感觉是人上有人，尽管它规定了东邪西毒南帝北丐，但仔细想一想谁也没有到达顶点。可能是这种机关的设置会让空间发生质变，电影《地下》中，地下的那个世界跟上面整个时代（二战）都脱节了。再比如法国片《最后一班地铁》，包括《剧院魅影》在空间上的特点都要远远大于本片。

（学生：片中有一个空间转换的镜头我觉得拍得特棒。当法斯特打开酒瓶时，墙壁开始翻转。如果按套路拍摄，完全可以将机位设置在旁观的角度去拍整个翻转的过程，但是导演是将法斯特的背景一点点过渡到满是黄金的画面。）

我觉得那只是法斯特的幻觉，因为那层空间对其他家庭成员来说是不存在的，而且打那之后也没有人再进过那个空间。

（学生：因为它对情节来说不是很重要啊。）

设置这个空间本身是重要的。世界上出过无数关于藏宝题材的电影和小说，我认为它的设置对于情节来说是绝对重要的。但为什么片中黄金的场景只出现在法斯特的眼里，我觉得因为他是图财来的，所以才会出现错觉。你想导演做了那么一个镜头只在那一时刻使用，除此之外他没再使用过，所以我认为那是一种幻觉。但也有可能是导演故意设置的不确定情节，让你自己去猜。

（学生：但是法斯特的养母之所以认为财宝在地下室，不正是法斯特告诉她的吗？所以我认为法斯特当时确实看到了财宝，而不是他的幻觉。）

关键就在这，是法斯特说他看到了。法斯特说自己看到了一个藏宝的房间，我想这个藏宝的房间只是存在于法斯特的眼里和法斯特的话中，而不存在于客观之中。因为导演并未提供一个全知视角的黄金空间，而是提供一个主观视角的黄金空间，仅在法斯特的眼睛里提供了一个黄金空间，又利用法斯特的嘴去描述了这个黄金空间。

墓地又是一个奇怪的空间。奇怪的是拉远景的时候没有那个墓地，只有孤零零的房子，所以这个墓地也像是生出来的。你会有错觉，认为这个墓地是地下室的又一重天地，实际上不是，因为我们曾从楼上的窗子里看到过这个墓地。

压抑与轻松的张力互动

（学生：整部电影的色调给我感觉很压抑，人物的服装不是灰的就是黑的，但奇怪的是看完整部片子你又会觉得心里很轻松，主要是人物造型、表演都很夸张，包括道具的使用也是违反常理的。）

片子的整体调子，不光是它的色调，包括它的情调都给人一种游戏化的感觉，很像动画片，王晶也导过类似的片子，如《街头霸王》。现在看来，动画美学还真跟黑色喜剧不太一样，黑色喜剧主要是以讽刺为要义，而这部电影整个调子都是一种游戏化，它没有褒贬，所有的危险也都是游戏，这就让你不觉得危险。

星期三跑的时候从剧情角度来讲应该算是危险情境，你想两个谋财害命的罪犯和一个小女孩，而且女孩穿着长裙，活动也不是很利落，这是百分之百的危险情境，但你就是感觉不到危险。还有在介绍武器，刀啊、剑啊这些东西时，也都没构成危险。东西（剧中一个以手形呈现的角色）为了救女主人回去报信，过马路那段拍得的确漂亮。东西在这里面肯定是百分之百的角色，它不是道具，它去抓车的那种风驰电掣的感觉，不仅真，而且呈现出强烈的游戏化。

美国的《猫和老鼠》多暴力啊，永远都处在危险当中，总是走到悬崖，总是有挤压——门一关上就拍成照片了。确实暴力，但这种暴力可能不血腥。片中许多场景也是如此，当他们将女主人绑起来，想要逼出黄金屋的机关时，你一点都不会感到紧张，因为都是游戏化。

如果你觉得血腥，那也是由我们生活的贫乏造成的。要是放在以前，我儿子未成年的时候，我肯定不鼓励他看，因为我们没有那么多的玩具。假如我们生活中也有那么多玩具，他们小的时候会把玩具和真实生活分开，就像我说他小时候嘴里不停地念念有词，但是他真的到了马路上，我们会让他把真实和游戏区分得很开，我总会提醒他记得走人行道。所以中国的导演现在经常把西方的游戏拿来，用个水枪去打家劫舍，还是有些效果的，至少让人觉得生活不会疲倦。

（学生：西方一直都有象征传统，所以导演在作为机关的书这一道具的使用——书名——上也是别具一番匠心的。）

充满绅士风度的贵族形象

（学生：为什么城堡被占了，柯麦子一家不反抗？）

（学生：这一家人是真正的贵族，他们的一切行事都是贵族的，是绅士的。）

你现在想一想这一家人从老到小没有一丝一毫的下作、卑劣。尽管老太婆那么邋遢，也是一种贵族邋遢，对于钱财丝毫不计较，拍卖时拿出各种宝贝都不吝惜，你看似简单，但那确是一种贵族心态，贵族做派。城堡中人物的举止优雅，内心骄傲，给人一种不可一世的感觉。所以当法庭证明城堡不是他们的那一刻，他们的骄傲决不会容许他用魔法或是巫术，强行将城堡夺回来。

柯麦子看上去是行事很奇怪的人，无章无法，无法无天，实际上他的任何行为都证明他是一个真正的绅士。他从来没骂过人，也没伤害过任何人，和律师比剑也只不过是逗玩而已。从不怀疑法斯特的身份，也是柯麦子作为贵族骄傲的表现，所以导演选择用星期三去怀疑，因为对于一个绅士而言，只有不自信才会去怀疑。柯麦子从法斯特出现的那一刻起，内心就一直盼望他是真的，而且他认定那就是法斯特，尽管出现很多的疑点柯麦子也都看见，但他从未真正怀疑过法斯特的身份。随便送一个人过来，哪怕撒的谎破绽百出，柯麦子都愿意认可，因为他对寻找法斯特的渴望特别明确，一点疑问都没有。

巫术的暗示是最准的暗示。为什么你会隐隐约约预感法斯特是真的，实际导演在巫术这场戏中已经给了暗示，因为母亲说儿子的话总是最可信的，虽然一开始你会觉得她说的是疯疯癫癫的话。

动画制作：曲线还是直线

在动画制作方面，线的使用上，美国是曲线的，日本是直线的。我很在意这一点，因为从视觉角度讲，曲线和直线给人的感觉特别不一样。传统的西方美术基本上以写实为主，该曲则曲，该直则直，大量用曲线和大量用直线实际上是从后印象派开始的。凡·高经常用直线，高更则经常用曲线。

凡·高画中的笔触都是直的，都是硬的，他的竖都是有角度的，他的画基本上是走直线，哪怕这些直线很碎。但高更的画会让你觉得充满了曲线，充满了圆的感觉，因为所有的曲线都是圆，无论它往哪个方向走最终都能形成虚拟的圆，给你许多曲线实际上是给你许多圆的连接。

一个直线的画家，如果从分析的角度来讲，他相对理性，相对有力量，而一个曲线的画家则相对迂回。还有就是直线会让人觉得明朗，曲线会让你觉得晦暗，这有可能跟中国的阴阳学说有一定关系，好像是阳的更有直线的感觉，阴的更有曲线的感觉，更有圆的感觉。这是典型的迷宫结构，直线是很容易碰壁的，因为这个世界上没有通畅，比如说你走直线的时候经常会发现前面被挡住，一旦走曲线你就会发现，你可以向前，可以流畅。表面上看直线是流畅的，但事实上曲线要比直线流畅得多。日本动画的造型构成实际上是以角的方式构成的，线条是有转折的，而曲线是不用转折的。

二维画面很艺术

《亚当斯一家》是由动画改编，并拍成过电视剧，后又拍成电影，典型的好莱坞流程。像《蜘蛛侠》、《粉红女郎》、《头文字D》同样也是根据漫画改编的。三维透视绘画本来应该是一个历史进步，现在却变成历史反动了。

现在最成功的动画不是三维而是二维的，《狮子王》排名在第一位，而像后来的三维动画《玩具总动员》都与之相差很远。因为二维仿真等于明确告诉你，我这是画，也就是说二维更美术，更艺术。就好比拍照片怎么也不可能拍出中国国画的味道来，而要拍出西方油画的味道则是件很容易的事，因为古典油画就是求三维，求像。实际从印象派开始绘画已经二维化，在完全讲究过渡色、讲究像的美学哲学影响之下，绘画又回到色块，回到笔触，回到线条，可以说是整个印象派把三维给二维化了，到后印象派就更加典型了。

高更的画表面上看，不是这种线条色块，可是拉开距离你会发现他的画就是几块颜色（衣服是红色的就是红色的，脸是白色的就是白色的），是由色块堆积的，尤其你拉开的距离越远，物象都似乎不那么清晰的时候，它反而更是画。

电影是最受美术影响的一种艺术样式，所以我们从这部影片中能看到诞生于二十世纪初的表现主义的技巧——基本上是色块。影片的色调就很色块，法斯特的脸是大白脸，其他人物的造型也多是色块，给人强烈的视觉感。

图书在版编目（CIP）数据

电影密码/马原著. －北京：作家出版社，2009.10
ISBN 978 – 7 – 5063 – 4788 – 4

Ⅰ. 电… Ⅱ. 马… Ⅲ. 随笔 – 作品集 – 中国 – 当代
Ⅳ. I267. 1

中国版本图书馆 CIP 数据核字（2009）第 110007 号

电影密码

作　　者：马　原
责任编辑：李宏伟
装帧设计：任凌云
出版发行：作家出版社
社　　址：北京农展馆南里 10 号　　邮　　码：100125
电话传真：86 – 10 – 65930756（出版发行部）
　　　　　86 – 10 – 65004079（总编室）
　　　　　86 – 10 – 65015116（邮购部）
E – mail：zuojia@ zuojia. net. cn
http：//www. zuojia. net. cn
印刷：北京汇林印务有限公司
成品尺寸：145 × 210
字数：250 千
印张：11
印数：001 – 12000
版次：2009 年 10 月第 1 版
印次：2009 年 10 月第 1 次印刷
ISBN 978 – 7 – 5063 – 4788 – 4
定价：33.00 元

ISBN 978-7-5063-4788-4

9 787506 347884 >